棋语

储福金 著

将沧桑世事与枰间悟道熔于一炉

用『围空』的智慧破解人生困局

江苏凤凰文艺出版社
JIANGSU PHOENIX LITERATURE AND ART PUBLISHING, LTD

图书在版编目（CIP）数据

棋语 / 储福金著. — 南京：江苏凤凰文艺出版社,
2018.7
ISBN 978-7-5594-2473-0

Ⅰ. ①棋… Ⅱ. ①储… Ⅲ. ①长篇小说－中国－当代
Ⅳ. ①I247.5

中国版本图书馆 CIP 数据核字(2018)第 145230 号

书　　名	棋 语
著　　者	储福金
责任编辑	黄孝阳　王　青
出版发行	江苏凤凰文艺出版社
出版社地址	南京市中央路 165 号，邮编：210009
出版社网址	http://www.jswenyi.com
印　　刷	南京台城印务有限责任公司
开　　本	880×1230 毫米 1/32
印　　张	10
字　　数	220 千字
版　　次	2018 年 7 月第 1 版　2018 年 7 月第 1 次印刷
标准书号	ISBN 978–7–5594–2473–0
定　　价	39.00 元

（江苏凤凰文艺版图书凡印刷、装订错误可随时向承印厂调换）

目　录

第一章　棋语·冲

城北的几位“上了段”的棋手都聚来蒋冲家。北巷小王通知这几位棋手的时候，没说别的，只说：大家来，碰一碰。他报了几个人的名字，有潘家湾的陈化水，有黄石弄的蔡云峰，有凤天路的黄晓成，有仁义里的陶思明，有城隍庙的田永年。他这么一说，该来的人就全来了。

上面整个一段话，几乎都要做说明的。首先说“上了段”，其实这几位棋手都没有段位。运动中的这些年，取消了围棋比赛，所有的专业棋手也都业余了，新出来的业余棋手哪来的段位？只是北巷小王对这城北喜欢下围棋的人，根据棋手的水平，胜率高一点上点水平的，便沿用过去的说法，说他们是上了段的。大家也就跟着这么说，说某某棋下得好，是上了段的。

再说蒋冲家，并非真是蒋冲的家。说明白了，蒋冲住的不是蒋冲家的房子，也不是他租的房。这年头占了房，房东就无法赶走房客，如此房客只要交房租，也就视房为自己家了。而蒋冲是替亲戚看房子的。听说这家人家底颇深，属统战对象，人去了海外，留下房子让蒋冲住着。这是一座两层旧式楼房，楼前楼后有院子围着。

蒋冲住的是楼下的一间，单这一间房便有三十来平方，要知道城市住房可谓寸地寸金。

又说好棋的组织者北巷小王约来的棋手，自然是要下棋的。“碰一碰”是他的口头禅，也就是对一局的意思。平时他约这些上了段的棋手下棋，一般是约一两个人，对付他另带的新棋手。有时这一两个人也难约上，往往会应着有事的托词。然而这次他的相约，破头荒地把上了段的棋手都一一报上了名头。偏偏这些棋手耐不了好奇心，便都来齐了。

蒋冲住的房子在城北偏市中心地带，是个闹中取静的地方。院子不大，围着几个小花圃，种了一些草和一棵白玉兰树。在到处是城市的水泥楼房中，能吸到一些绿色气息。院子中间立着旧式砖楼，一般旧式楼下层会有点幽暗，但这座楼的楼层高，房间里还显得亮堂。

城隍庙田永年是头一次到蒋冲家来，进了小院，就对来开院门的蒋冲说：“这院子和你的人是相对的。”都说田永年说话阴，他话的意思便是蒋冲粗俗，而院子雅致。

蒋冲说：“不是我的，不是我的房子啊。我只是代人家看房子的。”

房子不是我的，我是替人家看房子的。蒋冲似乎一见到来人就这么说。对他住的房子，他十分尽心，弄得干干净净。他的活动场所也就在楼下一间里，再要好的朋友，也从来不带到楼上去参观。有人探头看过，楼上房间都上着锁。而楼下的木柱木栏都重上了漆，旧房子的木头到底有点松软了，容易碰着的地方，他还用旧报纸糊了，用旧布裹了。一处处显得很细心。这确实与别的场合显现出来的他不一样。在别人看来，蒋冲的性格便是冲，说话大声，做事粗拉。这个时代的年轻人，都没什么文化，早两年的只读到初中就上山下乡或者进工厂了，年纪稍小一点的，读到高中，似乎在学校里也不怎么正经读书的。蒋冲又长得干瘦，脸上皮包着骨头，鼻梁显高，眼睛显小，形象就算不难看，也属中下了。他住在这房子里，让人多少觉得有点不协调。

平时蒋冲从不约人到家中来。也只有北巷小王知道他住的地方。北巷小王是个明白人，知道蒋冲的处房态度。这次一下子约了这么多棋手，也只有蒋冲住的房间容得下。

人都到齐了。北巷小王侧身靠着桌沿，从桌上的一个棋盒里掏了一颗子往棋盘上一放，说："我约了外路的棋手要来碰一碰。你们看看谁来下这盘棋吧。"

北巷小王没说来的人棋力如何，也没介绍是怎么样的人。大家一时没问，也没说话。谁都知道会有外面的棋手来。也不用问，在这样的房间，约来了这些棋力相当的棋手，看这迎战的架势便都知道这个外路的棋手肯定是个厉害角色，棋力非同一般。

虽然嘴上不说，心里都在嘀咕着，应该谁来下这盘棋。平时这些棋手互相不服气，但面临外来强手，又在这许多棋手眼光之下，都不希望自己丢了脸。一个个心里像复盘似的，有着许多的计较，有着许多的盘算：除了自己，谁上阵最恰当呢？

北巷小王眼光转来转去，一个个地看着房间中的人。北巷小王是约棋者，也是评棋者，他这两方面的能力都得到公认。但此时他似乎也拿不准，只是找着自告奋勇者。奈何迎着他眼光的人都只是笑笑，没有积极的反应。

最后，城隍庙的田永年揉揉鼻子开口说：“我想还是让陶思明上吧。”

说到陶思明，大家去看陶思明。陶思明正坐在后面墙角，看到眼光一下子集聚来，偏了偏脸，像要躲进身边藤编书架的暗影里。

听田永年一说，一时大家心里有所赞同。要说陶思明的棋力比自己强，这里的棋手都不会服气。但细一想，这里的棋手都输过他，和他下棋，有时觉得他棋多有妙处，往往会在人家想不到的地方出招。要说他的棋力强吧，又总听到有人说胜了他。而说者的棋力一般，根本上不了段的。

陶思明低下一点眼睛，声音轻轻地说：“我与不熟的人下不好。”

陶思明这么说了，北巷小王便没有接田永年的口，大家也觉得由他上场不妥。棋好坏是一说，棋力不稳往往便是心理原因。对付外面来的棋手，多少要有些把握，下棋的人在棋盘上，心理因素很重要。棋力再强，一旦心理弱了会一败涂地。

过了一会儿，蒋冲说：“还是我来斩一刀吧。”

大家都笑了。蒋冲的棋在这些人中间，是不算强的，谁都胜过他。本来不会有人想到他，只是刚才提到了陶思明，反而让人觉得蒋冲来下这盘棋是正常的。蒋冲心理因素特别稳定，与谁下他都毫不畏惧。有人嘲讽他说，就是与陈祖德下棋，他也不会要求让子的。

北巷小王便点了头。在他家里，自然不好太驳他的面子。大家都说，好好下，我们做你的后盾。

院门又敲响了，蒋冲高声应着“来了来了”，赶着出去。房门开了，能听到开门的蒋冲与来人说话，声调却轻了，还带着笑音。北巷小王起身站在房门外迎着，其他的几个人都在房里坐着没动。

过一会儿，客人从外面进来，却见是一个姑娘。个头不高，圆脸，略有点胖，笑着，与陌生人见面并不怯生。

她与北巷小王说话，身子半转过来看屋里的各位。

北巷小王说："我们一直等着呢。"

姑娘说："我是很早就到车站了。"

姑娘朝房里的各位点点头，算是招呼。随后扭头朝房间四下看看，嘴里啧了一下，是赞房子。

本来房里的人还以为她是蒋冲的朋友。一听她与北巷小王说话的口气，便知她就是约来下棋的客，难怪北巷小王这么当回事：都从来还没和女人下过棋。女人有兴趣下棋，也只是听说，而能约着出来和男人下棋的，还是头一回。

城隍庙的田永年咕了一句："女人上阵，必有妖法。"当然这是低声的，就在他的喉咙口，最多只有坐他后面的陶思明含糊听得见。

姑娘看来确实出来了一段时间，口干了。她也不客气，看到桌上有一只空杯，那是蒋冲给客人留的。她一眼便认准了，拉到面前，再朝桌上看看，又伸手将北巷小王的杯子抓过来，把杯中的水倒在了自己的杯中，再提热水瓶掺了一点热水，一口气咕咕噜噜地喝了。接着又倒了一杯水，并给北巷小王的杯中倒满水。

北巷小王说："我已经喝了不少了。"

姑娘顿一顿，便提着热水瓶给大家杯中续水。

第一个走到刘云面前，姑娘伸出热水瓶口时，说："我姓马。"

北巷小王跟着说："马玉兰。"

姑娘说："小马小马。"

小马给大家倒水时，听着北巷小王介绍各人的名头。小马一边听一边看一边点着头，似乎早就听到过一个个的大名。

走到坐房角的陶思明前面，隔着一张茶几站停。北巷小王说到陶思明的姓名时，小马像是有点熟悉似的盯着他看。陶思明手端着杯子迎过来，小马伸长着手过去。陶思明眼光朝下，小马的眼光朝前，水没全倒在杯里，泼了一茶几，多少烫了陶思明的手。

小马坐下来时，大家准备要看下棋了，这才想到主人蒋冲没在，他出去迎人就没进来。正诧异着，蒋冲出现了，站在门口，正伸着手做着一个请君进门的手势。

“到我家了。”

“院子很雅。”应着一个女性的声音，声音细细微微似乎柔而带怯。

过了一会儿，门外又进来一个姑娘。仿佛带着一片阳光进来，让人眼前一亮。这个姑娘竟是那么漂亮。这个年代的人穿着大致相仿，但一身蓝布服装穿在这个姑娘身上，显出别样的色彩。她一张鹅蛋脸，细眉弯弯，抿嘴时腮帮上显着一对浅浅的酒窝。她的每一处都显得精致，整合起来就是好看。在大城市的街上走动着许多的女性，但极难得会看到这么一个使人感叹的漂亮形象。

“你才来啊！”别人都想不到说话时，小马开口说。

很清楚，这两位姑娘都是棋手，由小马约着来下棋，小马先到了，而这位姑娘来迟了。但除了小马，在座等了很长时间的各位都没有埋怨的心绪。女孩下棋，本来就是一件雅事，这样漂亮的女棋手就更显得雅。如此漂亮的姑娘来迟了，似乎是很正常的。

姑娘没有说话，只是细眉好看地动了一动，好像求大家原谅似的。

蒋冲却朝小马说："你约她没约清楚。……你们都等在黄园路站头上，你在朝平江路方向的站头，而她在朝天目路方向的站头。偏偏这一站相对的两个站头不在正对面，天目路站头要拐一个弯在小街上。……修月芳她都等了半个多小时了。"

平时蒋冲给人感觉是粗粗拉拉的，这一次他能细心地想到两处站头，并去把她寻了来。而且在这一路上已与这位姑娘谈了不少话，知道了她的名字叫修月芳，知道了她来的时间。语气中，显得与她很熟悉了。

所有的人坐下来后，小马说她是陪修月芳来的。大家这才知道这一局该由蒋冲与修月芳下对手棋。谁也没想到今天是与女棋手对局，而且是与漂亮的女棋手对局。要知道的话，屋里这些年轻的未婚男子，刚才还会不会那般地退缩呢？

这个年代的年轻男子都很拘谨，面对漂亮姑娘，他们说话也庄重起来，房间里有着一点不知所措的莫名气息。

修月芳对房间的布置只是随便地看了一眼，并没有过多注意。漂亮女人被邀到大场合去的机会多，也许是见得多了。她坐在桌前，正对着棋盘，显着一种雅致的静气。

蒋冲也显得与平常不一样，他一点没有谦让，对桌坐着，摆出一副下棋的架势，礼貌地伸了伸手掌，意思是让对方先行。

蒋冲今天的手势特别多。

"猜先吧。"修月芳说。

她说话的声音婉转柔和。她伸手到盒里去抓子。她的手细长洁白，真可谓纤纤玉手。棋子在盒里响着轻轻细细的声息，也让人有特别的女性感觉。她的身子在桌前坐得特别直，神情上有着一种肃穆感。让周围的人都觉得棋的对局，就应该是这样的，完全合乎着古来对弈的真正标准。

蒋冲想也不想从棋盒里取出一个子来，放在盘上。他猜的是单。他平时猜先不管是单双都用嘴报的，也不知什么时候懂了这一手。

蒋冲猜对了，走黑棋先行。一旦看到蒋冲与修月芳下起棋来，旁边的棋手都觉得让蒋冲上是错了。在大家眼里蒋冲还是那个蒋冲，显得粗俗，说话动作都冲冲的，一张瘦脸上的小眼睛，转得也太快。与对坐着的修月芳，形成很不协调的反差。

“你帮我倒水招待一下。”蒋冲支使着北巷小王，口气也有了主人的意味。

一旁观棋的，只有小马一点不在意蒋冲，她不时朝坐在后面伸头向前的陶思明看看。在座如说能与修月芳相配的，陶思明是唯一能算上的。作为男子，他也许长得过于秀气了些，眼下，在小马的眼光下他显得拘谨。而小马那姑娘的眼光也过于大方，用她来配蒋冲，也许合一点。

蒋冲把一颗黑子拍在了盘上，手像握拳似的抓回来。

修月芳用中指与食指捏着一个白子，放在了棋盘上，显着她的手指特别地修长。

蒋冲的棋下得狠，一点没有手软。

奇怪的是，修月芳的棋也一点不像她的温柔模样，一步步毫不退缩。修月芳牙轻轻地咬着唇，缓缓地向上移动着。嘴唇宛如花蕾，手指宛如花开。蒋冲下出的棋子在盘上歪歪扭扭的，修月芳每次都会伸手把子重按一下，在她的手下，棋子仿佛那么干净地排列着。

因为是争棋，两个人下的棋非常好看，有着棋逢对手的味道。

围着的人都看得认真，像是喘不过气来。

棋越咬越紧，蒋冲毫不犹豫冲了一手。蒋冲下棋是逢冲必冲，一点不留余地的。一冲一挡，这是自然应手。修月芳却迟迟没有应棋，手指捏着子，眼盯着盘，微微地蹙着眉头，眉尖向上顶起来。小马朝着修月芳笑。修月芳朝小马看一眼，脸上莫名地就起了红晕，像是从里泛出来，眼光里也含着。小马张大着嘴笑。旁观的人注意力都在棋盘上，只有陶思明朝小马看一下。小马这才笑出声来，对修月芳悄悄说："你是不是？……"

那声音还是让旁边的人都听到了。

北巷小王说："怎么？……"

小马摇摇头，修月芳蹙蹙眉。

小马就说："她要那个了。她一紧张就要那个。"

修月芳红晕布满了腮帮："谁紧张了？……"

陶思明看看小马，又看看修月芳的神情，立刻明白了什么，伸头在蒋冲耳边说："你这里厕所在哪儿?"

蒋冲说："你要……"他停了口，也多少明白了，便对修月芳说："你……来吧。"

仿佛在劝她做着什么事。

修月芳慢慢地跟着蒋冲站起来，低着头，似乎在看着棋盘。

蒋冲把修月芳带到房间后侧，那里有一扇门。开了门，后面是一个窄窄的过道，隔着过道又是门，门外是后院，后院有个矮平房，做厨房用的。房壁上搭着一个滴水的拖把，墙根长着几株杂草，开着几朵杂色的小花。

过道左边是楼梯，爬上几层楼梯，拐转处，是底层与二层楼的中间地带。迎面又有一扇小木门。蒋冲推开门，里面是一个只有一平方米左右的小间，正中放着一只马桶。

“你用吧。纸在后角。”蒋冲轻声说。

修月芳进去了，转过身来。小间只够转身的，修月芳的脸正好对着蒋冲，红晕消褪了，显得苍白。门很快地关上了。

修月芳觉得自己的动作太急了。然而，她却不习惯这只小小的马桶。她家里是新公房，用的是抽水马桶。而这小马桶边子太窄，小间里又溢着一股气味，一股让她有点要窒息的气息。刚才她感觉急，现在却只是干坐在上面。她咬咬嘴唇，依然只有木马桶的窄圈硌着她的感觉。眼前的门只是一层薄木板，糊着发黄的报纸，仿佛那门便是一挂纸门。

似乎过了很长时间。

于是就听到蒋冲在外面说：“这里下雨的时候，水在瓦楞中间淌下来，又从房檐哗哗地沿着水管冲下来，到处溅着水花，像无数的花开了一样。”

他的声音如没有任何阻隔地在她的耳边响着。

马桶里开始有着哗哗的声息。修月芳觉得那声音奇大，都在耳边冲响着。她似乎觉得一切都裸对着他，一点没有门与墙的遮隔。

楼下房间的棋盘前，几位棋手议着棋，都说是一盘咬得很紧的棋。只有陶思明没说话。小马今天似乎盯上了他，她用手推推他说：

“你看怎么样？”

陶思明说：“我看是修月芳的白棋好。修月芳的棋严密，蒋冲的黑棋冲得太过，有许多的漏洞……”他用手在盘上点了几处，没有再作说明。都是棋手，都明白他的意思。

小马轻笑了一下，她笑时又张大了嘴。

“我和你赌一下怎么样？我认为修月芳要输。”小马咂咂嘴，看看陶思明，说：“修月芳的棋我清楚。你别看她的棋紧，她紧的时候是很紧。但蒋冲的棋只要不停地冲，她总有一处就被冲破了，像一泡尿泄了气，只要一松下来，就松到了底。”

见蒋冲和修月芳一前一后从后门进来，大家都不再说话，只顾看着他们。

此时修月芳不再低着头，腮上依然有点微红，如花照影。

一旦坐回到桌前，修月芳又恢复凝神的状态，纤手落子，眉头微蹙。只是她的棋势似乎失了气，对付蒋冲的冲，便只有消极防守，失去了还击的力量。蒋冲却得理不让人，想出法子来冲。大家看到了这多年中蒋冲难得的棋力，他冲得妙，冲得有力，每一步都冲得目。每一处修月芳其实都没有损多少，只是失了气势，也失了先手权利，整个地显出了女性的柔弱。

似乎一垮到底。修月芳投子了，她投子的姿势也是优雅的，轻轻地把手中的子放到了盘中。

小马带笑意的眼光盯着陶思明，满眼是得意。

棋局如梦幻。

都说棋局如梦幻，相对那局棋来看，人生便更如梦幻了。说起来，棋局是实实在在的，人生也是实实在在的，但眯着眼回思过去便有着了梦幻感。这一次棋局，是一个因，似乎是偶然的一个因，几年后得的果，却让人觉得不可思议。新时期来，随着棋赛的恢复，约人下棋的事少了。新棋手一茬茬地往外冒。旧日的棋手都已成家立业，忙社会的事多了，有时在街上匆匆行走，突然就见了一位过去下棋的朋友，停下来，谈上几句话。便会说到修月芳嫁给蒋冲的事，感叹这小子还很会花女人的。说起来，还真是一块馒头搭一块糕。有人说，修月芳是被那座带院子的房子迷住了，根本不知道那不是蒋冲的。有人开玩笑说，蒋冲那盘棋彩头太大了，平时蒋冲很少胜棋，却一胜得艳。也有人说，修月芳平时能接触到的男人，都因为面对她的漂亮，心里怯了。她是第一次遇上蒋冲这样敢于冲的男人。而北巷小王说，陶思明很会看人的，那一次他便发现，蒋冲平时说话粗拉，但对着女人他的声调是那么地温柔，充满磁力。

下棋的人长于分析。但说归说，分析归分析。修月芳嫁给了蒋冲，还为他生了个女孩。可惜的是这个女孩长得根本不像修月芳，大都继承了蒋冲的形象，小眼睛还有骨头脸。母女两人走出来，一点也不相像。都说孕妇心里想得多的形象，生出来的孩子就类同这形象。那么，修月芳心里只有着蒋冲。谁都看得出来，修月芳是那么喜欢她的女儿。

这天市棋协举办了外城邀请赛，并作挂盘讲解。外城棋手的主力便是陶思明，他还得到过全国的比赛名次。

蒋冲与修月芳早早去了比赛场地，等着与陶思明见一面，说几句话。

陶思明显得气派了，穿着西装，打着领带。这在刚开放的年代还少见。他与蒋冲握一下手，与修月芳的眼光相对一瞥。

眼光中流动着许多过去岁月的记忆。

陶思明本不是这座城市的人，他是那个年代来到城市的。因为犯了小集团的罪，他逃离了监督劳动的地方，来到这座城市，住在一个亲戚家里。他避免在公开场合露面，也不与人打交道。但他喜欢棋，无法解脱棋瘾，才与棋友交往。他的棋力很高，几乎城北的棋手都输过他。偏偏他有时会输给一般的下棋人，所以大家认为他棋力不稳。现在能想到，他那是故意输的，与他平时低调同一策略，只是不想让别人把他的名字传开去。

他们在休息室里坐下来，陶思明开口问："你们还下棋吗？"

修月芳说："下。"

蒋冲说："我下得少，她下得多。"

陶思明脸对着修月芳，眼光微微下垂着："那你现在肯定下得很好了。"

修月芳说："我的棋总是少了一点冲劲。"

陶思明抬起眼来说："不。我看过你的棋，你有着一股内劲，这比表现的外冲更有力量，只是你自始至终不要松了这股劲。"

修月芳与陶思明的眼光又相对一瞥，她说："你的第二局棋，和我下。"

本来安排修月芳下第二局棋，是市棋协根据北巷小王的提议，用来对付陶思明的秘密方案，修月芳却不想瞒陶思明。

陶思明说："那我要好好准备一下了，希望和你的一局棋下得精彩。"

陶思明的第一局比赛，一开始依然还是他原来的柔韧风格，能飞的便飞，能关的便关。走得飘忽不定，也看不出有什么优势，让对手放心地占空。一旦布局已定，对手还在疏疏地拓着虚空，陶思明突然走了一手：冲。于是，接下去陶思明向对手的一块棋的薄弱处，进行了全方位冲刺，把那块棋的眼位冲小了，并进行了包围战。对手这下走得十分小心了，只顾自保，只顾做眼，虽然大龙没有死，但陶思明借冲在外围做成了空，棋便胜定了。

修月芳与蒋冲不由地感叹陶思明棋力竟是如此之强。特别是蒋冲，过去他也与陶思明下过，还曾有过胜绩，现在看来，那也是陶思明故意让着他的。他们也理解陶思明那几年的境遇。

陶思明一度和小马结了婚。这段婚姻看来也是一块馒头搭一块糕。运动一结束，陶思明的罪名得到了解决，他们很快就离了婚。那时离婚还是很稀罕的，陶思明是快刀斩乱麻，做得很干脆。

人的性格与人生观念确实不一样。

都说修月芳和蒋冲这对棋手婚姻也不会长，但修月芳与蒋冲的婚姻却延续下来了。修月芳棋上的算路很深，但在对男人的问题上，却感觉简单，她无法接受与另一个男人裸裎相向的情景。她觉得男女就是那么一回事，那种男人给的快乐总也抵不上女人的窘态。她无法解脱开来。修月芳也清楚蒋冲，他并没有什么能耐，但对他已经是习惯，便是无奈也只有如此，因为在她看来，所有的男人都一样，换一局棋还不照旧下？

偏偏是蒋冲外面有着女人，还不止一个。修月芳也多少知道些。这件事，实在让人想不明白。蒋冲却有他的说法：那些女人觉得这么漂亮的修月芳也是我的女人，她们也就对我没有了抵抗和拿乔心理，十个女人九个肯，她们会好奇地想看看我作为男人，到底有什么魅力吧。

从赛场回到家里，修月芳便进了卫生间。他们现在住在一个两室一厅的单元房里，室与厅都很小，但生活也就这么过着。

修月芳坐在了抽水马桶上。她呆呆地看着面前镜子里面的自己。脑子里是刚才的那盘棋，而棋盘上不时浮出来的，是一些杂念。人生为了什么？下棋费那么多的心思为了什么？岁月一天天过去，又有什么意义？人说她算路深，又深在了哪儿？人说她装扮漂亮，引来那么多的眼光，而保持了这个容颜又如何？

蒋冲进来，倚靠在镜子边，他有点涎着脸，看着她露着两片股腿坐着的样子。与女人生活在一起，他已看惯了她的一切，时间长了，漂亮与不漂亮都没有关系了，都会产生审美疲劳。对男人来说，上面的漂亮，敌不过拥身时那种女人的温润；表面的端庄秀丽，有时会成为一种寡然，而失去了几多放浪的动态。

“你还在想棋局呢？有什么好想的？”

“出去。”

“你此时是最漂亮的。”

蒋冲说的是实话。只有看着修月芳此时的样子，蒋冲才有一种奇特的感觉，觉得她有着与别的女人不同的蕴致。

“出去。”

修月芳又说了一声，她的声调没变，蒋冲难得地心里一激灵，退身出去，并小心地关上了门。

旧公寓房的卫生间没有窗，门关上，便是四围暗色了。静一静心，感觉到从隙缝中透进来的光，在镜子上显出身形朦胧，心里却清明一片，多少时间中，棋上的天地让她忽视了生活的负累，而生活的力量已凝聚了她内在的劲，她应该不会一时轻泄了。

这一瞬间，她心中棋盘上，陶思明的每一步棋，都摆得明明白白的，包括他的想法与他所行的棋理。

她开开门去。

第二章　棋语·星位

刘云手撑着桌角，对着空空的棋盘看了好半天。

随后，他用右手的拇指与食指拈着一颗子，放在了棋盘上。

星位。

他仿佛是小心翼翼走了这一步，布局最本手的一步棋。

天色暗下来了。棋盘上的黑色玻璃棋子上体透明。

平时，刘云往棋盘上投子，往往是食指与中指挟着棋，“啪”的一下，敲击到棋盘上。

有一次，落子猛了一点，敲在三夹板棋盘上的玻璃棋子碎了。对手的棋正落下风，借着子碎，闹起来了，说刘云一点没有棋品，一开始就落子打盘，影响对方情绪。

刘云说，这叫“气合”，合着棋局气势上的强劲着法，气合也是棋力的一种表现。

只有刘星喜欢听刘云打棋在盘上的声音。刘星是刘云的妹妹。

刘云经常约棋友来自己家中下棋。他家两个小间房，外面一间放着煤炉与竹橱柜，还有一张饭桌。下棋就在这张饭桌上。

身在里面房间的刘星，静静地听着哥哥落子在盘上的声音。

有时，刘云独自打谱，也是落子在盘的啪啪声。

刘星患着病。大多数时间，她都躺在里房间的床上。

他们生活在大城市的一个弄堂里。他们的朋友也都是弄堂人家的。

家里只有兄妹两人，父母支边去了外地。

刘星患的是先天性心脏病，发现病时正属花季少女。

年幼时的刘星活泼好动，跳“房子”，跳皮筋，躲猫猫，抓“强盗”，几乎一刻都不歇，恍如早早地就把一生的精力都发挥了出来。

有一次，她爬上城河边高高的瞭望塔。

瞭望塔很高，水泥壁上有一排嵌着似的铁管焊成的铁架。一根根铁管带着锈涩的气息，笔直地上下立着。弄不清这个瞭望塔作什么用的，之所以称瞭望塔，只是因为大家都这么叫它。

刘星抓着一根根铁锈管爬上去，像是身子贴着壁向上攀。

从下看上去，塔顶只有一个仅可转身的地方。

刘星转过身来，低头朝下看着。

爬在高高塔上的刘星，脸上显现着害怕的表情，却传来一声笑。

刘云只比刘星大三岁，那时仰着脸的刘云感觉塔上妹妹的笑声，仿佛是从天上传下来的。

与妹妹刘星的性格不同，刘云喜欢安静，总是在屋子里下棋，一个人打谱。兄妹俩的肤色都白，刘云显着有点苍白，白净修长的手指拈着一颗颗棋子摆下去。

有时，刘星半夜醒来，见刘云还像几个小时前一样坐在桌前，似乎时间凝着没动过。

刘星跳起来，从里面房间跑出来，用手撸了盘上的棋。棋子在她手下稀里哗啦地跳动着。

刘云看着刘星。

刘星把脸伸向刘云，很大幅度地张开来："让它们动动，动动。"

她随即跳回到里房间去。躺在床上，能看着刘云的侧脸。

刘云复着盘，一步步又把棋子放回到盘上原位，仿佛它们还是动没动过。

活泼的刘星说静就静了下来。有一天她从床上醒来的时候，说心里难受。刘云本来以为她说笑的，后来发现不对，便带她去了医院，检查下来，居然是先天性心脏病。

这以后，刘星略微大动一下，脸上就像失去血色一般，比刘云要苍白得多，白里面透明着似的。

往往刘星做了一个怪动作，满脸展着笑。突然脸色苍白地停了下来。

棋局进行了接近一个小时，棋盘上还只有十几个子。黑子与白子错落有致，连起来，像画着简单的线条画，依然还是在布局阶段。

这是一次民间"棋赛"。真正的棋赛在社会上已经停了三四年了。那时，下棋纯粹是爱好者的事，一般都是两个熟人约着在家里下棋。往往有哪位棋力强了，不满足老是赢几个熟悉的棋友，便会到棋摊上去下棋。棋摊在当时也不是公开允许的。一般摊主在小街有一间门面房，放着几张桌，摆下几盘棋，不管坐在桌两边的棋手是谁，输者要交摊主盘费：象棋一盘两分钱，围棋一盘四分钱。

天热的时候，摊主会把棋桌放到门外马路边。

在一个棋摊上称雄以后，这位强手便会到附近棋摊上去访其他强手，渐渐地，一片地面上会有一个下棋者公认的高手，他自然也就成了这块地面上棋坛的代表。

下棋的人遇在一起，除了下棋“手谈”，用语言谈得最多的便是谁谁谁棋下得好。于是，便有好事者出来约棋局，让城市这一块地面上的高手与另一块地面上的高手对一局，用北巷小王的说法，叫“碰一碰”。

谁是王中王，只要“碰一碰”。

高手自然也想碰碰其他高手，也想把自己的霸主地位拓宽去。这种“碰一碰”，是难得的，就不会在棋摊下了，那里人太杂乱，会约在一个房子宽敞一点且喜欢棋的人家。

这次的棋局约在了北巷小王家。北巷小王其实从来也不下棋，却喜欢张罗棋局，这次的“碰一碰”，就是他约的。

北巷小王的父亲自然叫老王，老王棋下得一般，家里有人来下棋，他就拉一个旁观者到一边去下一盘。有时北巷小王会对老王说：“去去去，人家来看好手下棋的，不想跟你下的。”老王有点讪讪的，家里好像小王说话算数，老王只是依着儿子。

难得一家都喜欢棋的。北巷小王家地方并不太大，只是有一个阁楼。阁楼虽不大，但能放下一个棋桌，坐下几个人，就成了一个自然的理想的棋局所在。

刘云几次被约到北巷小王家来下棋。几次在北巷小王家里的棋局，刘云都胜了。刘云就成了一块地面的棋坛高手，这个名气是北巷小王传的。北巷小王在城市的棋坛是个有点名气的报道者与评棋者。

北巷小王也就成了刘云的朋友。北巷小王喜欢看刘云下棋，说他的棋风“硬碰硬”。

北巷小王张罗棋局很认真，只要遇上高手，便会邀局。

“大家碰一碰嘛。”北巷小王总是这么说。

棋局一般一盘定输赢。偶尔，看得出来棋咬得紧，胜负只差一点点，而输者口气不服的，便再下一盘。

到吃饭的时间，老王把饭弄好了，菜不多，另买一点猪头肉等卤菜。北巷小王请人吃饭也爽气：“是朋友，你坐下来，不就一顿饭嘛。”

当时粮食比较紧。北巷小王与父亲老王，都在厂里当技工，两人一月百来元工资，总要花十几元钱在黑市上买粮票。

这次的棋局，约了有一段时间了。对方是城东人称“油老鼠”的，大概是说他的棋滑不溜秋，到处钻漏洞。虽然棋人对他的棋力认可度不一，但是他的胜率很高，在城东也是出名的高手。北巷小王约了他好多次了，用上了刺激的办法，用上了诱惑的办法，都被他滑掉了。越是滑掉，北巷小王越是有心思邀，自己去邀，托人去邀，就是想让刘云与他碰一碰。

总算碰上了。“油老鼠”带来了一个作证助战的棋手小戴。“油老鼠”个头不高，小戴比他的个子还要小，却显得一副精干的样子。北巷小王也定了一个观战的朋友，是老王的好友老胡。这种棋局传开去，来看的棋迷肯定多。北巷小王考虑到棋局需要安静，再说，阁楼上坐下五个人就挤满了。老王也只是偶尔上来，站在人身后看两眼。

有时刘云在家里与朋友下棋，妹妹刘星从里房间出来，偶尔站着看一下棋，朝旁边观战的哥哥的棋友笑一笑。

在一旁观棋最多的就是北巷小王。只要知道刘云与人对局，北巷小王总来观看。他算是刘家的常客了，也熟悉刘星。

北巷小王看到刘星，便像主人似的拉过身后的椅子，让刘星坐下来。刘星轻摇一下头，她从来对棋就没产生过兴趣。她看棋，只是因为哥哥在下。很快，她就走开了。她的脚步是轻快的，像飘起一阵风。北巷小王盯着她的身影看着，他知道刘星的病，这个病中的女孩让人怜惜。

知道刘星在，北巷小王说话总是放低了声音，旁边其他的人说话声高了，他就会把手朝下按按。

刘云眼中的刘星，脸色似乎越来苍白。或许妹妹本来就白，过去的她总在外面蹦蹦跳跳的，肤色自然健康吧。刘云有时想，妹妹还是应该多出去走走，经常不见太阳，才会有这样的脸色吧。

然而，刘云有时下班回家，发现刘星不在，他就急着想出去找她。出去了的刘星，会不会发病倒在路上呢？又有谁会救助她呢？

刘云在一家街道的小厂里做木工。他在家空闲的时候，买了木头，打着一只床头柜。

床头柜有他独特的设计，造型修长，背部长出两片弧形，像是两只翅膀；而四只柜脚，刻出了四个真正的脚形，像是两双跳着芭蕾舞的脚。

那只刚开始成形的床头柜，就搁在妹妹的床头，晚上放着热水瓶与茶杯，还有药品与针盒。

床头柜的白木坯子完成了，刘云用砂皮整个地打磨了，开始给它油漆。

这个床头柜，刘云刷上了多种油漆，就像后来社会上流行的女人服装的镶拼式。

柜脚是朱红的，柜背是乳白的，柜身是黛青的，而那一扇门，他把它漆成一条一条：黄一条，绿一条，红一条，紫一条。

他很有耐心地一条一条漆着。

那天北巷小王来他家中约棋局时，看到刘云正在刷漆，摇着头评说："太复杂啦。"

刘云只管往上涂着漆。

还差一个面子没有漆，每天晚上还放着水杯与针药。

与杂色杂形的床头柜靠着的刘星，肤色越显苍白。也许刘云正因为看到妹妹肤色的苍白，才打出这杂色的床头柜吧。

父亲寄来了一种治疗心脏病的针药。刘云对打针不学自会，每天他给妹妹刘星打针。

刘星露出来的臀部肌肤，越发白得透明，像水晶渗进了里层的肌体，而表面的肌肤细如羊乳。

药水是油性的，按在针管上的拇指很用上劲，才能把一管药慢慢地推进去，可劲用大了，会把针头脱出来。刘云用另一只手捏着针头。

刘云使着劲又收着劲，似乎是强力压入的，这油性厚的药水沉重地压入这似乎吹得破的肌肤里，刘云心里就会想到妹妹痛苦的人生挣扎。他捏针头的手，伸出小指与无名指去，轻轻地在下针周围的肌肤上打着圈，想分散妹妹的痛感。刘星却似乎觉得痒似的，喉咙里咳着笑。

刘星咳咳地对哥哥说："你是不是应该先打大柜？"

刘云说："打大柜做什么？"

刘星说："应当打大柜成家啦，衣橱啊，五斗橱啊……你该到打大柜的时候了嘛。"

刘云没有应妹妹，他习惯了妹妹想什么说什么。

妹妹声音中的笑意洋溢开来。

然而，妹妹身体有着一阵阵的战栗，眉头皱结着的样子。

妹妹臀部的三角针区，已经是密密的针眼。开始的时候，针药下去，那里的皮肤下会结成一个块块，针过以后，刘云偶见妹妹偷偷地解下裤子，用滚热滚热的热水毛巾敷着，见到他的时候，眼半低下去，带着一点少女的羞涩。

如今，针眼处是一个个极细极密的黑针点，而四周的肌肤依然那么白净。

他每次下针的时候，妹妹都会带着一点莫名的紧张，显着紧张的笑意。而一旦知道他下了针，神情便一下子舒展开来。

针插进时，他总会问她："疼吗？"

她说："不疼，真的不感到痛的。只是我还是有点紧张。"

就算他下针的技术再好，针进皮肤总是应该疼的。

除非那里的肌肉已失去了疼感。

刚知道妹妹有病的时候，刘云在桌前拈着一颗棋子，转动了好一会，对妹妹说："医生肯定弄错了，你不可能是什么先天性心脏病。"

刘星说："我最有可能的。"

刘云说："你那么好动，要有病，早就不爱动了。"

刘星说："哥呀，我动的时候，就会觉得心慌，难受，我就多动动，动多了，也就麻木了。只有动到它麻木了，我才感觉不到了。可每天一开始动，还是会难受的。"

刘云想到刘星生下来就承受着难受，她从来没有对任何人说过，还一直在动，一直在笑。她大概不知道用哭来表示难受，也许她以为人一生下来就是要难受的，大家都是这样的。唯一的办法，就是让难受麻木。而一旦知道难受只是她一个人所有的时候，她也只能听医生的话，安静下来。她身体的支撑力也就弱了，似乎难受时时会表现出来。

感觉到时时在痛苦中的妹妹，刘云会想到：死。也许死会让妹妹得到解脱。他不允许自己这么想，然而与死有联系的想法总会缠绕过来。

特别是看到刘星的肌肤一天天透明起来，在床上的时间一天天地多起来。

刘星问他："哥，你想什么？"

刘云摇摇头。

妹妹的眼神越来越清澈，妹妹的笑意也越来越单纯。

死，将要去的地方，会是什么样呢？刘云本来就不信神鬼。在刘云接受的教育中，谈到死的只有一句：或重于泰山，或轻于鸿毛。对于刘云来说，死，原来只是隔着很远很远的一个词，极偶然地想到，只以为那是老的习惯结果与自然常态。他根本不会想到死与年轻有关，死是随时性的。

古人的书中，多有对死的思考。今人也许都长寿了，也许今人都沉醉于物欲中了。

死就是没有吗？使痛苦也变得没有。那思考着的、行动着的、喜怒悲欢着的“我”也是会没有的吗？

与痛苦相对，死大概分量变轻了吧。妹妹有时也会说到死，妹妹嘴里的死总是那么轻飘飘的。

死，就像一盘下完后撸掉了的棋局吗？

那么要那么多痛苦做什么？

棋局总是要撸掉的，要那么多的扭断搏杀做什么？为着一个子一个空计算那么多，计较那么多，甚至每一步都盘算着十几步以外的照应，又都是做什么？

最终，还不是空空的一个盘吗？

棋局上，几十个子下去，似乎依然各人走各人的。

棋只有碰上了，缠斗在一起了，才紧张，才好看。可是这对棋手却一直都在布阵，有时，两人抬头互相看了一眼，他们的眼神都有点松松垮垮的。

终于，刘云伸手把一颗子打到对方星位一颗棋之下，这也是谋求在对方空之中活角常用的手法。看棋的人都紧张起来，要战斗了，让人有着一种疼痛式的快感。

这局棋虽然只有三个人旁观，然而，不出三天，城北城东下棋的人都会知道结果。各个棋摊上都会有议论：某某胜了一盘，某某不经下。胜多少没有关系，胜多胜少都是胜。

其实，就算棋摊上的人都知道，能有多少人？就算整个城市下棋的人都知道，又能有多少人？再说，输者未必服气，赢者常属侥幸。只是人争一口气，胜负之上，这口气最难忍，往往两个好友闭门下棋，会引出掀棋绝交的结果来。

眼下的这局棋，算得上城东与城北的棋坛荣誉之战，用北巷小王的话来说：要是刘云输了，“北只角”就低了“东只角”一头；“油老鼠”输了，“东只角”就低了“北只角”一头。

棋坛亦如江湖，胜王败寇。

为约这盘棋，北巷小王最后给东巷棋摊留了一句话：约了“油老鼠”三次了，“油老鼠”怕了，不敢露面。“东只角”还有人吗？放一句话来。

“油老鼠”终于来了，城东有多少眼睛盯着呢。

北巷小王对刘云有着信心。

面对刘云黑棋的点角进攻，白棋只是退了一手。黑棋往里伸了一手，白棋又退了一手。两人像砌墙似的排了两手。黑棋再往里伸，拿着白子的那只手握起子，又放下了，再握起来，再放下。棋子在瓷罐中发着哗啦的声响。终于又拿出来了。放到了盘上。

“油老鼠”到底是滑，棋又滑到另一边空地去了。

“油老鼠”歪着一点头，看着刘云，含夹着挑逗的神气：我就是不与你碰，你怎么着？

刘云把手按在了盘上，他无意识地按了按“油老鼠”刚下的一颗子，把它轻轻地放正了。眼前棋盘上交叉着的点，恍如许多的针眼，他的棋子该下到哪个点上？

没有什么可说的，棋盘上的点随处可下。刘云原来的棋，从几步开始就与对方的棋扭在了一起，他一子一子打在盘上，显现得那么艰沉却又那么有力。可这一次，不知是因为他的畏缩，还是“油老鼠”刻意避开他，盘上的子都是那么有序地客客气气地排着。好不容易，他把子投进了“油老鼠”的阵中，渴望进行纠缠着的搏杀，可“油老鼠”又滑开了。

刘云突然把手中的棋子丢回到棋罐中去。随后他站起身来，走到窗口去。

阁楼上有一扇老虎天窗，窗比人高处，伸着头可以看着窗外方形的一片天空。

没有说棋手不可以离位思考的。日本高手常常会离位看另外的一盘棋，往往是对手思考的时间长了，表示出来的一种轻视情绪。

过了一会儿，北巷小王起身向刘云靠近一步，说：“要尿尿？不想出门的话，楼下有马桶。”

刘云没有应声，身子也没动。

北巷小王顿了顿：“我陪你去。”以往的几次下棋，刘云总是一直到棋局结束才说尿憋得厉害，几乎一尿半天。

刘云身子还是没动，他只是说了一句：“不下了。”

北巷小王还是带笑看着刘云，恍惚才想起来问：“不下了？什么意思？”

身后一直面朝着棋盘的几个人这才转过身来。

刘云依然一动不动。那几个人慢慢地开始明白他们的话。

北巷小王又说了一句：“不下了，是什么意思？”

“油老鼠”带来的小个子小戴说：“不下了，当然是投子了。”

北巷小王推着刘云说：“不下了，就是认输了？是认输了么？”

城北的好棋者老胡急着说："当然不是认输啦。这个棋才布局，还没进入中盘战斗。根本没有落后呢。"

小戴说："根本没有？就是说多少有些落后了。"

一直不响的"油老鼠"接着说了一句："到底刘云是城北的高手，看到落后手是翻不过来了。"

刘云依然那么站着。北巷小王看他的半边脸通红通红的，忍不住扭过头去对"油老鼠"说："谁都看得出来，这种棋根本不会投的。"

小戴说："刘云清楚，走到'油老鼠'棋路子里了，算一算，差了十多目。"

"油老鼠"摆摆手："十多目难说，贴不出目吧。"

老胡不急反笑了："就这些棋，看到贴不出目了？"

小戴说："你的棋力当然看不出。"

老胡说："就只知道躲，就只知道滑，这种棋也有棋力？"

小戴说："这你就不懂了吧，谁规定棋一定是怎么下的？高手就是斗智不斗力，和你说不通。'油老鼠'就是这种日本式的高棋，每次叫你发不出力来。"

两个观棋者斗起嘴来。

北巷小王用手臂围着刘云的肩膀，像劝着哄着："拿出你的搏杀力量来，去和他斗一斗。投到他的大场中，喏，那边，这边，看他怎么滑……"

"看来刘云下棋，还需要边上指招，这盘棋倒是不用再下下去了。""油老鼠"作势像是要站起来。

北巷小王跳过一步，伸出手去按在棋盘上方，像是要护着，不让人撸了棋盘。

他又扭转身来，冲着刘云叫着：“刘云，你还想在棋坛里混，你就把这盘棋下下去！”

刘云扭过身来，他的脸一下子又显得苍白苍白，额上却流着汗，头发湿湿的。

他只是用力地摇摇头。

三天后的一个晚上，北巷小王想来想去，忍不住一口气，跑到刘云的家里来。

刘云在桌前坐着，桌上摊着纸棋盘，上面放着两白两黑四颗子，正是他与“油老鼠”的开局，双方下的是对角星，占着四个角四个星位，在古代时，这叫“座子”。如今再难得见到的开局。

刘云看了北巷小王一眼，又垂眼对着棋盘。

“你这算什么！”北巷小王开口就叫，他一连声地说下去，他说，他约过人家多少次棋，还没有这样没下到中盘就不下的；他说，要是堂堂正正下输了，也好说；他说，就是拼到一大块“长龙”死了，也应该下下去。棋盘上谁也不知道下面可能是什么，对方自填一口气的也可能。倒没有碰也没碰上，就不下的；他说，现在“北只角”丢脸了，只能让人说，代表“北只角”的人下了一点子就不敢下了。也有人说，是下棋的人气没有了，怕输怕到没有气了！

没有气了，知道不知道？不是说棋上的气，是人的气，人就靠一口气，你懂不懂！

北巷小王越说声音越大，停了一下，发现刘云还是对着棋盘一动不动。他突然想到了什么，朝里间看去，平时那里躺着刘星。

北巷小王知道他的妹妹心脏有病，很不一般的病。

眼前，里间的床上是空空的。

北巷小王声音轻下来："你妹妹呢？"

刘云说："不在了。"

北巷小王又盯着刘云好半天，这才问："不在了？什么意思？"他的声音越发轻了。

刘云对着他的眼睛，身子依然一动不动。

北巷小王又说了一句："不在了，是什么意思？"声音就更轻了。

刘云头动了一动，似乎是摇了摇。

他们就这么默默地一个站着一个坐着。不知什么时候，北巷小王出了门，悄无声息地走了。

刘云慢慢地抬起头来。门框下，外面院墙之上是一小块城市夜的铁青色的天空。

第三章　棋语·断

陶松提着一只铝水壶推门进屋，几乎没与梁如照个面，一径进了小厨房。放了一壶水，搁在炉上，看着火把水烧开了。

陶松独自儿大声地说了一声："好了。"

陶松转过头，看看厨房门口，那里空空的。他本想梁如听到他的这句话，会过来倚着门框看看的。

陶松提起铝水壶，给热水瓶灌水。

这只水壶用了多少年了？陶松记得还是结婚那一年买的，壶底已经沙化了，烧水的时候，壶底渗出的水，在火苗上发着滋滋的声音。

陶松花半天时间看修锅匠修锅，随后，自己动手剪了壶底，将一块新铝皮补了上去。

陶松学这一套修补本事很快，早年看人家修碗匠修碗，也就花了半天的工夫学会了，不过家里很少打碎碗，学了的本事很少用得到。

虽说他有修补的本事，不过他是堂堂的钢铁厂工人，当然不会去做走街串巷的自由职业者。

在城市年轻人都往农村和边疆去的年代，他是国营大工厂的工人，又有修补的生活技能，在城市的男人中，也算得上吃香了。

梁如那时候就说他的手巧，不知道这是不是她嫁给他的原因。

陶松在厨房里忙了一会儿。厨房里角上放着一小堆青菜，他拣好洗净了。把窗子外晾着的一条鱼，拿进来，切成了块。从下面柜里取出一块姜来，洗了切成了片，将一个个菜放在了碗盘里。

他一边做着，口中哼着一首当时流行的歌，那是电影里的插曲。他哼得很轻很轻，这是他做家务时的习惯。

一切都弄定当，他退后一步想一想，没什么可做的了，于是便把围裙解下来。他喜欢做事一板一眼的，做得归正。厨房的地上，菜皮屑都扫净了。原来还是乱乱的厨房，被他收拾得干干净净的了。

他要走了，有人约着他下棋。陶松业余的爱好，就是下一盘棋。他棋下得一般，但好这个。

要不他会把菜烧出来，吃完了再走的。

厨房隔一个小堂屋，那边是房间。陶松走过去，手里提着那只空水壶。

梁如就在房间里坐着，半倚着藤椅，藤椅背有点破了，上面有几处陶松缠上了同样黄橙色的塑料绳。

梁如的身边放着一本书。

她喜欢看外国小说。陶松有时也翻翻书，他喜欢看的是古代书，主要是古代说道理的书。

陶松半举着手中的水壶说：“你看，修好了，一点不漏水。”水壶旧的上半身与下面崭新的底，形成着反差。被炉火烧了一次，壶底显着几条黑烟色。

梁如的眼光在水壶上略微地停了一停。

陶松说："买一个水壶要几块钱，找一块铝皮，用不了几角钱。"

陶松又晃晃手里的水壶，把它放在一边。他朝梁如走近，半个屁股坐在旧写字台角上，拿起桌上的书看一下书名，又把它放了下来。

梁如一动没有动。这是陶松习惯了的气氛。他注意地看了梁如一下，这才发现梁如脸色有点苍白。

"这两天是不是腰里不惬意?"

梁如头动了一动，弄不清是点头还是摇头。这也是陶松看惯的动作。

"你不要管了。"她说着侧过身子去。

陶松转身想走了，又回转身来说："明天，我约了龙龙下一盘棋，龙龙从黑龙江回来了，好几年没见了，就想着和我下一盘棋，我就把他约到家里……这里来了。"

说着的时候，他注意地看着梁如的神情，她的眼垂了下去。

陶松赶快地说："你知道我那点地方，实在没办法把人约到那里去啊。"

梁如以前也曾听说过龙龙的名字，知道是陶松开始学棋时的棋友。曾经有一度时间，她也想学棋，只是初学之始，她的棋被陶松一块一块地吃掉，她就不再下棋了。

梁如过了一会才说："这是最后一次……下次你别把人约到这儿来了。"

陶松答应了一声便出门去。

第二天，陶松来的时候，发现门虚掩着，里面没见梁如，不知道她去哪儿了。最近她常常会出门。陶松来得早一点，等着棋友龙龙来。

陶松去厨房烧了开水，找出茶杯，又找出了一盒放在柜上层的茶叶，茶有点陈了，散着一点旧茶味。他把开水瓶、茶杯与茶叶都拿进了隔壁的小房间。这是原来的书房，兼堆杂货。整个房子面积虽小，但在那个时代的城市里，还是算得大了。一般的人家都只有十来个平方，挤住一家三代人的。

他在橱顶上找到了围棋，棋盒上面已蒙了灰。他把棋盘在桌上铺开来。他喜欢下棋，因为这是个高雅的爱好，梁如也一直由着他。

陶松想着，梁如会到哪儿去了？她是不想与他一起在家里吗？

陶松想到人家告诉他的事：她找了一个男朋友了，见到她与那个男人一起逛马路。陶松一直不相信，也没问梁如。梁如不可能，她从来没有与他逛过马路呢。

陶松还是想着了她昨天最后的一句话，她明显是不让他再把这里当家了。那么她真的有可能要与别人一起生活了？他心里翻腾起来，以前他从来没有想到过。

陶松原与梁如是一对夫妻，结婚已有几年。最早是人家介绍认识的，两个人见面时，陶松没话找话，谈的是书。运动开始的时候，抄家抄出来的书堆在仓库里，红卫兵准备要烧掉它们。当时住仓库隔壁的陶松，每天翻院墙过去搬一些书回来。他喜欢看古书，有着与下棋一样的感觉。谈了对象的梁如喜欢看外国文学，也就到陶松这儿来拿书看。这么一来一往，梁如就同意结婚了。婚后的日子过得平平静静，和别人家没什么两样。

就在这个当口，梁如的单位开批判会，让梁如领喊口号，她的嗓音很好。可她却把口号喊错了，把拥护副统帅××叫成了打倒副统帅××。这一下，她立刻从批判动力转变成了批判对象。开头两天还只是上班挨批，没几天就进了封闭式学习班，听说她的同事揭发她以前也曾说过对副统帅不敬的话。这样无意就成了故意。关在里面的几天中，天天写交代，天天被揭发，风声一天比一天紧，传说很快会开一场大的批判会，批斗以后就会把她逮捕进监狱，还听说小命不保。

陶松几次去看她都给挡在了外面。这时陶松的厂里找他谈话，让他划清界线，厂领导动员他出来揭发。陶松说她的话很少，在家里也是一样。可没人相信陶松说的，说夫妻之间无话不说的。陶松也被停了职，白天上班写检查，夜晚回家反省。那两天，陶松的神经也是绷紧着。

这一天他去给她送衣服，意料之外地与梁如见了一面。可能这是最后一面了，两边的领导为划清革命与反革命，做最后的工作。

一见面梁如就说："我们离婚吧。"梁如被关在里面倒是长胖了，脸色却是越发地苍白。陶松说："为什么呢?"梁如说："你还要再结婚的，人家不会嫁给一个妻子是反革命的人的。"陶松还是说："为什么呢?"梁如说："我就是这样了，我也用不着背一个你的妻子的名义走。"

那一刻，她说得坚决，他也就答应了。他也不想在那个时候违背她的话。陶松想到这是梁如记着他是她的亲人，正是把他当作自己的丈夫，她怕连累他才会这么做的。陶松觉得这个离婚正是她留给他的一份实实在在沉沉甸甸的遗物。

他们就离了婚。

可后来总有人说，离婚完全是他为了划清界线。陶松根本不在意这种说法。

然而，就在那个当口，副统帅完蛋了。文件传达下来，虽然他与她都不在文件传达的范围内，但他们也都听到了风声。

文件不给他们传达的理由是：当时副统帅毕竟是统帅定的，难道你比统帅还要高明？你反副统帅只能说明你的内心是反革命。

不过说是这么说，过些天，梁如被放回家了，头上还顶着一个反革命的帽子。只是没有最终定性。慢慢地谁也不再说这个事，也没人来给她平反。他们也不敢去要求平反，谁都知道翻案是没有好下场的。捡了一条命已经是大幸事了。

既然他们离了婚，而他们的住房是梁如单位分的，当时陶松也就由厂里的同事帮忙，把自己的东西搬出来，搬到了厂里的宿舍里，这样就算是正式离了婚。只是陶松依然常在原来的家里出进。后来，梁如放出来了，陶松还不断地出出进进，他们像夫妻又不算是夫妻地生活着。他们头上压着什么，也不想生事，不提离婚与结婚的事，心里实在不知道以后还会发生什么。下棋的陶松知道有后续手段，但生活中的陶松觉得梁如总还是他的妻子，没想到其他的。就这么一天天过来了。

这时，陶松感觉到：梁如真的另有男朋友了。

夫妻是什么？这是陶松立刻想到的。以前陶松根本没有想过。在他的意识中，夫妻当然是人生最重要的关系，比父母子女还要亲密，这点从继承法上就可以认识到。两个人一起吃饭一起睡觉，生活中大小事一起商量，耳鬓厮磨，气息相闻，且在一个被窝里肉体交叠，这关系确实是没有可比的。女人是自己的另一半，没结婚的人，整个心思都在寻找那另一半，也许有的人一生都在寻找着。

结婚前，陶松的弄堂里有个邻居，是还俗的僧人，叫黄眉。这个黄眉一开口就说人生是空。陶松曾笑问他：你结了婚还说什么空？有了一个女人陪你吃陪你住陪你生活陪你上床，你还说什么空？那个黄眉也笑着应说：空啊，空。

那时陶松就想找女人结婚，觉得怎么也找不到，心里总有空空感。待到他与梁如结婚了，他再没想到空。有一个家，有一个女人，人生实实在在的，他再没想过乱七八糟的问题。

现在陶松突然想到，他就要离开这里了。他是离了婚了。他在这里出进，只是延续了一种习惯。细想起来是梁如不忍心突然断了，她的口气与神情，只是承受着这种延续，也许只是把他当一个熟悉的朋友来对待。其实，她的口气与神情也在慢慢地变化。只是这种变化慢了一点，他没看出来。也许有一天，她真的再婚了，那么他再也无法出进这里了。他也就与她形同陌路了。夫妻本是同林鸟，大难来时各自飞。上次大难，他们是离了，但他并没有离的感觉。他总觉得他们还是夫妻，现在是真正地感觉到他们已经离了。就因为一纸离婚书，他们也就什么关系都没有了。

夫妻离了，那真正叫作空。因为父母子女是无法离的，由血缘关系永远纽接着。就是一个远亲表亲，没有任何的生活接触，但那关系也因血缘牵着连着。而夫妻不管以前多亲密，多恩爱，只要离了，就什么都没了。空啊！实在是空。人生最重要的一块，空得那么厉害。说密，密不可分；说空，便空空如也。难怪许多离过一次婚的男女，离第二次离第三次婚就简单多了，因为他们真切地感受过这种空，体悟过这种空，就不再太在意这种夫妻关系了。

那么，维系夫妻关系的除了那张婚书，还有什么？最深入的是夫妻生活，说到底，也就是性器接触吧。几年中，他与她的夫妻生活也是数得过来的，她的身体不好，从没有主动过。他是深入到她的身体里去过，又深入了多少？也就那么一段罢了。每次拔出来，他都会有一种空落感，从亲密中失落了。

现在想来，一旦拔出，感觉空空。前两年斗那些野鸳鸯，根本没见他们有什么亲密举动，也许碰上了就深入一次，算不了什么关系。还有过去的妓女，给许多的男人深入，又算得上什么实在？想透了，男女关系也就那么一回事。再进一步想，要是有一天男女把性关系都不看得那么重，只要快乐就深入那么一次，那就真正的是拔出来就拔出来了。

是啊，夫妻一旦离开，各自过各自的生活，什么关系都没有了，实在是空啊！

也许别人家夫妻有所不同，只要有个孩子就不会有这种感觉了。就是离了，但两个人结合而生的孩子，有着两个人的血缘，那是一个实在的物体，都无法割舍的共同物。而没有孩子的夫妻关系根本只是空中楼阁。可是她的身体不好，他也一直没有想她有孩子。

棋友相见，还是手谈。陶松与龙龙在棋盘前对坐着，摆下了第一个子。龙龙一边摆棋，一边看着房间说话："房子不错，在城市里有这样大的房子太不容易了。"他说着的是北方话，掺着本地口音。

"这是我老婆的房子。"

"老婆？什么意思？有区别吗？"

陶松没有应声，在棋盘上很快地下着子。

同龙龙一起来的北巷小王，也是陶松熟悉的棋友，在旁边说："他们离婚了。"

龙龙没有再说话，于是大家的注意力都集中在棋盘上。开头摆的几个子还是常见的定式，然而，陶松突然感到了一种杀气。

他与龙龙是好多年前的朋友，纯粹的棋友。早年，他们是下象棋的，后来改为下围棋。是陶松先转了围棋。那一年龙龙插队去了黑龙江，插队前，龙龙说他的象棋可以让陶松一个马。陶松则说，下了围棋，象棋就如同小儿科了。还是下围棋吧，他可以让龙龙两到三个子。

这次北巷小王约棋时，传过话来说：龙龙在黑龙江到处找人下棋，棋是下得很好了。

陶松说："别吓我，我的棋力也涨得飞快呢。"

陶松感到的杀气是从他心中生出来的。没下完布局，他就在龙龙两条棋中间下了一子。

断。

棋从断处生。这是常说的棋语。一个子下去，对方棋成了两块，一块棋要活，需要有两个眼，两块都要成活，就要有四个眼，四个眼当然比两个眼难成。于是纷纭复杂的棋就此产生，盘面上就好看了。要拼要斗要生存，斗智斗力，考验人的棋力。

这一着毫不客气，明显是挑起棋盘上的争端。龙龙朝盘面看一会儿，抬起脸来，用上挑的眼光看看陶松。

陶松想笑一下。毕竟朋友多年未见，这一着有点过于狠了。但他就想这么下，觉得这一步下得就是好，他需要考验一下龙龙的棋力。

似乎是受陶松的影响，龙龙也动了杀气。原来还是排排子的局面就改变了。龙龙被断的两块棋就从两边包围过来，毕竟陶松断的一子，是个孤子，有点势单力薄。而陶松却坚决地不让龙龙的两块棋合起来，非要断在其间，不但断子跳出来，而且逮住龙龙的一块不给做眼，就是不让成活，一旦有分就断开，不住地断。龙龙也把陶松断的子不住地断开。

棋局越来越复杂了。陶松越来越觉得杀气笼罩着自己，就是不让龙龙断出来的一块棋做活，不再去管棋盘上还有许多空处大场，只顾搏杀着。

原来想一边手谈，一边说说这几年朋友分开了的生活，现在脑子都集中到棋面上了。就是抬头互看一眼，也都带着了揣摩与猜测，心中是另一种盘算。旁边的棋友北巷小王，也被这种杀气感染，只顾盯着棋盘看。黑棋与白棋都纠缠在了一起，断中起断，围中有围。

终于，陶松把断下的一块紧着气，将龙龙的一条“长龙”提了。

还是他的棋力胜过以前的棋友一筹。不过陶松也明白，这种断后起杀，很难算清楚的。但胜了就是胜了，棋上就靠胜负来说话的。

龙龙把手中的子丢在桌上。北巷小王叹了一声：“这下的什么棋啊？”

龙龙说：“你的棋风这么硬……”

北巷小王说：“什么棋硬？杀棋，胡杀乱砍。”

陶松突然像喘了一口气，松下来。平时他并不擅杀棋，现在看来，他还是可以杀一杀的。他自己也没想到。他又有点觉得空落落的，似乎对多年未见的朋友不应该这样。可是，下棋就是下棋，棋上面是不讲朋友不朋友的。再说，他们本来就是一对棋友，在棋盘上相斗成友的。

然而，胜负又有什么意思？“战罢两奁分黑白，一枰何处有亏成。”他看的古书上就是这么说的。

陶松越发觉得空落落的。

棋局结束，龙龙与北巷小王走了。陶松没有走，他在房间里待下来。梁如会到哪儿去？下了这么长时间的棋，她还没有回来。以前每次他来，她都是在家的，她没有什么朋友。她不喜欢与人打交道，特别是那件事以后，她更加不与人交往了。他也喜欢她这种纯正女人的模样，孤高而独特。

终于，在夜交子时，梁如才开门进来。她的体表带着了一点外面的寒气。而陶松又明显感觉到她体内的温热，是那种女人特有的柔和的气息。她的脸显然是修饰过的。这个时代的女人都不化妆。可陶松还是感觉到了她的修饰，细看是她的发型有了点变化，是经过梳理的蓬松。她穿着一件素色的罩衣，愈发衬着她肤色的白皙。她原来是根本不在意打扮自己的。他发现她不是她，而又明显是她，是他过去从来没有见过的她。

“你到哪儿去了？”他问。

“到三姨妈那儿去了一次，她从南京来。”她的回答比往常多了一点。

陶松原以为自己带朋友来，会引动她的不快，是故意躲出去，表示不愿相见的态度。然而，她似乎一点没有不高兴，她的应答也让他有点过敏，他觉得自己心里面存着许多的感觉。有一种感觉在往上升。

她把外衣脱下来，就坐到了床上。

“不会吧。”他脱口说着。

“什么不会?”她好像还没有显出厌烦的样子。她半仰在被子上，他靠近的时候，嗅到了一点雪花膏的香气，她的整个身子都透显着一种女性的气息。陶松的身体里突然有一种想要她的欲望升起来，一时是那么地强烈。

他一下子扑到她的身上去，并不顾她的身子的激烈扭动和反抗。他显得那么迫不及待，甚至于有点凶狠。

她穿着一条红内裤。这也是他以前从未见她穿过的，愈发激荡着他的欲望。欲望如火，燃烧着他的整个身心。他用着强，只想要进入她，把她融进自己的感觉中。他毕竟已有好长时间没有过性生活了。他的人生中只有她一个女人，也只想要她一个人。有了她以后，他再没想过别的女人，觉得别的女人都不在感觉中。

他从她身上下来后，她很快地用被子把自己盖起来。

“你可以去告我的。”他说。

她转过头来盯着他，眼中亮亮的，像是泪水又像是怒火。

“告你什么?”

“我不是强要了你，强弄了你了吗？告我强奸啊。”

梁如依然盯着他。过去他很少与她对着眼，有时候他真的怕她的眼光。这一刻他真的在想：她去告他，他被抓起来，这样他们扯平了。他也背一次罪名，在她面前，在许多人的眼光下，被抓起来。这样，她永远记着的就不光是那一次她错喊的口号，还有他的这一次。

“你走吧。”

她一时显得很慵懒。他特别喜欢看她的这种神情，一直深入到他的心中去，摇着他内心深处的地方。

他起来穿着裤子，一边回过头说：“你还对我……”

“别做你的梦了。”

“为什么？那为什么？”

不是她问他。而是他问着她，似乎一点也不明白。

“已经那么多次了，我还在乎这一次么？”

他对着她想了一会儿才说：“以前和现在不一样啊？”

她把身上的被子紧一紧。

“现在是离了婚啊，你不是一直在这么告诉着我吗？”他的声音难得地大了，像是要叫出来。

“有什么不一样？”

她还是这么说一句，又拉了拉被子，像是身子疲惫到了极点，困冷到了极点，无奈到了极点。

他发现自己的思想与她离得很远，他永远也弄不清她的想法。他以前一直在琢磨着她的想法。

“以前和现在是不同啊，那时我们是结了婚的……”

陶松说着，突然想到了什么，他毕竟是个聪明人：她的意思是他以前也是强弄她的。结婚几年，多少次性生活他能数得过来的，是的，每次她都是要他费很大的劲，一边求着她，一边弄着她，她最后才无奈地放松了身子。原先，他以为所有的女人都是如此，就算她有一点不一样，那也是她的特别之处。他喜欢她的羞涩，羞涩的女人才是真正的女人，也许她是特别地羞涩。

然而，难道她每一次都有这种被强奸的感觉吗？难道她每一次都当作是自己被强奸吗？他根本没有一次是真正进入了的？他永远只是在外面，就算到了里面，也是强迫进入的？陶松有了一种悲哀，这一次，他想用强而融入内里，却一下子完全被脱到外面去了。对于她来说，他永远是一个外人。

“没有什么不一样。都一样。”

她似乎说现在的生活也一样。因为他还出现在这里，还为她做事，对此她只能无奈地多承受一次。

“那你为什么会和我结婚的？”

婚前虽然他盯着她，追着她。但答应结婚，与他一起领结婚证，与他一起出席结婚宴席，她并没有不乐意的，并不是他强拉她的。

是不是她想断，便一下子把所有一切都否定了？

“谁知道你会这样，谁知道你总会这样……”她似乎用尽力气才把话说完了。

陶松这才想到，新婚第一夜，他才第一次接触她的身体。他终于得到了她，她终于属于他，他终于可以碰她了。他是多么喜欢她啊。这一夜，他也是用尽了抚求，最后才用力脱下了她的内衣，才做成了那件事。以后似乎每次都是这样。他以为第一次弄疼了她，才让她产生了拒绝的惯性。他想到所有的男人都在追女人，也许因为女人都是不情愿的。他想到也许因为她身体不好吧。他想过很多很多原因，但他没有办法问，只是一直在心中想着。

“你一直没有真正愿意过？那你为什么与我结婚？为什么？”他突然声音抬得很高，几乎像要吼起来。

她的声音低下去：“谁知道结婚是这个样子？我不知道啊。只以为是一起过日子。你作为一个男人，一起过日子是好的……”

她的话里似乎带着了一点安慰，而她的身子翻过来，合在了床上。

陶松出了门才想到：他与她还从来没像今天这样说过这么多的话。和她在一起，他也没有太多的话，而她的话就更少了。他从来没有弄懂过她，她也从来没有对他说过她的感觉。

那么，现在她怎么又和别的男人好了？现在她是找到了她愿意给他那样的男人了？而与自己结婚，只是以为和他一起过日子的！

陶松去看了那个男人。只是一个小个子的男人，咬文嚼字的，感觉上一副装腔作势的样子。这就是她愿意给的男人。陶松觉得一切都那么空落落的。

到春天的时候，她也还没有结婚。不过经过了那一次，他不好意思再去他原来的家了。他无法再心安理得地出入那里，那里只是她的家，而不是他的家了。他们真正地隔裂开来了。

梁如没有结婚是因为她病了，她的肾病很严重的，住进了医院。他不知道那个男人会不会像自己以前一样，做吃的送到医院里去。

他真切地想着她。她的身体在他的记忆感觉中，比当时眼见着她裸体的时候还要清晰。在婚姻中每次面对她裸体的时候，他的意识都由欲望支配着，而视觉是迷蒙的。

他去了医院，他向医生提出来，由他来给她捐一个肾。他说，他与她的血是一个型号的，他也不清楚捐肾与捐血到底有什么不同。

切他的肾与她换肾的手术，在同一个医院里同时进行。手术之前和手术之后他都没去看她。

切了一个肾的他，出院以后感觉自己哪里空了一块，发现自己肉体的欲望也淡了许多。

但在他的感觉中，是他的一个肾深深地进入了她，完全地进入了她，与她融合在一起。就是以后她有孩子的话，也靠这个肾滋养着。

那是一个实实在在的存在。

第四章　棋语·飞

那一年初夏，陈晓冬背着背包到了方山脚下的一个县城。县城中心是一条铺着石板路的长街，街两边是伸着飞檐的木结构旧房子。走在石板路上，陈晓冬有着一种飘零的自由感觉。陈晓冬已熟悉了这种路途上的生活，他很想走遍整个世界，只是他走不出国界去。在他能走到的地方，他是以棋会友。他的身上带着北巷小王给他开的“介绍信”，北巷小王常在海城襄园看棋，海城的襄园，自民国开始，便是海城围棋爱好者聚集的场所。一般外地来的围棋好手，都闻襄园名声，来园里找高手对弈，外来人找不到门路，北巷小王只要看来人一盘棋，就测准了他的棋力，帮他找到对手，所以他在全国各省都有认识的棋友。北巷小王给陈晓冬开了一张张介绍信，指引他找一位位棋友。陈晓东每到一个地方，先找北巷小王介绍的当地棋手下棋，同时走访当地的文化古迹。此后，再由当地的棋手介绍下一个地方的棋手，一段一段路走过去。每一个县都会有几个能下棋的，偶尔有个县没听说有什么下棋的人，他就毫不犹豫地越过去。他认为一个地方，必须有一定的文化传统。中国的传统文化，便是琴棋书画嘛。文化人不一定都会下棋，但总应该有会下棋的文化人。没有文化底蕴的地方，当然也就不值得去了。

他在这个一边依着方山一边靠着清江河的县城，逗留了好几天。这里的棋手不少，陈晓冬与第一位棋手对局时，布局结束他就觉得盘面亏了，一直到官子阶段，他才费劲扳回来。后来约来与他手谈的棋手，也都有着一种轻灵的棋路。一个地方下棋的人，互相影响，有着相近的走法，这是陈晓冬能理解的。对这种走法他开头是有点不知所措，慢慢熟悉了，能看清棋局了，这里的棋手并不具太深的算路，他只要使出贴身缠打的搏杀战术，总能占优取胜。陈晓冬想到，这种走法是不是缺少的就是后续力量。一旦熟悉了这种走法，在后来的对局中，他便比较轻松地战胜对手，每盘都能吃对手的大龙。于是很少再有人来和他下棋了。原来说好了来的，也没有来。

陈晓冬准备走了。那个接待他的朋友，叫小陆，在县文化馆里做事，把他约到临河的楼上来。一登上这座楼，陈晓冬眼睛一亮，没想到，小县会有这样一幢楼，楼是古色古香的，临着城郊开阔的河面。登临一望，一条宽河从楼脚下弯曲过去，方山就在河之尽处，仿佛浮在远远的河面上，陈晓冬感觉心胸也开阔起来。他绕着楼转了一圈，把栏杆拍遍。木栏杆已是年久，蜕了油漆的外层显出来经久风雨的粗纹，有一种说不清的意味含在里面。

陈晓冬觉得自己看完这里真的该去了，没有什么可惜了。

转身之时，便见着了小陆。不知什么时候，他站在了他的身边。

“这里好吗?”

“好。”

“就是让你好好看看的。……我早来了。”

“你早该让我看这座楼了。”

“一直约着棋局。你不是很想下棋么?”

“下棋?这里的棋可没有楼好。”

陈晓冬的话说得直白,但小陆不以为忤,似乎并没有意识到。

“有些好的,还是应该留在后面,让人有点儿回味。”

“还有什么好地方吗?”

小陆却转了话题说:“你不想再在这里下棋了吗?”

陈晓冬想说什么没说,对着这个热情的朋友,他难得地收了口。陈晓冬四处漂泊的起因,便是在下放的农场,口太直快,与人发生争执,便用砖拍破了对方的脑袋,于是离开了农场,不想再回去。漂泊久了,懂了些人情世故,自然有了些忍耐力。

小陆移眼看着河水,这一注视透现出一种苍茫的神情,突然陈晓冬觉得小陆并不像他原先感觉的一直生活在简单中,很多的人与事往往在不经意中表露出本质。

小陆头没动地问:“这里有一个棋手,只是不在县城,你想不想和他去对一局?”

“在乡下?乡下会有好棋手?”

“是的,在乡下,就在这条河的那一头……”

河在远远处没有尽头,在无尽头处跳闪着金红色的光。

两人在靠着栏杆边的桌前坐下,要了两杯茶,一边喝着,小陆便向陈晓冬道出了这位叫鲁秋然的棋手。

这是一位老人,运动之前就下放到了县城。他喜欢下棋,与人的交往就是下棋,县城里的棋手受的就是他的棋风影响。运动当中,他又主动要求下放到了乡村。那个生产大队临河,有着一个小岛,小岛上种的西瓜瓤特别红,也特别甜。鲁秋然又主动要求去小岛上看瓜，他是下放干部有工资，不要队里工分，队干部本来就找不到愿意生活在岛上的人，自然乐见其成。鲁秋然上了岛就不想离开了，不是瓜期也住在了岛上。岛上原有一个看瓜茅棚，鲁秋然便一年四季住在那里。生产大队并不放松对他的监管，有重大文件传达时，便把他接到村上去，他身体不好的时候，队干部便上岛去给他送点生活必需品，还有外面给他寄来的邮包。那些邮包都是城里供应而乡村紧俏的物品，队干部可以分到一点东西回来，有时是肥皂，有时是白糖，有时是干肉。

小陆告诉陈晓冬，听说鲁秋然已经病了一段时间了，又听说快死了，也不知到底情况如何，不知道还能不能下棋了。

走上被称作辣椒岛那个地方的时候，陈晓冬因眼前的情景有点儿激动。阳光使小岛的四周河面跳闪着红彤彤的光亮。正是在县城楼上看到的那片红光所在地，如红鲤般的红光都在这里汇集了，一刻间呈现着无可比拟的光耀，以至于整个岛都笼罩在这红光中，让人的眼中也燃烧着红色。

岛是狭长的，一路看着河面的红亮与岛中间大片植物的绿色。不可思议的是，色彩到了这里似乎都变得奇特，红也红得奇特，绿也绿得奇特。大红大绿之色相配正是色彩之忌，但在这里却显得鲜明，别具一格。大自然自有调和之法，都是艳色，却一点不俗。

陈晓冬一听小陆介绍的鲁秋然，就想来岛上看他。想象着他是一个经历复杂的棋人，自我放逐到小岛上。听说他快要死了，谁也都不来看他，有的怕沾上什么，有的怕给他再添什么麻烦，陈晓冬却很想见识一下。

到了小岛，陈晓冬看着岛上的景致，感觉鲁秋然是个不同一般的文化人，他的身上肯定有着传奇色彩，陈晓冬对传奇本不感兴趣，在漂泊期间，他看多了社会上附众的平庸，对人生有着一种失望。但他的内心里还是有着传奇的欲望的。走前一段路，陈晓冬看到有竹竿搭起的丝瓜架，想象鲁秋然在这里荷锄而耕，别有一种人生的风味，也许来小岛早就在他的选择中。

看到那孤独的茅棚了，掩映在一片竹林间，棚顶矮矮，檐头垂挂下来，须低下头来去推门，一扇薄柴门本来就半开着，门响很大，却没有一点回应。

陈晓冬立刻觉得自己刚才想象得奇怪了，现实应该是在一个矮茅棚里躺着的一个将死的干瘦老头。他是来找人下棋的，找老人来下棋的感觉也很奇怪。可他还是来了，他恍惚觉得他人生将来的路，会与这个老人有什么关系，会与这块红土地有什么关系。他奇怪自己会有这种莫名的感觉。也许人到了一片孤独的地方，在人的内心里都会生出一种人生末路的感觉吧。

在棚里站了一会，眼睛适应了矮茅棚的阴暗，慢慢地能看清棚里那习惯的乡村摆设，靠着架着的农家锄把与农具，墙上挂着草帽与塑料薄雨披，正中搁着一张只有木腿支着木板的桌子，一切显得简陋，只是看上去还显干净，没有老男人孤独生活的杂乱。

嗅着有一点微热的泥土与青草气息。

陈晓冬站直了腰，问了一声："有人吗?"没有见动静，便回转身来把门来回拉了两下，门发着刺耳的摩擦声。

想这里面自然没有人了。是不是这位鲁秋然已经不在了。

这时棚角处"呀"了一声，响处透出一片亮来。那里还有一扇小门，从门后低头出来了一个老人，站在那片光亮中。一眼看去，老人虽然瘦，但稳稳地站着，从脸上看，气色还好，在光亮中似乎还映着一点红润，一点不像小陆介绍的到了生命末路的光景。

老人静静地望着陈晓冬。

“我找你来下棋的。”陈晓冬也不作太多的说明，诸如自己从哪里来，为什么来，谁介绍来。他觉得没有必要。

老人点点头。他的眼光落在陈晓冬的背包上，像是能看清那里面放着的两个棋盒，似乎也觉得不用问他从哪里来，谁介绍来。

陈晓冬看了看桌子，找寻一个能铺棋盘的地方。看久了，屋里的光线还是能看清东西的。陈晓冬并不在乎这些，因为他曾在一个列车的角落里，与一个棋迷在暗中下棋，全凭列车外不时闪过的一点亮落子。有时要用手摸一摸对方落的子，确定到底在哪一个点位上。

老人侧了一点身子，明显是让陈晓冬进那个门去。陈晓冬走过去，见门口立着一张形似屏风的竹片，一转身，发现里面还是一个屋子，依然布置简单，却显古朴。一张躺椅，一张茶几，两张小椅，都是竹做的。屋角有一张床，铺着床单，从床脚看，也是竹床。进得门来，顿觉屋里亮开了，抬头望，顶上有很大一块玻璃天窗。

玻璃上伸着几根绿草茎，那是茅棚顶上生长着的，居然还开了一两朵黄黄的花。

玻璃天窗下面便是那张躺椅。躺在那张躺椅上，会看到青天还有白云。陈晓冬在茶几对面坐下来。他弄不清这位老人究竟下棋下得怎么样，似乎这个屋子里连一盘棋都没有。

老人的眼皮已经下挂，眼白发着黄浊，但眸子中却显有一股气，一种很饱满的神气。

陈晓冬立刻生出了一种对局感。老人的气脉是沉静的，陈晓冬知道遇上强手了。有时候，只要在桌前坐下相对一眼，陈晓冬便知道对手到底有多强，这当然是他一种不确定的预感。他需要鼓动自己的精气神，不能气馁了。

陈晓冬铺开棋盘，还用手把塑料棋盘蜷起的角抹抹平整。老人垂下头来，看着这张淡蓝色的盘，仿佛是在记忆着十九道线的位置。老人在这个小岛上，能有对手来对局？长期不对局，老人的棋到底能下成什么样了？陈晓冬相信棋感是要在不间断地下棋当中得到的。只要有一段时间不下棋，棋感就很难恢复。

陈晓冬显得随便地说："这里有人与你下棋吗？"

他走访各地，找人下棋，也想通过棋了解人。棋如人，往往棋粗人粗，棋细人细。但有时候看上去很粗很直的人，细棋上一着不让。而有时候看上去很文雅的人，走出来的棋很冲的。

老人似乎进入了状态就不说话了，只是用手指指棋，仿佛在说，还是手谈吧。

陈晓冬感觉有一股气升上来，不服下手，抓出棋来让老人猜先。

老人依然是一根手指动了动。

陈晓冬抓的是单数，便执黑先行。他在小目上放下一子，抬头看老人，还想说什么，发现老人只顾盯着棋盘，仿佛入定似的，什么也不会理睬了。

布局三十几手，陈晓冬真正感受到老头的棋路了。原先县城里的那些棋手展示过他的棋路，但只是皮毛而已。老人的棋势高出不止一层，这个看上去瘦弱的老头下得极有生气。开始陈晓冬还想自行其路，但他怎么也脱不了老人奇特的招数。

一般开局双方都走定式，似乎最高段位与一般棋手都是一样。然而老人对付所有定式都按着他的走法，没有拆，没有跳，他喜欢飞出去，上扬的飞。

陈晓冬思考了一下，发现老人的棋虽然因飞显得有些空，但似乎都有后着。他不敢贸然打入，以免吃亏了翻不过来。

这样又走了十几手，陈晓冬只有进攻了。老人的行棋速度太快了，这样走下去陈晓冬肯定空上要吃亏。一旦攻入，接下去考验人的便是战斗力量。行棋的路子还是要靠行棋的力量来做后盾。陈晓冬不清楚老人的精力能不能抗得住。

这时外面的门又响了一下。按说进入了下棋的状态中是不会在意周围的声音的。陈晓冬在火车上下棋，车厢中的嘈杂声都影响不了他。只是在这小岛上，周围太安静了，声音显得特别地响。陈晓冬转过身来看了看，没见人进来，慢慢地外间有收拾的动静，那声音是很轻微的。老人还是眼盯着棋盘，仿佛一点没有注意到。老人的耳朵是不是有点背？

那声音一直牵着陈晓冬，让他无法想好进攻的步数，老是落不下子来，他很想去外面看一看到底是什么动静。终于，有人进里屋了。陈晓冬看到那是一个年龄大的女人，也是瘦高个子。一眼看去，女人的脸上有一种朦胧的美。一旦走近，发现女人毕竟是老了，脸上皱纹不少。他想这也许是女主人，可小陆没提到老人有妻子啊。

陈晓冬觉得自己应该想到这里不可能只老人一个人住，这里屋看上去很干净，老人的衣服也是干干净净的。这一切，连同岛上的种植都与这女人的存在有关。

老女人根本没有在意陈晓冬，她的眼光直对着老头。

陈晓冬礼貌地想站起来。只见老人依然对着棋盘，根本没朝进屋的女人看一眼，也没向陈晓冬介绍她，只顾朝陈晓冬手指朝下点点。

那意思是下棋。

老女人走到右角，推开了又一扇门。那里还隔着一个小房间。老女人进入那里面，便一点声音都没有了。陈晓冬心静下来，鼓得满满的，他投子往白棋空中去，寻求战斗。

然而一旦黑子投入进去，老人的白棋便包围过来，不是直接接触，而是远远地围着。陈晓冬争着想出头，然而老人突然又一步：飞！而且是朝天一飞。

这一步飞，像是罩着攻入的黑棋，但还是留着了空隙，陈晓冬犹豫起来：他到底如何争出去？争高了会被切断后路，争低了又无法脱身。陈晓冬清楚没有把握的招数，往往都是败棋的起始，希望只是寄托在别人的错处或低级水平上。他只有苦思着，觉得老人下棋的水平确实比他高，还不止高一点。从一开始老人便掌握着局面。陈晓冬从来没有遇到过这样的情景，他还是想挣扎出这飞的阴影。

陈晓冬想了半天还没下子。老人突然咳了一声，于是喘起来。老人使劲地压抑着，后来还是喘出声来。陈晓冬开始感觉还沉在棋里，那里屋的老女人很快地走出来了。陈晓冬才发现老人已躺在了躺椅上。老女人端着碗在给他喂药，喂一种绿汁水，似乎是岛上生长的植物的新鲜绿叶水。老女人的另外一只手在抚着老人的胸。她做事的时候动作麻利，但很静。

看来棋无法再下了，陈晓冬把手里的棋子放回棋盒里。

老人喘了一会儿，胸口渐渐平伏下来，见陈晓冬望着他，老人摇摇手，意思是自己不要紧。

老人侧着头去看棋盘。

陈晓冬说："我突不破你的棋势。……我还是头一次遇上棋力这么强的。特别的你还是一个……"

陈晓冬没说下去，那意思是很明显的：你还是身体这么弱的一个老人。下棋的人都知道下棋时精力很重要。

老人一笑。他笑的时候，满脸皱纹都团在一处，似乎他难得笑了，却忍不住笑。

"小同志，你还算是个识货的……你的话，很少听到了。你是可以谈得来的，我就谈一点给你听听。这些年我都没下过棋，这里连一副棋都没有，但我没有放下棋。人生有许多的事，并不一定要用手去做。说实在的，我这些年反而是沉在棋里了。真正的棋盘是在心中，就是对着眼前的棋盘下一步棋，但你心中要展开多少步棋？心里要有棋，可这心里的棋，又不全在心里。……小同志，你感觉到没有，你下棋的时候，就没有了你，有一种力量要把你拉到棋盘上，你只能顺着这股力量。你也就失去了你，你只能按别人走的路子走，你只会以为那才是正招，下棋都按习惯的路子走，棋剩下的只是计较，是盘算，是等人犯错，那还有什么意思？

"下棋需要有自我，要确立自我，你就必须要有自己的力量。根本要让你的心满起来。心窄，力量便弱，所看到的局部也窄。围棋是文化，靠的是心里要饱满。那里面要有历史，要有哲学，要有政治，要有一整个社会。

"小同志啊，你是会下棋，但你要真正懂下棋，你就要去学，就要去接受，所有的知识，再加上苦难，都要盛放到心里，一点一点地把心积满，你的棋就有力量了。

“哈哈，可又有谁有我这样多的文化，又有谁能有我这样多的经历，又有谁能够有我这样多的苦难，我的心里积满了，在棋上表露出来，就是一种力量，不表露出来都不行！外在的一切又算得了什么，我的心是满的，是充实的。……棋最没有功利，只有棋，不认你外在的权势，不认你外在的浅薄，不认你外在的标志，不认你外在的虚妄，不认你外在的疯狂，谁又能在棋盘上与我一争高下……”

老人正说着，突然他停下口来。他停下来的时候，陈晓冬便听到了外面的动静。动静在门的外面，很快，又听到门一下子被推开的很大的声音。

“老头人呢，没死吧。”

老头神态一变，脸上变得苍白，仿佛一下血都流失了。老女人想出去，但被老人一把拉着了。老人挣扎着，让老女人扶着他站起来，往外屋去。

陈晓冬想跟着起来，但老人用手往下按按，让他别动。陈晓冬能想到老人的意思，是不希望让人知道有外人在。老人是被放逐在这里的，外人来看他只会给他添上麻烦。

外面有敲桌子的声音。老人一站到门外，便说：“是杨队长啊，你怎么有空到小岛上来了。”老人的声音带着了一点虚脱，又含着了一点逢迎。

杨队长说：“就来看看你。说你不行了，你还不错么……。你是我们监管的，对你我们要看好管好，不能你死了我们都不知道。”

“我啊，长不了了。我就是死也忘不了队里对我的关心。”

老人朝老女人摆摆手，老女人似乎领会他每一个动作，便去拿了一包飞马牌烟来。包已拆了封，看来是专门用来招待队里来人的。

老人是不抽烟的，也没拿烟出来让一下远来的客人陈晓冬。

“你都拿去吧。拿去。”

杨队长很难得抽到这样的烟。在里屋的陈晓冬都能感受到他点烟抽烟的迫切，与深深吸烟的声息。

吸着烟的杨队长口吻柔和多了。“你还是要好好养着。有什么要求，可以向队里提出来。你归我们监管，我们还是要负责任的。虽然你是敌我矛盾，但按人民内部矛盾处理，政策是改造你的思想，而不是消灭你的肉体。”

老人点头说：“是……是……”

杨队长就走了，出了门，嘴里哼着了一句小调。看完这个被监管者，自有一种施教者的快乐。

老人回到竹躺椅上，再次躺下来，重重地喘了口气，眼依然看着棋盘，但眼光是散开的。他的精神仿佛在刚才一刻之中都散尽了。陈晓冬站起身来，准备走了。这时老人无神地看向他，仿佛一时不认识他是谁，又是为什么来这里。

陈晓冬回到县城，晚上躺倒床上，脑中开始复盘。他走的时候没有收小岛上的那盘棋，他想老人在小岛上应该有一副棋，再说那盘棋并没有走完。那只是一盘刚走入中盘的棋，他并不认输。许多棋局比这更不如的棋，就是一开头被吃了好几个子，他都有翻盘的历史。岛上的这盘棋很难说他亏了多少，他只是没有想好如何突破老人的棋势。他应该能想出方法来，他应该有这个力量，他还年轻，有的就是力量。

复盘一直到半夜，他似乎要睡了，突然脑中跳出了一招。这棋上的一招通常要联着一串的棋步，十多步，几十步，甚至有对整个盘面的反应。而是对整个老头风格的突破，应对之法。

他精神恢复了，继续在脑中进行着棋局，脑中的棋局似乎比看着盘还要清晰。老人在岛上，也是在脑中下棋吧。陈晓冬越想越清楚，对老人的棋路有了一种整体了解。虽然他无法确定便能占优，但还是能够应对下去的。

清晨陈晓冬就起了身，在街头小铺子里吃了一点小吃，又动身去辣椒岛。

这一次一上小岛，陈晓冬很快就找到了那幢茅棚。推开门的时候，发现里屋的门也开着。陈晓冬径直走进里屋，没看到老头，只有老女人在。老女人正在竹躺椅边往一个包裹收拾东西，抬起头来看着他。

这次看到陈晓冬，老女人眼中有着一点温暖的感觉。

“你是来找他的么？他昨天发病，已经被送到县医院里去了。”老女人平静地说。

“你没去？”

陈晓冬突然觉得自己的问话奇怪，他实在不知她是老人的什么人。如果是老人妻子的话，她不会听任丈夫进医院而不跟去的。

“他们用船送他，抬他的人说小船上坐不下我。我想也是。他已经闭眼，没有知觉了，用不着我跟着了。”

“你是说，他不行了……”

“是啊，早些日子就不行了。昨天你看到的他，正好是回光返照吧。”

陈晓冬对老人的身体状况并没有感到奇怪，他奇怪的是面前的老女人。老女人的声调是平静的，似乎早就做好了这一切的准备。不知她已经跟了老人多长时间？听她的说话应该是有文化的，因为她说了“回光返照”这个词。

陈晓冬低下头来，看到那盘棋还在竹茶几上摆着，一动没动。陈晓冬还是有点不相信，老人在生命最后的一盘棋上还能表现出那样的力量来。他只是摇着头。

老女人说：“没错的。这是他最后一盘棋，我让它摆着。他很遗憾没有下完。”

陈晓冬说：“是啊，没下完。他下得好，我还是第一次遇上这样的棋手。……真是可惜，我已想到了能破解他的棋，没想到……”

陈晓冬说着这句话，发现自己说错了，也许老人已经不在了，他还这样说着棋。然而，老女人眼光还是平静的，一点没有责备的意思。

“你能破解吗？你走走看。他留下了一步应对的棋。”

陈晓冬觉得更奇怪了，老人能够知道他想到的下一步棋？他无论如何也不相信。他又看了看老女人，老女人正在把一件衣服抖开来，又叠整齐。

陈晓冬拈出一个黑子来，朝另一个方向飞了一步。这是他反复复盘中想好的，他以为这是对付老人最坚实的办法，对付他的飞也用飞的方法。如果老人来断的话，他就借那外面一子拓开局面。而里面的黑棋就是再封一手也是能够做活的。

老女人朝棋盘看了一眼，随手拿起一个白棋来，朝棋盘上放去。

这一放陈晓冬就觉得好笑了：那手白棋放在了棋盘的底线上。从棋理上来看底线不到最后官子是不下棋的。因为这一步棋没有目数，几乎是废棋。一般不会下棋的才会摆在那儿，略微懂一点棋的人都不会放。陈晓冬想站起来，不再下下去了。但他再仔细看一看，发现那手棋在这当口，正好把两边的单薄的白棋连了起来，而把三线上的一块黑棋整个地浮起来了，根本无法做活。

飞，老女人放的这一步白棋，也是一个飞，一个大飞，一个向下的大飞。

陈晓冬把白棋连上，出头而去。老女人随手又在那边四线上飞了一手，似乎完全脱离了这里的战场，却把黑棋要前行的路预先挡上了，并且占了很大的目数。这两手棋一下，陈晓冬发现她真正是懂棋的。那底线一手看起来是一步废棋，却争到了后面有着大目数的棋，也许真的是老人留下了招数。陈晓冬这时开始认真起来，他一步步走得实在，争取打开局面。而老女人似乎没有棋路，东一手西一手的，陈晓冬想与她交战，而在一个片区中，纠缠了十几子后，他运用了完全的算路，但一点没有占到便宜，却发现白棋走得更厚了。昨天与老人下棋，白棋赚的只是势，今天老女人已经完成了实在的空。棋差一着缚手缚脚啊，他走的似乎根本不是对手的棋。

陈晓冬抬起头来看着老女人。老女人本来还在收拾东西，此时手停下来，正等着他下棋。她的眼中完全是一种棋手的沉着眼光，那眼光在盘面上铺撒开来。

她平静的神情，使她的皱纹显得淡了。她虽然老了，陈晓冬又一次想到她年轻的时候肯定是很美的。许多女人到了年老后就完全变化了，而她的老只显示在皱纹上。她的身姿与脸型还是美的，特别对着棋盘，有一种特殊的色彩。

又走了几手，盘面的距离越来越大，陈晓冬觉得只有投子了。他还从来没有这样输法的。她不可能走的是老人留下来的棋，她是走着自己的棋。如果老人可能留下开始的第一步棋的话，那么后来的棋不可能为老人预测到，除非他是神仙。而且陈晓冬能感觉到，她的棋与老人根本不是一种棋路，她似乎是随意的，眼前她还站着，她的手边还有在行棋中收拾好的两个包袱。

陈晓冬把棋轻轻地放在了盘上，老女人低下头去把包袱两个扎在了一起，那神情似乎只是帮老人把棋摆完了。

陈晓冬站起身来，低头垂手说："你能帮我复一下盘吗?"

老女人轻轻地摇了摇头。她的眼中流动着平静悠长的光，她的神情又不像在拒绝。

陈晓冬说："你棋下得好，我觉得你比……他下得还好，请你指点我一下吧。你肯定读过很多书，你肯定经历过很多事，你和他一起，应该和他下过很多盘棋。他的路子还是固定的，而你是棋无定法……"

陈晓冬说得很激动，老女人摇摇头看着他，多少被他打动了，便说："我没和他下过棋，我只是看他下棋。岛上没有棋，他总是对着我说棋，只是他说我听。他身边只有我一个人啊。"

陈晓冬拉着老女人坐下来，像对着师傅一样听她说话。老女人似乎很长时间没有和人对着面聊天了，说的话不清不楚的。老女人说她没读多少书，读过的书也都忘了。

"我来和你说一个古代故事吧，也忘掉了在哪本书上看到的了。"

老女人抬起头来，似乎在想着不知什么年代的事了："有一个打遍天下无敌手的棋士，有一次来到一座山里，与一个老媪下了一盘棋。棋士输给了老媪。”

陈晓冬听过呕血谱的故事，相传北宋围棋国手刘仲甫，奉饶天下先，却在骊山与一乡下老媪对弈一百二十着，被杀得大败，登时呕血数升。

接下去，老女人说的是陈晓冬没有听说的了。老女人说，当时棋士求教老媪棋艺。老媪朝屋角一伸手，让棋士把那边的一张凳子端过来。棋士向屋角走了几步，看到前面有着一摊水，再走近时，发现那竟是一汪很深的水塘，上面只有着一块石头。棋士想踩着石头过去，看起来石头是平整的，但一踩上去才发现石头是歪的。棋士身子一歪就朝深水中倒下去了。倒到底又发现是倒在一块干地上，眼前根本没有水，只有一块斜歪的石头，只是刚才映着水，让人有平整的错觉。

那个老媪对棋士说：“你在棋上懂得很多，就会生出智障来，最大的智障，就是你心里的‘我’的感觉，棋是两个人对手的，你一有成见就容易为人所乘。你要把智障排除掉，要把心里的东西都清空了。但那里又不是绝对的空，那里是有的，是‘有’圆融了成一个‘空’，而那‘空’又在对局中化成了‘有’，这样的‘有’好像没有立足之处，但处处都能立足了。”

陈晓冬听得清楚又有点糊涂，看来老女人还是不习惯说话，口齿不清楚，表达得也不清楚，有时会停下来想一想怎么说。说完了，她就自去收拾了。

陈晓冬向老女人告别，老女人让他把棋带走，说这里不需要棋。陈晓冬便背着棋包独自走了。

离开了辣椒岛，船划开一段水面，见岛的四周红亮形成着一圈光晕。陈晓冬想那也许正是他视觉的错觉呢，可这错觉竟是那么美。

回到县城，陈晓冬去见小陆。小陆见面就告诉陈晓冬：鲁秋然送到县医院时已死了。

陈晓冬对小陆说到了老女人。小陆听说老女人会下棋很惊讶，那神情似乎陈晓冬说的是天方夜谭。后来小陆想起来说，是有这么个老女人，但绝对不是鲁秋然的妻子，她是跟着鲁秋然来的，似乎是他家的一个老用人。这个鲁秋然原来很有钱的。

小陆又补充了一句：这个女人听说年轻时是专门供文化人消遣的艺伎，时间长了，也许会跟着识一些字，下一点棋吧。

近朱者赤近墨者黑，小陆这么总结说。

多少年以后，社会有了很大变化，棋赛也恢复了，陈晓冬在各种棋赛中得到了各种名次，成了一个专业棋手。经历与对局，让他的心不断地充盈着，他见着的类似鲁秋然的怪招多了，也都能应付了。他在棋界已是很有名气了，然而在他的心里总还有着一个老女人的身影。下完一盘棋，他便会深深地吐出一口气，像是要把心中的东西排出去。那个圆融成一个空的境界，似乎总在远远处，只见其影难见其形呢。

第五章　棋语·小尖

陶西民头一次去林之贤的小楼，是去寻找答案的。那时有件事让他困惑难解。听北巷小王介绍说，那里有个神神道道的人，很灵。陶西民从根子上对算命占卜都是不信的，但传说中的林之贤并非是那种江湖术士，他只接待朋友介绍去的人。当然这能理解，他是不想流传开去，那时候从事算命，都会引来不必要的结果，说不定哪一天就有套着红袖套的一群人上门来。听说他的话只能对有层次的人说，也只是有层次的人才听得懂他的意思。这也更使他添出一点神秘感来。

林之贤住的是一幢带阁楼的房子，小楼在长长窄窄的巷子里面，楼外围着一个小小的院子，院墙旧了，剥落的墙缝里生出细细的草来，墙根的砖上长着青苔。

院墙上贴着一排旧标语，穿巷风吹着纸角扑扑地响，标语是那个时代常见的内容，打倒封资修的×××。

小楼旧了，溢着一点旧木气息，不比那些方块的水泥公房里面，到处是油烟味。

阁楼上坐着清瘦的林之贤，身后是一个很奇特的木柜子，木柜面上高低不平，像是一个个图案，又像是散点式的排列，尽是不规则的圆与方。柜子在旧阁楼与旧家具中还显得新，不知哪个木匠竟在那个年代中，把柜子打得如此有创意。

他的面前放着一个与柜子同样木质的木棋盘，厚厚的木棋盘也给人突兀的感觉。

棋盘旁一张硬纸上草书着两行字：命无算事可决。

陶西民点点头，就在林之贤对面坐下来。

人生总有一时无法决断的事，思来迷糊一团，想去线条万千。其实思想明白时，也就面临两种选择，只是变化开去，将来谁又能说得定?

两人相对而坐，四眼相望。陶西民想说一句话，林之贤用眼光阻止了他。似乎很长时间，似乎也就一刻儿。林之贤身子又动了一动，拈起一颗棋子，面向着棋盘，棋盘上面刻着暗绿色的十九格经纬线条。

陶西民业余的爱好不少，下棋也是一种，虽然下得不怎么样。

拈着的一颗白子落在盘上。盘上本来就有着一些棋子，粗看像是对局而来，黑白纠缠着；细看又不像是对局能形成的，棋形很怪，仿佛是摆就的一些简单的图案，黑白间隔着，飘飘忽忽地散落着一点人生意味。

那颗棋落在了中间一处棋上，本是黑棋围着白棋。白棋肯定要想出头，可以飞，可以跳，可以挺，也可以拐，但林之贤落下的白子，是向右尖了一手。

棋语：小尖。陶西民自是熟悉棋语的，首先想到这步棋有点意思，不是跳和飞那样追求行棋速度，小尖出去，既脱黑势也有与下边黑棋回旋之意。随即想着他是来求解问题的，心中带着疑惑，抬头与林之贤对了一眼。林之贤眼皮微耷，显得里面眼光很深很深，什么也看不清楚。陶西民又垂头下去，看那棋盘。那步小尖的白棋，仿佛预示着什么。原来陶西民所求的答案，要么前行，要么后退，这一步小尖，说后退，它是向上；说前行，它是偏向。陶西民恍惚觉得它在说明什么，内心中自有一层呼应着它的解释，只是还需要好好想一想。

于是再抬起头来，此时看到林之贤的眼光已如常人，而且细眯着的眼中有点混浊。

陶西民咕了一句："小尖无恶手。"

"小尖无恶手。"林之贤应了一句。他一开口说话，陶西民便失去了那神秘的感觉。

"明白了。谢谢。"陶西民觉得不应该再问什么了。他伸手去掏口袋，虽然朋友说了不需要任何费用的，但他还是想要表示一下。

林之贤伸手拦住了他："我以后有事也会去找你。"

楼梯上有脚步声，木楼梯旧了，踩上去有吱吱呀呀的叫声。接着就听楼门轻轻地敲响，门开时，显出一个姑娘的身影来，清秀的脸上一双倩目，流动着的眼珠显得特别黑，满带虔敬的笑意。

"是林大师么?"

她的眼光首先投在了陶西民脸上。

陶西民赶忙伸手向林之贤说："这位是林大师。"

林之贤正了正身子，说："不能称大师啊。"

眼光移动得轻盈，刚才神秘的气氛流向婉转。

陶西民起身告辞，林之贤没表示什么。尚未入座的姑娘说：“你先来，你先来。”

陶西民说：“我来过了。”出了门以后他才感觉到自己的话有语病。

从姑娘身边走过的时候，她低眉一笑，眼角流转着颤动的眼光，陶西民的心也不由地颤动了一下。当时的陶西民还年轻，很多时间都沉在能搜罗到的古典书籍中，姑娘的低眉妩媚给了他一种那个时代难得一见的古典感觉。

有时感觉会随着氛围改变人。

在院里，陶西民绕小楼转了一圈。

来时匆匆，且心里存着事，没有仔细看楼院情景。下得楼来，求问之念已松开了，再加上刚才所感觉的神秘气氛与古典情怀，不由对这座楼院生出了些许莫名其妙的好奇。这么一转来，就发现这座旧楼的建筑不同一般，不像是几十年前的民国风格，墙与楼檐显得古色古香，有许多处有修补的痕迹，应该是有年头的。过去官宦人家又如何单单留下这一座小楼到现今？

在院角的白玉兰树下，陶西民找到了一块碑，那碑有半截埋在土里，四周长着绿绿的杂草。陶西民拍去了碑上的土，才看清杨将军的字样，看来这确实是一处古迹，这调动起陶西民的记忆，在这座城市的历史中，曾有过一个还是几个姓杨的将军，想来杨将军府第肯定是高楼宽宅，又如何砌了这么一幢小楼，是给谁住的？如此想去，牵着丝丝旖旎的思绪。

古楼之上，林之贤便守得一点古气，合着陶西民的内心世界。

现实社会人喧旗舞的运动，总让陶西民难以适应，觉得自己生活在别处，而小楼给他的感觉，似乎连着故土无尽的根气。

陶西民心里就有了一个决定。

陶西民在澳大利亚的姑妈，想方设法为陶西民办了签证。姑妈知道他在运动中丧父失母，吃了很多苦，时值运动结束前一年，出外多少有点松动，便想他移民到澳大利亚去。

陶西民本来是答应了的，答应的同时就含着疑虑。年轻的他承受过难以言说的心灵痛苦，在孤独中与书为伴，他喜欢的古典书籍，与这个国家与这块土地紧紧相连。他想离开，是因为眼前的社会隔绝了那些根系；他犹豫不决是因为一旦离开，他就永远隔绝了那些根系。

离开小楼回到家中，陶西民就接到了传呼电话，姑妈在电话里告诉他，已经为他买好了机票。陶西民向姑妈谈到自己的决定：他不去澳大利亚了。

姑妈说："你的苦还没吃够啊？"

陶西民说："我现在不吃苦，就觉得生活没有味道了。"

姑妈生活在海外，对幽默还是能欣赏的，以为他能幽默，表示一切还不算坏，于是也只有由着他了。

其实，陶西民说的是实话。在父母生他养他的这块土地上，他有过太多的痛苦，他曾被打成过反动小集团，他曾流浪过，他曾饿过肚子，他曾整天劳累。然而，一想到他要去一个生疏语音异族面孔风平浪静的社会，去过那种白天赚大把的钱，晚上在酒吧中消磨闲时的日子，从现在的人生跳到那样的人生，他能适应么？

人有时为着痛苦的生活而存在，要不，过去的痛苦不就白吃了？

他看过很多书，从历史看到现实，他意识到社会必将面临一个大变化，他要不要和社会一起经历这个变化？

此时林之贤的一着小尖之棋，助他做了最后的决定。其实，小尖能说明什么？就能表示留在国内？那也只是陶西民心中本来有的格局。

这一年里，他生活的环境风雨飘摇，社会经历着更大的颠簸。他躲进深山老林，夜晚，躺在林间的一片草地上，看着星空，想到了姑妈与澳大利亚，他现在想出去也出不去了。小尖这一步，他是不是走错了？或者是他理解错了？又或者是他注定会走成这一步？

终于，运动结束了，一切都过去了。

社会一下子变化了，后来的变化之大，是谁也料想不到的。

社会虽然变化了，物质生活还是贫乏的，姑妈一次次来信来电，依然不停地动员他出国。直至接到陶西民寄去的一张照片后，姑妈才停止劝说。那是一张姑娘的照片，照片上那个姑娘的眼珠特别地黑，与黑睫毛连在了一起，像两颗黑葡萄。

恢复高考的第一年，陶西民考入了沿海大城市的一所大学，进了政法系。姑娘是同一所大学的同学。黄昏，他在校园图书馆的一幢旧楼前徘徊的时候，见到了这位黑眼珠的姑娘，此刻他只是怔怔地望着她。这对黑葡萄让他有一种熟悉的感觉，可他实在想不起来在哪里见过她。姑娘朝他低眉一笑，黑眼珠就流转在眼角。在陶西民年轻的人生中，还是初次遇到见面就朝他笑的女人，偏偏又有着如此熟悉的感觉。于是陶西民放开胆来与她对话，这也是他人生第一次在女人面前表现。

“我在哪里见过你。”他说。

“我也是。”她说。

似乎这就是前生缘定。那两颗黑葡萄颤动之间漾出来的笑意，牵动着深深幽幽的感觉。这第一次见面，他们围着图书馆古典式的旧楼转了好几圈。

她学在中文系，自有文学情调，不免会对月感叹人生。第一次见她流泪，是在一个月后，陶西民来到图书馆楼下他们第一次见面的地方，看到她独自仰面，腮边流着两行清泪。陶西民以为是自己来晚了，连声道歉。她只是摇着头。

“站在这儿，看这树，看这草，看这楼，看这月色星光……再有轻风吹过来……”后来她说。

“不是因为我……的原因?”

“就是……在这样的情景中……等着你来……”

她流得满面是泪了，陶西民被这情调弄得心中都涨满了，他忍不住把她抱在怀里，完成了他们的第一次吻。

毕业的时候，他们就结了婚。这以后，陶西民不时地会看到她的泪，经受着她的“文学”情调。

然而他的政法所学连着的是社会与大世界，与小情小调的在一起生活后，慢慢地感受自然被磨平了，在社会的大变化下，那格局就显得太小了。

一直到陶西民与这位黑葡萄妻子离婚的时候，他对已经是中年妇女的她说，当初林大师就点出我的婚姻不是直线。陶西民才想到这位生活了十来年的妻子，便是那日在小楼见着的姑娘，难怪一开始就有眼熟的感觉。

很想问她一下，林之贤当时是怎样提示她的，不是一直线，那么也是一个小尖吗？陶西民知道她不会下棋，林之贤倘用围棋的棋语，她能弄得懂吗？不过现在很难再问什么，他们生活了这许多年，喜欢文学朦胧意味的她，总是问着他很多的话，并且每次发问都要他明明白白地回答，他却想保留一点个人的东西。于是，她便躲到一边，黑葡萄似的眼中流出一颗一颗泪珠来。开始他发现了，心中不免生出些许柔情，会去哄着她，用很多的语言去回答她的问话。然而长长的时间，磨硬了他的感觉，他不再在意她的流泪，更不再在意她的问话。到后来，她不再问他什么话了，当然他也难得问她什么。

拿了离婚证出来，他们没有分开走，她还是走在他的身边，陶西民和她去了一家他们早先常去的饭店，在早先常坐的窗边位置上，他们对饮着红酒，谁也没有说话。随后他忍不住开口问她，那天在林之贤小楼上她得到了什么预示？

她说，现在再来说这个还有什么意思嘛？

陶西民想想也是，还是放在心里，留下一点感觉为好。但他心里还是有着那个小尖的形象。

然而还有一个疑问在心里，她是不是知道他就是那天在小楼见着的他？在大学的图书馆楼下的见面，她是不是就认出了他？婚后许多的日子里，他熟悉了她。她思维行事是一条直线的，有时又会突然偏开来。比如她鼓动他去当官，好多年都为他当好家中后勤，但到他当上官后，她突然会说他是个官老爷，有官架子，有官气，有一脑门子的官心思。

陶西民有大学学历，又有着复杂的社会生活经历，在机关工作了没几年，就当了官，他认为自己是最没有官样的。他发觉，许多当官的享受着周围投来的恭敬眼光，享受着支配人的荣耀。而他总是小心翼翼地做工作，不摆出官的架子，不做官场那讨厌的出格事。也许他不真正像一个官，但当了官，便会习惯地形成对下属支配的口气，有时他也感受到这一点，但你不用这种口气，有时下属会根本不把你的话当回事，这样你的工作就无法开展了。他的工作扎口到一块，有经济来往很大的，特别是房地产开发，那些商人恨不得把钱成堆往家里送，他清楚他走在大得失的边缘，拒绝是他的必须，他最多做做常态收点烟酒等小礼品，他也清楚他若显得太清廉，会被现实形成的惯性排斥。他虽然累但也有乐。劳累与快乐他都掌握在一个度上，他很明白，无论什么巨大的快乐都只是暂时的，有时偶一为之，带来的却会是巨大的无可忍受的痛苦。

他的胸中确实装着事业，那是城市的开拓。几年中，他与城市建设连着，他需要的是新城市新气象。只是一回到家，他总是会牵念到她，不知她生活得怎么样，会不会正在流泪？离开她后，他有过女人，特别是经济场上的女人听说实权在握的他，居然还是独身，恨不得立时投怀送抱。然而陶西民却依然想着黑葡萄女人。他并不后悔与她分手，她那么多愁善感，仿佛与时代脱了节，在一起时他满足不了她小情小调的需求。倒是离了婚以后，他们的交谈反而多了，经常是陶西民请她到早先常去的饭店一起吃饭。她是每请必到，依然对坐在窗边的位置。现在她会听他讲城市的规划，还会提些意见做做参谋。而他也有耐心听她念她写的诗句。这期间，她成了诗人，已出版了三本诗集。

陶西民认为她诗的格局还是小，然而他不知道也不会想到，她在文坛已经较有名气，不少的诗评家评过她的诗，有评论家谈到她的诗从偏狭之处达到了人性与人心的深度，只是这种深度很难为平庸的读者感受。

有一次陶西民去省城开会，会后与省文化部门的一位官员一起吃饭聊天，谈到省里的文化名人时，那位文化官员报了几位他欣赏的当红作家，陶西民突然听到了黑葡萄女人的名字。

见到陶西民一脸惊愕，文化官员“哦哦”大笑地说：“总以为你很有学问，见多识广，可你连本城大名鼎鼎的女诗人都不知道？”

旁边的秘书推推这位文化官员，并在他耳边嘀咕了一句，文化官员才知道女诗人便是陶西民原来的妻子。

“我见过她。真个是有才有貌，并且女人味十足。这样有情调的女人你怎么会放过？”文化官员凑近身子，说着朋友间的知心话。

“人走近了与在远处看不是一回事。”

“走近了看，会是怎么个样子？”

官场中讲究说场面上的话，但同级干部私底下的说话却不拘礼数，玩笑也不乏粗俗。

陶西民在官场待久了，有了涵养，要不早起身走了。

回城的时候，陶西民坐在车上，满脑子都是黑葡萄女人的形象，想着曾是他妻子的她与知名女诗人的她，似乎不是一回事。

恍若一个小小的偏移，形如什么？小尖？

城市的发展呈滚动式，一旦启动头就收不住了。规划的图纸上，几大块版区，一片片楼盘，显着将来的城市规模与气派。陶西民很早便意识到城市交通的重要性，大大小小的路，都必须能行得畅通。

这天，陶西民来到多年前来过的小楼下。这是一个即将改造的地块。陶西民有实地勘察的习惯，动工之前，总会去看一看具体地段。在巷子外，站在几家洗头房前的路边，陶西民想到了这座小楼，便走进窄窄的小巷。小楼的院门破歪着，关不上了，陶西民进院围着小楼转了一圈。小楼越发显出沧桑感。有多少年了？物是人非，那时他是那么认真地来求人决事，在那个长长的年代里，他无法决定自己的命运，以致心境是多么拘狭啊，去一个澳大利亚就让他难以决断。而现在城市的发展许多大事都由他决策拍板，多少人的命运因他的决定而改变。从那时到此时，中间有着多少世事变故与人生变化。一步小尖，又如何能说得清是也非也？

那时站在这儿便觉心中安静，而现在他却有着一种荒芜之感，荒芜之中依然有着丝丝静气。

陶西民回头而去，他不想让自己徒然添出怀旧的感觉。他不应该有这种感觉，他是城市的改造者，该有的是大气魄。

他也不想惊动这里的人，拆迁户都会有一种故地难移的感觉，这一点他经历多了。他不想提前给他们带来这种烦恼，也不想给自己的工作提前带来一些不必要的麻烦。

但是，拆迁的事还是流传开了。这天晚上有人敲响陶西民家的门。找到陶西民家里来的多是老板开发商。陶西民起身一看，被保姆拦在门外是一个穿着对口襟中装的中年人，陶西民立刻认出那是林之贤，忙让进了门。

林之贤看来几乎没有变化。早先见他的时候，他只是三十来岁青年人，但样子却显四十开外了。但眼下看来，他似乎也只有四十来岁的样子。有的人便是这样，年轻时看着不年轻，年纪大时也显不出老，似乎模样一直停止在某个年龄段上。

在沙发上对坐下来。陶西民面前的茶几上摆着一盘围棋，他正在打谱。此时韩国的石佛正出，一时如日中天。中国棋手渐次超赶上日本棋手水平，不料韩国的棋又上来了。

林之贤说："你喜欢下棋。"

陶西民说："我知道你会下棋。我们下一盘。"

林之贤凝神看着陶西民。陶西民不知他认出自己来了没有。当年陶西民去小楼的时候，是一个瘦瘦的年轻人。现在发福了，脸显方宽了。不知道为什么，当官的大都是方型国字脸。不知是当了官会变化成这般脸型，还是本来这个脸型的人就适合当官。

拿起棋子，两人对下起来。林之贤仿佛忘了为什么而来，像是两个久未见面的棋友，约好了来下棋的。也许林之贤想从棋上认定陶西民是不是过去曾经下过棋的一个棋友。

陶西民的棋下得平衡。他在棋上还是求稳的，与他大刀阔斧的城市建设思路不一样。

林之贤的棋反而下得执着用强，封住盖住对方的棋。陶西民想了一会，抬头看了一看林之贤。林之贤的眼光没有注视棋盘，只是在看着他。

手谈之中见真性情。见到的的确是真性情？

陶西民走了一步：小尖。

又抬起头笑看着林之贤。

林之贤说："你去过小楼。"

"去过，不止一次。"

"你应该知道小楼有历史价值。"

"我知道。"陶西民说。"现在一切还在规划中。你会算，你算一下，结果会是如何？"

林之贤说："倘能算定结果，小楼必须拆了，我便不用来；如小楼不拆，我也不用来。"

"这里面有变化不清的地方么？"

他们像是探讨着决事的奥秘。

林之贤叹了一声："尽人事吧。"接下去，林之贤就谈开了："小楼是一处古迹，类似的古迹在城市很少了，一旦毁掉就再也没有了，后悔也来不及。我不是为我的现实生活考虑的，我已经有一段时间不住在那里了。"

陶西民说："在城市的规划中，一条直道与一条弯路，要相差多少资金？我们缺资金，只能大力引进外资，这多么不容易，要知道外资是要来钱生钱的。在一个新兴城市的大发展中，舍弃多少，获得多少……比如这块棋，是尖还是挺，其中的取舍，也只有对局者知道。"

"古文化是历史精神的延续，是无可取舍的。"林之贤说。

陶西民说："小楼你过去住过，是有体会的，在那个少房缺住的年代，能住上那样的小楼，是很不错的。但这样的旧楼没有卫生设备，不时会漏雨，在现今的城市中，谁还愿意长期在那样的小楼里住下去？不住人的房子更易腐朽，又需要花多少资金来维护。"

陶西民难得地和人这么细细算着账。

“还是钱……”

“这经济账，在我的位置，不能不算。可算起来又显得有点俗了？”

林之贤不再说什么了，神情中有点道不同不相为谋的味道。

他们默默坐着，眼光相对。棋也不用下了，只定位在最后那步小尖上。

距那段时间又过去多少年了，中间又有着多少人事的变故，又有着多少世道的变故，又有着多少社会的变故。岁月的流逝无法逆转，像很多的事物一样，失去了就是失去了，毁灭了就是毁灭了，过去了就是过去了，就是后悔也再无法回转了。

第六章　棋语·立

黄中刚围棋下得好，在城北是有名的。城北一片棋风盛。运动后期，年轻人不想到社会上闹事，也是看多了社会上曾戴着红袖套闹事的那些小子，结果像风卷残云似的落到了乡村边疆“接受再教育”。一般的人不再做那个出头露面的梦，闲下来找玩的，有斗养蟋蟀的，有收换烟盒邮票的，普及的是打牌，打多副牌“争上游”。夏天的傍晚，路灯下多有牌局，四人打对家，后面围着一圈人看着，一边用蒲扇在腿上拍赶蚊子。抓长牌的人一把牌甩下去，甩得精神，甩得有劲，引四周一片惊叹。

脑子好一点性子内一点的年轻人，会去下棋。那围棋可是雅人做派，一旦迷进去，便仿佛在虚空中浮游，时间的虚空，思维的虚空，胜负的虚空，虽没有任何实际的利益得失，在心里比什么都来劲，特别是达到了一定的棋力，够得上北巷小王约棋的，那赢一盘输一盘都仿佛是头等的事，会在棋摊上被人谈论好多天。胜者在人面前显着路走得稳些，立姿显着正些，身子显着高些，说话含嘲带讽的，也尽显着幽默些。

北巷小王自己不下棋，但他对棋盘局的评点对棋力的判断，棋手中无人有异议。也因他好约棋，把两个棋手约到一起“碰一碰”，一般棋手都会卖他这个面子。运动中，围棋协会早已解散了，北巷小王就是一个组织者，也可以说是一个中介。当然，其时根本没有人听过“中介”这一个词。

在城北，黄中刚的棋下得最好，北巷小王似乎这么评价过。但总有不服的人，棋手总会高估自己的棋力。黄中刚也认为自己的对手应该在整个海城，也许还超出了海城。在实战中建立信心后，他更多的是一个人下棋，找棋书打谱。受经济条件限制，他一般是到书摊上去淘旧书，有一次给他淘到了十多本旧时连期的《围棋月刊》，想是某位当时订刊的围棋爱好者改了兴趣卖出来的。

黄中刚喜欢琢磨。他认为他的棋有超越，关键是能吸取高手的经验。他那六平方米的小房间里摆设简单，一张床，一个茶几。黄中刚盘腿坐在床沿，面前的茶几上放一张棋盘和两盒黑白棋子，一手握棋谱，一手取棋子往盘上放。每一局谱他都打得很认真，每一步都要认真地想一想，先不去看讲解，根据自己反复推演，确定哪一步是好手，哪一步是败着。一谱打完，再去看谱上高手的讲解，发现自己对棋的理解与高手的差距到底在哪儿。开始，他的理解总和谱上讲解的不一样，慢慢地，他对谱上棋局的判断多少接近讲解了。他清楚，他的棋力在涨。当然这不是一天两天的事，有了几年的工夫。这期间，到处找人下棋的日子，已经过去了，只须等人上门来请战。

这一天是星期天，黄中刚起了床，在家吃早饭，米粥搭油条。黄中刚是家中独苗，所以中学毕业后没有上山下乡，进了钢铁厂工作。当时社会，工人阶级地位不低，在城市里生活，有固定工资，要找个对象成家不成问题。人的满足感，往往由对比而产生。对黄中刚来说，做什么事都可以定定心心，他的时间和智力便花在了棋上。

父母生黄中刚的时候年纪大了。已经退休的母亲早起烧好了粥，买来了油条。黄中刚坐下来吃的时候，北巷小王就来了。

“刚吃早饭啊?”

“吃早饭。你也来一碗?”

“我吃过了。”

“我就欢喜吃烧得老稠老稠的粥，不要用小菜，油条蘸酱油，老鲜老鲜的。就像一局老好老好的棋谱。”

北巷小王认可了黄中刚的感觉，接着就谈到了来意，约黄中刚下一盘棋。

对手申亮是从京城来的高手，公认的高手，申亮出生在海城，运动前几年去了京城，虽然没有进专业队，但在全国比赛中，他对那些赫赫有名的棋手有过胜绩的。就因为棋，他被京城的一家大单位留下了，在工会担任业余棋队的教练。海城棋手们都知道有这么一个棋手，他是海城棋手的骄傲。

申亮回到海城度假，听说是肝不怎么好来休养。他闲着无事，棋瘾上来了，找海城的棋手下棋。北巷小王也就张罗着城里的好手与他对弈，第一个想到的便是黄中刚。

黄中刚内心很高兴，他早就想找高手来试一试他的棋力了，没想机会送上了门。北巷小王约下的棋，结果在第二天整个海城的棋摊便会传开，也有棋手怕输爽约的。对于这一盘黄中刚没有任何负担，申亮是那么有名的棋手，他输了也就输了，要是胜了，那可是一下子在海城棋坛扬了名，那影响还不止海城。他自然很感谢北巷小王。他开始想着几种布局，争取让自己一开局占了优，这盘棋也就漫长了，就是输也不要输得那么容易。“人心无算处，国手有输时。”在拼的过程中，拣到一个漏就大好了，棋盘上可是什么也说不准的。

申亮脸有点黄瘦，看上去三四十岁的模样。男人到这个年龄，三十多岁还是四十出头很难看得清楚。两人对一眼，申亮显得随意，黄中刚露着下手对上手逢迎的笑，并赶着给申亮去端茶杯。对局在北巷小王家的阁楼上。阁楼矮小，申亮带来的高个子小戴站立时，需要低着点头。小戴也是个不错的棋手，插队在边疆，在那儿犯了点事，避回城来。

布局的时候走得慢，这是黄中刚想好了的策略。他每一步时间都想得长。申亮并不在意，眼看着盘，与小戴说着话，说几句话下一步棋。一个角变化的定式，走到了黄中刚设计的盘局上来，延伸到半条边上，投子越来越多。

一方是有备而来，而另一方也许想显得随意，而缺乏深思熟虑。棋一旦进入中盘搏杀时，算路也就窄了，有的都是命令棋，也就是你走一步我必须应一步。申亮有几个棋陷进了包围，又舍不得示弱丢掉，原先还想凭自己的实力救回来，他也开始了长考，只有以黄中刚棋弱为底，冒险冲一冲。谁知黄中刚力战是强手，一下子显出了他的粘劲来，一步一步算得很慢，但算得很细，都走在路子上。有一步申亮不希望他走，他走的是另一步，但后来的效果却与申亮不希望的一步殊途同归，甚至显得更妙，把申亮的棋包在里面了。

一盘棋只走了一个角引出来的一条边，算起来只有四分之一块的地方，就到亮灯的时候了。申亮也是越走越慢，两个人的头都凝在棋盘上。北巷小王的父亲上来，示意晚饭做好了。原来北巷小王准备他们这盘棋下两个小时，不会太长的。北巷小王对父亲说："你先吃吧，这盘棋还有得下呢。"北巷小王的父亲也懂棋，伸头一看，发现申亮的九个子被包了，还得后手才把外面的棋接出去。等于白死了一片，还是棋局上称作的后手死。

轮到黄中刚行棋，他想着了要虚逼一手，逼着申亮要把外面的子接应出去，这样他既吃着里面的白子，外势又显厚了。黄中刚还是想了好一会，想定了后抬起来说："你们要吃饭了吧……这局棋下的时间太长了，申亮身体不好，就此封盘吧，以后再下。"

北巷小王说："一起吃吧。"嘴里这么说，身子没有动。那时粮食紧，北巷小王家常有棋客，要总招待的话，也招待不起。几位都只是一般棋友间的关系，在别人家里下棋，占了人家地方，耽搁了人家时间，再要　人家的粮食，就说不过去了。黄中刚的提议是实在的，申亮也没有硬要下完的意思。毕竟按这个速度下下去，没有两三个小时结束不了。

站起来的时候，黄中刚与申亮对视一眼。黄中刚眼中含有得意。他觉得申亮的眼中黯淡，已不是开始那种旁若无人的眼神了。

这盘棋有一段时间没有接着下。申亮像是忘了，北巷小王有事忙，黄中刚也不去催。隔了两天，黄中刚出现在棋摊，知道有这一对局的棋手，遇到黄中刚，便问他是不是和申亮下了？他说下了。人家说：怎么样？黄中刚说：什么怎么样？人家说：当然是输赢啊。

黄中刚说：也就是一盘棋吧……不过，棋手嘛，说强也得在盘上看。那声音里传达的意思，摆明是他没有输。应答的人应该是清楚了，还是有点不确信。听他的语调往往是赢棋的人才有的，但要说黄中刚能胜申亮，人家都不相信，以为他故弄玄虚。输了的人也往往会找说法的。

那段日子，黄中刚特别喜欢与人下棋，他的棋力也似乎一下子显得很强。往往有人不服，找上门来。黄中刚先让人看他与申亮下的那盘棋，他一步一步复着盘，说着他的战略与战术构思，他摆得很熟，分析得也很透。一直摆到停棋封盘的那一步，对来人说："你看看，他是后手死。这个棋还用得着再下吗?"来人有点疑惑地问："这是你与申亮下的棋吗?"黄中刚说："你不相信吧。你还不相信?就是这局棋，不信可以问北巷小王……你说他是不是该交棋了？封盘嘛，也就是一种说法了……我也不想争个胜负。下棋不在胜负上，申亮的面子我还是要给的。到底人家是与专业棋手对子下棋，上过棋谱的。"来人说："你的棋下得确实好，棋力真是涨啦，让人刮目相看啊，和我下要让子了吧。"

来人不由气势上萎了三分，与黄中刚对局时有点缩手缩脚。而黄中刚的棋下得凶悍，有时会走出几步无理手，可对方想了半天，还是不敢放手拼杀。黄中刚心里也清楚，不过就算亏一点，他总能扳回得胜。黄中刚的棋名就越来越大了。有时会有人带了外地的棋手找来，黄中刚有选择地应战。但不管对不对局，他总会摆出与申亮下的那盘棋，随后说：你看看，这样的棋还用得着再下嘛?!

下棋到底不是过日子的主要部分。一天一天地过着，有些日子外面在很激烈地动荡，内里却好像是凝定了。一般的城里人只觉得票还是票，证还是证。买油要油票，买糖要糖票，买米要粮票，买布要布票，买肉要肉票，买豆腐要豆制品票。买肉要排队，每天清晨肉铺前就有长长的一串队伍。有的人在晚上就排上了，用破篮子排队，还有用砖头排队的。还要看后来的人认不认，不认的话，早就被丢到一边去了。

一天傍晚，北巷小王来黄中刚家里。黄中刚在做晚饭，锅里下的是阳春面，用长筷将熟面条夹到放了作料的汤碗里，红红的酱油汤上飘着绿绿的细葱花。

北巷小王说："这个面条下得好，你做事蛮细的。"

黄中刚说："面条下锅后，水滚一滚，加冷水；再滚一滚，再加冷水；加三次冷水再滚时，这个面条就好吃了。加水次数少，面里面还是硬的，还会粘牙。"

北巷小王听着点着头，后来说："你看明天礼拜天了，你和申亮的那盘棋再走一走。"

黄中刚说："三滚就好，多烧了，面烂在锅里，筷子捞不起来了。"

北巷小王说："捞不起来吃烂面。我讲你们那盘棋明天能不能下？"

黄中刚指着桌上的副食品证说："明天早晨要去买肉。你看我肉票都拿着了。"

北巷小王说："肉是难买。……我还是要讲，你和申亮的那盘棋什么时候走完？"

黄中刚说："那盘棋还要再下啊，我都忘了，下到哪儿了。申亮他还记得？"

北巷小王说："封了盘的棋总是要下完的。时间你来定吧，明天不行，你看哪一天行？"

黄中刚嘬了一口面条在嘴里，说："我说三十年后到京城去与他下，他会答应吗？是不是他盯着你说要下？那盘棋他还不认输？"

北巷小王说："那盘棋嘛依我看，你是占优了。申亮说他都没有用心。"

黄中刚说："他没有用心？输棋的人都说没有用心的。"

北巷小王说："不过下棋嘛，不到最后都说不准的。不下完，没法定输赢。你来定时间吧，定长定短由你定。他再过一个月要回京城去了，就定在这之前。要不，封盘不下的，算弃权输棋，说京城里有这规矩。"

黄中刚笑说："城北的规矩呢？还是要按我们海城的规矩。……那盘棋就算打平了吧。"

北巷小王说："输就是输赢就是赢，围棋哪有平局的？除非是让先。"

黄中刚显得愤愤地说："他能让先嘛？那盘棋，我都可以反贴目了。"

北巷小王只是一笑，也就起身走了。

第二次来邀对局的，不是北巷小王了。北巷小王只是托人传话说，下一个星期申亮就要回京城了。这一个星期天之前，必须下完封局那盘棋。星期天一整天与平时哪一天晚上都可以，还是在北巷小王家里下。如果哪一位不想下的话，北巷小王就要宣布哪一方自动认输了。

黄中刚有着被绑架了似的感觉。他让那人回头告诉北巷小王，他在星期六的晚上去，晚上时间可以长一点。很快，黄中刚接到居委会的电话传呼，北巷小王说，申亮同意他订的时间。

去北巷小王家的时候，感觉与上一次不一样了。上一次是他去与一个有名的棋手下棋，他要是输了也是自然的，不会引起什么反应。这一次，他是去结束一盘谁都认为他是胜了的棋。上一次他对北巷小王怀着感谢，这一次他觉得北巷小王偏着申亮。许多的感觉在他心里翻腾，这种感觉一直带到了他与申亮的棋上。

封盘的时候，黄中刚判定，申亮一个角边的棋是后手死。黄中刚外逼的一步棋是必然的。接下去申亮后手补也是当然的。但封盘的棋再走时，申亮竟然不再理会这边的棋，把棋完全跳开了，在另一边跳起了一手，形成了一个大模样。黄中刚要把这边白棋的残子吃干净的话，还须再费两手。也许申亮脱先两手，会形成更大的模样，来抵充被歼的一边的棋空了。棋就看不清楚了，也许还是黄中刚的黑棋优势，但是不是能胜，他没有把握。更重要的是，黄中刚根本没有想到申亮会摆出这样的变化架势。一般下棋的人，只会缠在一个思路里，难以摆脱。所以往往是旁观者清。那天封盘，是帮助申亮的思维跳了出来，要是当时连着下，他肯定脱不开连续思维，要想办法救残子的。

接下去，黄中刚突然有了一种恐慌的意识，觉得申亮的心思都在棋上，而他的心思游移在了一片空空茫茫中，一丝丝地像气泡一样胀大，散开。像蛇形又像龙形，无法抓摸。他还从来没有过这样的感觉，却又似乎一直在他心底。已经烧熟的鸭子，看着它从锅子里爬起来，扇扇翅膀要飞了。他原先一直是在庆祝胜利，预先的庆祝。人生梦似的歌，他唱得太早了，唱得太欢了，让他内心变化了，变得脆弱。心里头立着的一块巨大的碑，被摇撼了，激烈地摇撼着，晃悠悠地要倒下来。

申亮的棋每一步都下得狠，下得拼命。黄中刚现在才感觉到申亮的棋是这么的厉害。弱一点的对手棋明显输了的时候，步步下强招，黄中刚遇到过。而眼前本就是一个强悍对手表现出来的力量。每一步都伺机着，每一步都像要扑将过来。黄中刚明知白棋的空中间是虚的，是可以打入进去的。恰恰那又似乎是一个陷阱，是申亮等着他进去的，只要把他打入的棋全部歼灭，申亮的劣势就完全扳回了，也许还要多赚些。黄中刚只有退缩了，这种退缩仿佛是鼓励了对手。申亮后面的棋每一步都撑开了，黄中刚居然发现围棋是可以如此撑开的，一旦撑开了，对手要么来拼命，要么只有退让。

围棋是围空的艺术。用通俗的话说，就是看谁地盘抢得多。吃棋是抢地盘，空围也是抢地盘，不吃子不战斗而围到地盘当然是更好了。

再接下去，申亮又弄出劫来，借着打劫，申亮把棋跳进黄中刚围的地盘中，把原来被黄中刚包围的棋借用上了，东一子西一子，仿佛要把原来死的棋都救出来。要命的是黄中刚已经害怕了，早晓得如此，当初还不如花两手吃干净呢。黄中刚只有狠狠心把围着的棋吃尽了，这样申亮一连串打胜了两个劫。黄中刚只能守着上一次下棋时得到的棋空，再一看，发现大势已去。黄中刚想拼命来与申亮打劫时，申亮消劫不打了。

黄中刚抬头看一眼申亮，发现申亮的眼光微笑着。随后，申亮又开始与旁观的小戴说话了。申亮说，下棋还是要用心，上次没有用心。不过这种棋本来就是走着玩玩的。小戴说，还是棋力决定一切啊。

黄中刚觉得自己应该有机会，坚持走到单官结束，简单数一下盘面，他就输了。申亮站起身来，也没有复盘，与北巷小王打个招呼就走了。

黄中刚一个人坐着复这盘棋，发现当晚的棋他似乎全是陪申亮下的，黑棋根本没有走到目，而白棋围了那么多的空。就是这样，白棋也没胜多少。他的黑棋只要在哪个地方走好一点，就胜了。

黄中刚一边复盘，一边嘴里念着："怎么会输了的。怎么会输了的……我下得太乱了。"

北巷小王对他说："你是赢棋意识太浓了，还是意志力不够，越怕越会输。不拖这么长时间，早一点下，也许没那么多怕的。当然，棋力也是一方面，到底申亮强啊，这种棋也会胜回头。"

后来，这局棋的结果传开了，有人评价说：这局棋本来就是申亮故意设计的，只有这样才能显出他的本事来。人家可是上过围棋月刊的。

输了棋，一切也就只能任由别人说了。

在以后的多少年中，黄中刚只要与棋打交道，他就会想起来这局棋。这盘棋的输，源于他的心理因素。就等于已经吃在嘴里的肉，突然宣布肉的归属有问题，要吐出来，不免会产生情绪反应。再说，那一天的气候也不行，闷人得很，黄中刚的心绪在这样的天气中，总会有问题。慢慢地，随着时间长了，留下来的只是一片阴影了。

有一段时间黄中刚不去碰棋。北巷小王也不再约他下棋，也许认为他的棋并不怎么样，这使黄中刚很受伤，自信也缺乏了。过了较长的一段时间，他再与人下棋时，似乎锐气也丧失了。好在运动年代过去了，围棋开始了正规化，有组织的比赛多了，北巷小王的联系也不再有号召力。有力量的棋手都在比赛中表现。黄中刚也参加过业余棋赛，他的比赛成绩总是不突出，棋局只要到胜势时，那种阴影般的感觉便会在他的心中浮现，一旦对手拼起来，他就会退缩了。他也知道，他在棋上不会再有什么出息了。

人生不完全在棋上，但棋对黄中刚的人生产生着影响。在他以后的生活和工作中，有几次面临大事要成功前，他就会有一种惧怕感。就像好事在天上飘着，眼盼着它落，就是落不下来，等待的时间变得无限的长。最后，就算到他的手里，也都变了味，没有了意趣。

这个时候黄中刚成了家，有了新的生活目标，日常生活填补了许多的东西。他不常下棋，只偶尔约棋友下一两盘不争胜负的棋，过过棋瘾。

有了孩子以后，人生显得匆匆忙忙。他给孩子起的名字叫慎胜，慎胜对棋却有着天生的兴趣。妻子本不喜欢他下棋，嫌费时间，但这个时期，中国的围棋在擂台赛上胜了日本，掀起了一个围棋热，妻子便说，你怎么不教孩子下棋呢？

黄中刚开始教慎胜下棋，先教他吃棋，引动孩子对围棋的兴趣。他开局送慎胜吃子，一旦到孩子吃了好多棋后，他便按正常的棋力来表现了。慎胜再也吃不到棋了，动了心思想吃，反被白棋围着了空。慎胜一开始吃了棋很高兴，但突然发现局势转变了，棋要输了，想哭。

妻子伸头过来说：“你怎么老打击他？”

黄中刚说：“你不懂棋，别插嘴。”

妻子说：“你就让他一下，不就引他的兴趣吗？”

黄中刚说：“他这点心理素质都没有的话，是下不了棋的。棋语：立。立在棋中很厚实。棋要立得住，就要在心理上立得住。”

慎胜倒是没有因此对棋失去兴趣，以后一旦局势好的时候，他就会产生一种警惕，同时产生一种兴奋，眼睛发亮，狠劲就上来了。到慎胜的棋力涨上来的时候，黄中刚只要局势亏了，就怎么也补不上来了。当然，这也是好几年以后的事情了。

这期间，黄中刚带慎胜参加过多次市里的围棋比赛。慎胜在比赛中，从来没有胜棋局势下输棋的现象。棋势越好，他越有兴奋点，往往是大胜特胜。而局势差了，他也赶不上去，会输很多。他的棋难得有输赢很少的局面。黄中刚认为那在于他棋力的发挥正常与否，以及棋力的高低与否。

慎胜中学毕业的时候，黄中刚去参加家长会。班主任老师是个年轻的姑娘，戴着一副眼镜，说话很有条理。女老师对黄中刚说，她很注意他儿子的。这孩子不一般，会下围棋嘛。后来她发现，他儿子在学校里只有强势的项目才会兴奋，而有的项目一开始落在后面，就没有信心赶上去了。比如数学，他儿子的逻辑思维并不差，但发现不少同学比他强，他就再也不想赶了。学校同学那么多，社会上优秀的人才就更多了，他哪能一开始都跑在前面啊？

慎胜没考上大学，找什么工作都是没干几天，就辞职了。黄中刚想让他自个儿做生意，但没资本也没能力。现在生意场上实力雄厚的人比比皆是，他如何与人家竞争啊。慎胜在围棋上面兴趣不减，已经形成习惯。黄中刚托北巷小王牵线，把一个小公园的茶社承租下来，改成为棋社，喜欢下棋的人到那儿去下棋，每人只要泡一杯茶，下棋就不另收钱了。业余喜欢下棋的人倒也不少，有空去棋社会会棋友，聊聊天。慎胜给人冲茶放盘，续水收费，来的棋客也有称他老板的，他就当起了老板。都知道慎胜棋下得好，也有棋手拉他坐下来下一盘，走的时候说耽搁了他的生意，会多丢下一点钱。慎胜每天都少不了要下一两盘，也就忽视了给茶续水的事，好在来客大多是熟悉的，有自己动手的，有请其他人代劳的。慎胜靠这个吃饭，多少能赚一些，与社会上的人比，比上不足，比下有余，多了那么一个棋上的自由，日子也就这么过着，把那儿当作立身之处。

一直在棋上泡着，慎胜虽然没能挣上个专业棋手，也算是个业余高手，在省里也是排得上号的。这一年全国晚报杯业余围棋比赛开始了，慎胜被选拔为省前三名选手，到京城去参加比赛。黄中刚很高兴，觉得儿子有出息了。毕竟已达知命之年，一兴奋，黄中刚血压突然高起来，没法陪儿子去京城，只能与儿子一天一个电话，听儿子谈棋赛的事。

那一天，儿子把电话打到家里来，说他见到申亮了。慎胜从小就听黄中刚提到过申亮的名字，是海城去京里的强手。申亮听到全国业余棋赛的选手都到了京城，就邀故城的选手到他家中去玩。另两位选手有赛事，慎胜凑着个轮空的时间，到申亮家中去，他也想看一看，经常在父亲和市里一些老棋手嘴里提到的申亮，究竟是怎样一个人。

听到儿子去了申亮家，黄中刚马上就问，“见着申亮了吗？”

“见了。”儿子说。

“与他下棋了吗?”黄中刚跟着就问。问出这一句话的时候，黄中刚突然就感到了一阵紧张，血压像是往上升着，头脑有点晕眩。那些下棋的感觉，都回到了心中，依然是那么的真切，似乎他后来培养孩子下棋，就等着这一天。

“申伯伯前两年得过脑血栓，中过风，现在脑子都不怎么好用了。”

“是吗?”黄中刚一下子松了口气，手有点冷冷的。

“但他还是喜欢下棋，拉着要和我下一盘。”

“下了吗?”

“下了。他知道自己脑子不够用了，说代表省里来的都是高手啊。他就自己先摆了四个黑子，还是很认真地和我下到结束。”

“你胜了吗?”黄中刚这么问，似乎是习惯性的。

“让四子棋，还有什么胜不胜的？不过是陪老伯伯下一盘罢了。他找不到人下棋，谁愿意与差这么多的人下棋呢。太无聊了。”

黄中刚突然觉得整个人生什么意思也没有，空落落的。又像是他的一生失去了很多的东西，是因为棋么？是，又不像是。

儿子慎胜却又说开了：“下午看了一场棋，实在是精彩。是一个十一岁刚考职业初段的孩子与专业七段王老师下的棋。王老师你肯定知道，也算是国家队的高手。但王老师和这位小孩下得一点也不轻松。这个孩子真是个棋才，一步都不松，不管是局势好，还是局势坏，他都能稳着。小小孩子大局观上一点不差，最后居然胜了王老师一目半，这一目半绝对不是侥幸。听说他还胜过九段呢，叫人不得不服。这样的奇才，将来实在不可限量。”

“是吗?”

“你知道小孩是谁吗？你肯定想不到，他就是申亮的孙子，五岁的时候，就是申亮教他下的棋。”

“申亮的孙子啊……”

“是啊。可是他的父母似乎并不喜欢他一直下下去，说是下棋太苦了，想让他移民到加拿大去上学，钻研数学，他很有数学头脑……”

黄中刚似乎在听着儿子不住地说下去，但他已经听不清儿子说什么了。他觉得人生真的很怪，思绪晃晃悠悠的，不知立在哪儿。“无可立处，是立足境。”突然思绪中跳出这一句话来，他也记不清在哪本书上看到的了。

第七章　棋语·靠

棋盘上才放了几个子，还是布局阶段，张好行便啪地“靠”了一子。

棋语：靠。便是贴着对方的子下一手棋，立时与对方的棋纠缠起来，那架势摆明了要进行肉搏战。

观棋的北巷小王短短地笑了一声，他看惯了张好行的“靠”。有时张好行在一盘棋中，一连下出几个“靠”来。他上一“靠”，对手脱开走在下面，张好行跟着再到下一“靠”，对手还是不理，接着去左空上下了一步，张好行还是不依不饶，又是左一“靠”，待到对手行棋到右边，张好行便毫不犹豫地随手右一“靠”。

张好行在棋界的绰号就是：张靠。这个绰号上的“张”，有胡乱的意思。张靠便是乱靠、瞎靠。

张好行对自己的“靠”却很得意。他说：靠，就是将棋盘扩大。

围棋有十九道经纬线，三百六十一点，落子的取舍面很大，但搏杀起来，每一颗子都纠缠在了一起，在盘上都至关重要，显现着各自的力量，盘面精彩而丰富。北巷小王却认为缠棋的境界不宽，高手还在于空，兵不血刃嘛，热点之外，更显大片天地。

都说棋若其人，熟悉张好行的朋友，却感觉张好行的处世大不同他的棋风。他外表温谦，话语平和，极难得和人有所争执。他与朋友之间，无事不走动，相见最多的是与棋友下棋，正如君子之交淡如水。

运动期间，社会的政治气氛浓，人与人交往也随政治气候变化而波动，往往一言不合，连夫妻父子都会起矛盾。张好行是那种逍遥派，从不问政事，从不谈政事，也许是因为他的成分高了一点，其实小业主不同于地富反外，第二代革命造反的大有人在。

这一天张好行正下着棋，对手是由北巷小王约来的一位城南好手。张好行这一盘棋下得紧，对手强，也只有放手一搏。行到中盘，张好行的棋局面偏好，只见他手捏一子，缓缓落下，动作轻盈，虽少不了缠靠，却又显成竹在胸。待对方走下一步，头微微一点，似乎是赞赏对方，又似乎一切正在预料之中。

在城北棋坛，张好行棋力并不突出，北巷小王却常约他下棋，一来，张好行喜欢棋又有时间，二来，北巷小王与张好行同住一条巷子，是谈得来的朋友。

北巷小王约战的棋局，往往早早定下，传开后多有棋手来观战。这天不是星期日，来观战的是几位中年的棋友。一旦盘上的棋势确定，观战的人便随便聊开了。都是熟悉了多少年的朋友，不免会谈到社会现象。运动有了几年光景，不再是一开始那么热血了，批斗啊武斗啊也少了，当时运动的先锋红卫兵，走上了上山下乡的路。只是运动还在，口号还在，辩论的习惯还在，有两个棋友正因为熟，便也谈得熟，都是下棋的人，往往书看得也多，谈到了历史事件与政治人物，激动起来便口没遮拦和忌讳。

阴算说到古代的奸臣也许都是有本事的，只是被后代定作了奸臣，便连他们的本事也被抹杀了。现在不就是这样嘛，即使是元帅被批斗的时候，什么本事也不提了，只是草包元帅了。看来本事与奸不奸无关。

张好行的对手停下来听，张好行催了他一下，对手的神情依然显着不在棋局上。张好行便站起身来，说一句有事，走了。围观的棋友再看棋局，明显这盘棋张好行是优势，不免诧异张好行一向迷棋，宁丢一只鸡，不失一好局，怎么可能棋要胜了还会弃局？是不是他没看清楚棋？

刚才的闲聊虽然是朋友间的议论，在政治气息很浓的社会运动中，是有危险的。应该说，远离危险，张好行还是有头脑的。但危险不久下来了，偏偏落到了张好行头上。

当时在场的几位棋友都清楚，犯了事的应该是阴算，还有插嘴的。张好行本是没沾边的，但事情却落到了他的身上。讯问在一间暗暗的大房间里，早年这里曾关过“牛鬼蛇神”。讯问者的口气特别严厉，仿佛对着的是一个罪大恶极的反革命。张好行本以为这根本没有他的事，心里庆幸自己走得及时，脱口便说，他就是不想听他们说的事，棋没下完就离开了。

讯问者立刻发问：“那么你是听到了他们说的，他们到底说了什么让你离开的？”

张好行一下子发现坏了，他离开棋局，是不想惹事，但反而惹上了事。如果他没离开棋局，他可以说他全神贯注在棋上，根本没有在意别人在议论什么。现在他想完全撇清自己，已经解脱不了了。

讯问者的神情轻松下来，像是看着深陷在一盘坏棋局中的对手，只为长出一口气而挣扎着。

讯问者的口气却越发紧逼："推推推！你推你没听清；你推你没看清；才几天的事？一个下围棋的头脑，居然还推你忘了。你当我们是什么？告诉你，这不是一件小案子，是反革命大案。"

张好行被隔离在这个房间好几天，慢慢地他感受到自己的情景不妙，他能判断这件事肯定是有人告发的，大概告发者并非是棋友，只是在旁边偶尔听到了，也许还不完全认识所有在场的棋友，告发只是孤证，有人棋局未终了起身走开，便是实在的佐证。

张好行估计真正当事的阴算他们，也许还没被查到，就算如讯问者警告的，已经掌控了一切，阴算他们也不会承认这一切的，因为他们知道那后果会是什么，面对他们的将是一盘死棋。

讯问者的紧逼一天胜过一天，从立场问题到包庇同罪，从揭发他人到交代团伙，有一刻张好行感到自己抗不住了，就想完全交代出来，以求轻松。他的记性特别好，肯定还能说出告发者没有说清的点点滴滴。然而，张好行有一点意识是清醒的，要是他指证了他们，不仅仅他们之间的友情完了，他更要担负他们被处理的后果，愧疚将是终身的。更有一种恐惧乃是他被隔离肯定众所皆知，一旦查到他们头上，谁都知道他张好行便是出卖者，也许他们会众口一致，把一切推到了他的头上，对出卖者是没有什么可顾忌的。

幸好，后来"九一三"事件的文件传达了，这个案子才偃旗息鼓。要不这类事可大可小，大到案中人被枪决也是有先例的。

有人评论张好行是太聪明了。聪明反被聪明累。

张好行确实聪明。

张好行会做的事很多，那个年代自行车还只有少数家庭有，星期天，他常常会蹲在门口，将哪家邻居坏了的自行车翻转着，坐垫和车头朝下，卸了车轮做维修。他家没缝纫机，偶尔朋友家的缝纫机有问题，他看几眼，动动手也就修好了。更多的时间，他是修收音机，满桌都是拆的零件，最后又一个一个组成整体，红灯亮起来，声音响起来。

从收音机到半导体，再到八十年代流行的录音机，似乎修理这类物件是张好行的拿手好戏，其实每一件物品坏的原因有共通性，但也有个体性，张好行到底在这上面费了多少时间，谁也说不清，名声在外，要解脱也难。

北巷小王引几个棋友到东岛上去玩，那时的东岛还显荒凉，海城曾有大批知青去下放在岛上的农场。邀请者便是留在农场当办公室主任的棋友。

接待他们的办公室人员小颜，是一位年轻的女人，给人最明显的印象，就是她的肤色，白得如瓷。小颜还兼管着广播，声音当然好听，糯糯的。一个女人给人有声色两重感觉，让人耳目清新。再有就是她打扮的不同，宽袖窄腰套衫，及小腿的中短裤，要在多少年后，这样的打扮是很正常的，而在几年前，这便可称之为奇装异服了。

那个年代社会风气还延续着正统，宴席上有说笑，气氛热烈但轻松。听介绍，小颜的丈夫是新加坡华人，又有两三年，一直说着要办出国手续。那个时候，原来人所顾忌的海外社会关系，已开始令人羡慕，大家觉得小颜有这层关系，也自然。

饭桌上聊得高兴，饭后小颜就邀大家到她的广播室去坐坐。农场就是房子多，广播室里足够众人坐下。农场的工作人员都回家了，棋友与小颜谈得更热络。小颜用录音机放邓丽君的歌给大家听，不知怎么的，录音机有点卡带，放一段时间就有点声音变调，随后又正常。小颜换了几盘带子，依然是这个样子。

棋友们朝张好行望，张好行只是身子不动，神情不变。小颜并没有意识到什么，她一开始就对张好行投缘，饭桌上总是向他敬酒，与他搭话。

录音机里的歌声又有点卡，小颜起身换带时，张好行也起身，说酒喝多了点，要入房间休息了。他走到招待所走廊的时候，听到棋友们的声音也都在广播室外了。

后来，小颜便提着录音机来敲张好行的门，农场招待所的房子简陋宽敞，相隔只是薄薄砖墙，住两边的棋友能听到小颜带笑的声音，那声音大大方方的，又毫无顾忌，到底是出过国的。

那一晚，小颜在张好行房间里好几个小时，有时能听到说话声，有时能听到小颜的笑声，那笑声咯脆脆的，有时又能听到录音机的音乐声响。正是社会开放之际，人们的意识也有变化，下棋的人接受新事物也快，明白男女只要自愿在一起，就不关别人的事。不过虽说张好行是个正常的单身男人，但小颜毕竟是个有丈夫的女人，还是第一次见面，便单独共处一室，那小颜广播员的声音也实在恼人。

在农场的两日，一直到回市里的船上，张好行总感到棋友们在议论第一晚的事，张好行年近三十还是单身，棋友中还曾有帮他做介绍的，现在显出是多此一举，偶尔说到看不出他挺有女人缘的，虽然不声不响，男女方面也很有本事的。

对这一切，张好行处之泰然，其实他心里有点冤，在那晚的饭桌上，他就注意到小颜对他比别人多了一点殷勤，他没忘记她是一个并不熟悉的女人，一个有丈夫的女人，正因为这种对危险的敏感，在广播室里数次录音机生出卡声，他才起身离开。然而他没想到事情还落到他的身上，她来敲门了。不知小颜是听同行的谁，提到他有修电子产品的本事的。

小颜在他房间的几小时，他都在忙着捣弄那台机子，小颜不时会找出话题来说，他当然也必须礼貌地回答。不过，要说实话，他也对她的声音，特别是她的笑声，有点恼意。这使他不像平时面对一堆电子元件那么冷静，他几乎有点头手不合，意行不融，有一次还将一颗电阻擦落到地上，他弯腰去拣时，眼光瞟到了小颜穿着拖鞋而裸露着的脚，还有裤下的一截小腿。宽宽的房间中，一盏发着黄光的灯泡，在桌脚的阴影中，她那裸露的肤色，白净透亮得如有磁力。也许只有两三秒的时间，然而他特别意识到，自己眼光停留得那么地长，仿佛被她一串咯笑声惊回。

似乎有了这次市岛艳遇，张好行在熟人之中便有了搭靠女人有一套的名声。张好行没做解释，也无可做解释。确实众友发现，总有女人来他的小家，他就是告诉大家那都是让他修东西的，别人会相信吗？再说，男女之事不断随社会的开放而自由，还需要解释做什么？

张好行还是与北巷小王深谈过一次，他与北巷小王是无话不说的朋友。那次，张好行随北巷小王下了一盘约棋，这段时间张好行棋力看涨，缠靠搏杀，吃了对手一大块棋，中盘获胜。两人在回家的路上，找了一家饮食店，在偏角的座位，要了两瓶啤酒、几个小菜，一边吃喝一边聊天。北巷小王便提到小颜，北巷小王告诉张好行，小颜对他张好行是存念的，多次有棋友去岛上时，她都会问到他的情况。

最后，小颜丈夫帮她办好了出国手续，她还是去新加坡定居了。北巷小王笑说：“传说，小颜临出国前，朝着西北城市的方向，长叹了一声。”

张好行清楚，这是一句玩笑话。他也知道，这不是北巷小王编的，乃是棋友中某人的戏谑之语，下棋的朋友间少不了有作家之才的。

张好行摇摇头，北巷小王感觉他在心中长叹了一声。

张好行说：“男人与女人，一旦有了关系，靠到近到不能再近，是那么容易的吗？”

北巷小王说：“那又有什么，不过就是男人与女人那点事嘛。”

张好行还是摇头，他觉得北巷小王只是嘴上说说而已，也并非是那么放得开的。

北巷小王对张好行分析，说他是不是怕一旦被女人靠上便会被缠上了？

张好行还是摇头。

北巷小王继续分析，说张好行不是不喜欢女人，而是对女人有恐惧。

继而北巷小王认为张好行有孤独症。

张好行只管摇头。

张好行当然没有孤独症，没多久，他有了固定的女朋友，并很快结了婚。

张好行的女人杜纯玉常说不用计较，他们在婚事上也没过多计较，没请朋友喝喜酒，就在海边城市旅行了一圈。

旅行回来后两天，张好行与北巷小王在车站遇到了，听说张好行已结了婚，北巷小王当然想看看新娘子，便跟张好行到了他的家。张好行的房子不大，只是粉刷了一下，也没作太多的布置。新娘五官端正，小小巧巧，属江南秀气女子。

北巷小王显着与张好行是发小，关系不一般的，向杜纯玉介绍张好行的事，特别提到张好行的棋很有力量，最常走的棋便是靠，张靠嘛。

女人根本不懂棋的语言，不理解地睁圆眼看北巷小王说笑着。北巷小王继续介绍，张好行下棋行靠，但为人是烦事的，就怕事来靠。

女人说："是吗？我觉得他很黏人的嘛。"

张好行朝女人挤眼色，似乎知道她会说什么样的话，怕她再说出什么来。

只是女人并不在意张好行的眼色，她很自然地说想说的话。

张好行送北巷小王出门的时候，眼光中带着讯问。北巷小王当然知道他的意思，便说："她相貌不能与小颜比，但她年轻。"

张好行说："她的年龄比我小不了多少，但她看上去显小，因为她的心是单纯的，我看中的就是她没有心思，从来不说张家长李家短的。"

北巷小王笑问张好行："你与小颜的事向她交代过了？"

张好行说："我有什么要向她交代的？"

接着张好行告诉北巷小王，她对这类事也根本不关心，就是有人告诉她，她也不会相信。

杜纯玉不会缠靠人，她每天上班，工作期间很少打电话给张好行，下班回家后，静静地做家务，上床之前，也很少与张好行有肉体接触，她文静而独立。

她并非无情，有时从鞋盒里翻出一双看上去是几年前买的鞋，塑料制品有了年代就会脆化，着劲的地方有所裂缝，实在无法再穿，她准备扔了时候，会朝它看一会儿，说一声再见了。

张好行便发现自己的心脆化了一片，又有一点断裂的感觉。

他们就这么生活着。那个年代社会在变化，生活其间，感觉变化是缓慢的。

常常是张好行在外屋修东西，杜纯玉在里屋改报表的数字。

有时张好行进里屋与女人搭话，她有一句没一句地应着。

张好行不免会说："工作的事何必带回家来。"

杜纯玉说："我做工作还拿工资，你做的事呢？"

张好行说："我替人家修东西，人家会承我的情，公家的事，单位又看不到你在家辛苦。"

杜纯玉说："你就是太计较。你做你的事，我做我的事。少来烦扰我。"

张好行看女人瞪圆着眼睛，心想，她也是热爱工作，不过现下人们都开始为自己着想，只有单纯的她还会想着工作。然而调转头想，单纯也是一种善良，要是她整天像别的女人一样计较着钱，盘算着修饰打扮，也许他实在无法接受。

杜纯玉瞪眼的时候，像个孩子，一脸无辜受害的样子，仿佛真是痛心了。张好行很想抚一抚她，帮她做一点什么。他懂得太多，而她又什么都不想懂。

一个想得太多，另一个什么都不想。张好行有时觉得因为想多，却一说就错。她所有的道理都简单，社会上的一切都在变，道德伦理都在变，但在她的道理面前似乎那是在变坏，而她一点没有坏心。他怕她会在社会上吃亏，杜纯玉对张好行说：你不要以为别人是傻子。她确实有点傻，可是相比张好行的聪明，到底傻好还是聪明好？还是别再比较了，用北巷小王的话说，反正一块馒头搭一块糕。

他们没有孩子，开始张好行还没觉得什么，杜纯玉身体弱，不好性事，似乎还像个孩子。张好行偶尔想到，她这样的女人会怎么做母亲呢？又会生一个怎么样的孩子呢？

后来杜纯玉开始往医院里跑，张好行告诉她是心态问题，不用急。杜纯玉说："我知道你急了，你想要传宗接代。"张好行想想，自己确实有这样的感觉。

就这样，几年过下来了，张好行从不提及孩子这个话题，只是女人有时会在饭桌上说，我就想着要一个孩子，我好好把他养大。一旦这个话题靠上来，张好行就避开去，这也成了一种习惯。

而上床后，张好行触碰到她的身子，自然会有男人的反应。

"别靠我。"杜纯玉说着扭过身去。

张好行知道，那意思是不在那个期间，都是封山的。

张好行带杜纯玉去堂兄家，听说乡下老家来了人。同在一座城市，张好行知道杜纯玉不喜欢走亲戚，也从不勉强她同行，这一次是她突然有兴趣，张好行也不知她是如何有的兴趣。

杜纯玉说："就和你走一走吧，你不要提孩子的事。"

张好行心想，我避开还来不及呢。

到了堂兄家，发现他家里多了一个一岁左右的孩子，独自玩的孩子，走得摇摇晃晃，穿得花花绿绿。听说孩子是老家表弟带出来的，表弟出去办事，就把孩子丢在了这里。听说表弟家孩子多，有合适的城里人家，想送掉一个。

杜纯玉一见孩子就过去逗他玩。一会儿抱在怀里，一会儿搀着手转圈，一会儿蹲下身子，朝着孩子看来看去。那孩子倒是不认生，在杜纯玉的怀里扭来扭去，还朝着她笑，只是见了张好行就避开眼光。张好行感到奇怪，一见这孩子就有一种奇怪的感觉，说不上讨厌，但绝不会是喜欢。

杜纯玉朝张好行说："这个孩子蛮可怜的，我们把他带回吧。"

张好行发现那种奇怪的感觉直往心里靠，说："我们还是回去吧。"

杜纯玉说："我们刚来怎么回去呢？我就看着这孩子好玩，与我投缘。"

堂兄注意到张好行的神情，便说："你们还年轻，当然还是有自己的孩子好。"

杜纯玉说："我们要能生得出来呢。"

张好行就站起身来："还是回去吧。"他意识到她的话贴得很近，一种习惯的感觉升起来了，好像好长好长时间都浸透在这个感觉中，又有着一种莫名的东西嵌在里面。

她却依然逗着孩子，两个人的眼神交融着。张好行根本没有想要领一个孩子的需要，他不想家中添一个他人的孩子。他的声音尖了一点："我要走了。"自己也觉得情绪不正常，对堂兄来说也是无礼的。

杜纯玉说："我要带走孩子。"

那个孩子看看杜纯玉，又看看张好行。张好行发现那孩子两只睁得很大的眼，有点像杜纯玉。

张好行声音大起来，说："我们难道不会生吗？"

张好行说着就往外走。女人跟着，怀中还抱着孩子，到出门的时候，叫孩子一声宝宝，才放手了。

路上，她一直说着那个孩子，说一见那个孩子就感到亲近，说那个孩子的眼睛像自己。

张好行说："你生个孩子会更像你。"她就不说话了。

到了家里，她什么也不做，靠在床头柜边说："你说那个孩子是不是和我有缘？我就想着那个孩子。"

张好行说："你就早点休息吧，我们来做孩子。"

女人推开他说："我们做了那么长时间，做出什么来了没有？我就想要一个孩子。"

张好行声音大了起来："我就要一个自己的孩子。"

女人不说话了。半夜里，张好行一觉醒来，看到女人像失了神似的坐在床上。

"睡吧。"张好行咕哝了一声。

"那个孩子眼睛就像对我说话。我睡不了，一闭眼全是那孩子的模样。"

张好行不想应她，躺了一会，也睡不着了，上了一次卫生间，回头来看到她在流泪。

女人说："我就要一个孩子，我丢不下他。临走的时候，心里就对孩子说，我们再见了，却是再也见不着了。我一辈子都会想着他的眼睛，我没办法不想着他的样子。"

有几天，张好行下班回家，看到女人在做事情。做了一会，她就会坐到床上去，哀伤地低着头。张好行想着她心里肯定在说着那句话：我再也看不到那孩子了。

张好行硬起心肠来想，怎么可能因一个孩子合缘，就带回来养一辈了。但他看到她的样子，心里不免悲哀，想自己怎么落到这般的境地。本来没有孩子也并不太重要，现在孩子粘着他的所有感觉。她将会一直这样想下去，那个孩子的模样大概落进她的内心，他能看到她的内心里的影子，无法消除，无尽悲哀。

这一个星期天，张好行怕在家里待着，出门去找北巷小王，见着了，不由分说拉着他下棋。北巷小王平素只约人下棋，自己很少下棋，他看棋看空，有着境界，但一入棋局便实，躲不开缠绕。

北巷小王注意到张好行的神情，便陪他坐下来，一边下棋，一边说话。

张好行和北巷小王回顾了自己的人生，说到他初涉社会时也曾雄心万丈，跌过几个跟斗，在棋上悟空，于是怕靠怕缠，不属于自己的不想沾染，原以为能活得自在，又何曾最后还是落到无可躲避的实，缠入无谓的人生。云空又如何空，自己低头看看内心，发现无数难以摆脱的暗影。

两人虽然无话不谈，北巷小王还是难得听到张好行如此喟叹，不由说："人都有宿命的无奈吧。"

“是啊，想躲避如何躲避，想脱开又如何脱开。”

北巷小王清楚张好行一旦遇事，退避三舍，他退无可退，肯定是家事，家事是外人无法置喙的，便说：“只把烦恼作道场吧。”

张好行念了两声：“道场烦恼，烦恼道场……”随后就起身出门，对北巷小王说声：“去了去了……”

张好行去了堂兄家里，他想去带回那个孩子。带回孩子以后怎么样，他没想好，他想解脱，又只能迎着。

在堂兄家没有看到孩子，听说那个孩子被接回去了，还听说乡里有好家景的人要收养。张好行一时有点欢喜，又感觉空落落的。不过他很快就想到了女人，仿佛那个孩子本就是自己家的，现在丢失了。他想到劝解女人，要孩子可以到孤儿所去领养，而女人捶着床沿哀哀地说着，只有这一个孩子在她心里，孩子睁大眼睛看着她。我要的这是这一个，我就喜欢这一个，我就想着这一个。

张好行就走上了前往家乡的路。他从来没去过老家。上山下乡的年代，他曾有过去那里投亲插队的打算，但后来解脱了。他坐长途车来到了县城，老家在几十里外的山村。张好行就坐了一辆拖拉机往山里去。很快，颠着的感觉习惯了，看乡村的田野与村落，还有点空旷的清新感。这里是他父亲出生并成长的地方，父亲去城市后成家有了他，他的人生一直在城市，为一个孩子来到山村，虽说只是偶尔到此，心里还有一块实实的东西硌着，似乎这里给他的感觉，早在心里，比城市的现实还要熟悉，他的人生仿佛是注定要来这里，这是靠紧了的宿命，也只有从这里解脱。

那个孩子会不会已经被人领走了，他又想着了她躺在床上的样子，她默默地流泪，睁圆的眼里红红的。孩子的眼光也在他的心中活动起来，他的感觉向那孩子飞去，想尽快把孩子抱到手上。此时，拖拉机上一个坡子的时候，颠了一下，他便颠飞起来，颠下了拖拉机，滚落到旁边的土沟里，头一扭，颈骨断了，就断了气。

逝者已矣，生者还存。过了两年，北巷小王搬了家，听说原住的巷子要拆迁了，回巷子来看看，同时想到这天正是张好行的忌日，他就走到了张好行的旧房子，门正开着，北巷小王就进去看一看。他还记得，张好行的女人很柔弱的样子，不知道张好行去世后，她会如何的哀伤。

北巷小王看到了女人，女人眉眼全是笑意地对着一个在床上爬着的孩子。北巷小王知道因为想领孩子，张好行死在山路上的。当然不会是眼前的孩子。

女人的身边有着另外一个男人，一个粗壮的男人。

女人见有人来，便把孩子搂到了怀里，她感觉北巷小王脸熟，但大概不记得他是张好行的朋友了，她对北巷小王说着她的孩子，说她的男人让她有了一个孩子，说生这个孩子真难，说难产时孩子被脐带绕颈险些死了。女人把孩子抱紧了，说孩子就是她的命，要是孩子没了，她也不想再活了。

女人睁大了眼说着。孩子一点不认生，也睁圆着眼看着北巷小王。

第八章　棋语·点

雨从火车的车窗上滑落下来，靠窗坐着的黄晓成，眼光一直盯着窗外，漫野的绿色被雨水滋润得清清新新，受列车行进的影响，眼前的雨水在飘飞一般。隔着双层车窗，还能嗅到车窗外雨水气息。那水湿的气息，从带点锈蚀斑驳的漆铁车窗隙缝里透进来。

慢车过了苏南，站头停少了，停车的路线拉长了。现在应该在山东地界，金、铁、煤……一串矿产名跳入他的意识中，去年实习时他曾勘探过这里的矿山地质，他还是忘不了三年多大学中所学的。

车过一个峡谷，一时车厢内外的明暗之间，车窗如镜，映着他红红的袖套，并映亮着他的心，感觉中热热的鲜亮的色彩。车厢里的眼光，仿佛都集中在他的袖套上。这时候，红卫兵大串连运动还没有大规模开展。他是先行者，接受着最新的革命召唤。

他很庆幸，在他即将毕业的时候，大学校园里开始了运动。运动中断了分配，他一时不会到一个地质队去和石头泥土打交道了。他的人生有了变数。他是最早投入运动的，是组织的领导人。他觉得他对运动如鱼得水，口号与大字报，游行与传单，他的心充满着政治热情。

车停过站，上来了不少旅客，车厢里站了一些人。黄晓成身子侧靠着窗，占的位置空了一点，就有一个女子在他的身边挤着坐下来。女子年龄应该比黄晓成小，却是乡下小媳妇打扮，穿着中式扣的蓝布衫，长得姣好但土气。乡下小媳妇坐下时，朝黄晓成讨好般地笑笑，怕他赶走她。她身子朝前，只在椅子上搭靠了小半个屁股。黄晓成的一侧腰臀一下子感觉到了女人肉体的绵软。他不愿意让自己放纵这种年轻男性的勃勃感觉，身子缩了缩，随后站起来。他像是去上厕所，其实是想去透口气，也让她自在地坐一会儿。她是劳动人民，他们应该是平等的。

厕所里，不知谁将车窗向上提起了一点，那种男女混杂便处的气味淡了些，风将雨水从缝隙中吹飘上来，地上透湿的。黄晓成没进去，关了门就退到旁边的车门前，看车门大玻璃外的雨景。

雨的势头依然不减，抬眼望，远处的天是一片阴一片阳，阴阳搅在一块，近处的云压得低低，像在滚动翻卷着。

让暴风雨来得更大一些吧！黄晓成心里突然跳出这一句来，他笑了一笑。这一次他去北京串连，车票上的到达站是北京，但他将在天津下车，会在天津住两天。车票终点站在三天内到达有效。

天津有个姨父。姨父是副研究员，有时与他通信时会谈一点对国家与个人前程的看法，本来他对姨父是很崇信的，运动一来，他就发现姨父过去的见解都太保守了。

回转身来，黄晓成看到对面车门边坐着一个人，正低头看着搁在两腿上的一个棋盘。棋盘上放着一些黑白棋子，竟是围棋。这个人像是在摆棋谱，又像是独自在下棋。黄晓成还是儿童的时候就懂棋了，他的父亲喜欢围棋，也教他。运动期间，黄晓成除了参加革命行动，就由北巷小王约棋，与一个个棋手下棋，棋艺还是很不错的。

那个人并不在意有人在看他，在流动性很大的火车上，他只有旁若无人，才能沉入棋里。他坐在一张摊开的报纸上，穿着一件肩肘打着补丁的旧衣服，头发散乱地垂下来，盖着了他半个脸，仿佛是个乞丐。当然他不会是乞丐，没有乞丐会下围棋的。

棋盘上摆的一盘棋，黑棋被白棋围住，正在忙做眼。这个人手里捏了一颗白棋，看来该是白棋行棋。他只是捏着而不落下。

“点。”黄晓成忍不住说。

围棋的搏杀意在歼灭对方的棋。每块棋必须要有两个眼才能得活。在对方大眼中点进自己的棋，虽然是送死，就是不让对方做成两个眼。

这个人头没抬，慢慢地摇着，还是捏着棋，眼盯着黑棋的大眼。黄晓成看清了局势，只此一手。他觉得这个人也许不怎么会下棋，就蹲下身子，伸手到盛白棋的盒子里，拿了一颗白棋就往盘上放。

一颗白棋在一圈黑棋之中，很显明地“点”着。

这个人又摇摇头，脸上似乎有着不忍的神情。他抬起瘦削的脸朝着黄晓成。黄晓成发现他的脸色是那种劳动者的黝黑，却含着一种知识分子气质，仿佛早年父亲神情中的孤高。

两人对着眼光，这个人脸上线条，生有苦相，此时仿佛从悲哀之中，流出一点笑意来，缓缓地温和地亮了一亮，像拖动的烛火一般。

这个人把盘上的棋子收回到黑白盒里去。然后，朝黄晓成身前的那盒黑棋，伸了伸手掌，明显是对下一盘的意思。他的动作中有着高手风范。

黄晓成捏起一颗黑棋来，感觉到小小的棋子是沉沉的。刚才临时停车一摇晃时，棋盘随着这个人的身子晃动着，但盘上的棋稳稳地站在各自的位置上，一动也没动。现在他想到这是按磁原理造的棋盘与棋子。再看棋盘上刻的十九道棋路是那么清晰，一个个棋子都是那么精致，不大不小，不扁不高，一个个山丘般的小圆弧是那么地规正。黄晓成是学地质的，学工时也进过工厂，看到过那些高级钳工们精巧的手艺。他想到这个人肯定是一位高级技师。

棋盘中间有一个折，可以合起来，而放黑白棋子的两个扁盒子能放进合起的棋盘中，这个人肯定是常常外出的，才会带着这样一副棋。被手指摩擦久了，每一粒棋子都带着光亮。

黄晓成有好长的时间不下棋了，很想显一显，过过瘾，且还有那么长时间要在车上消磨呢。对方从屁股底下抽出一张报纸拉过来，黄晓成看了一下，上面没有重要的照片，便坐下去，下了第一着棋。

从一开局，黄晓成就下得很勇猛，带着年轻人的气劲，横冲直撞。对方稳住了劲，下得很规正。

有时黄晓成抬脸看一看对方，只见这个人低着头看着棋枰，每下一步之前，他都会把黄晓成刚下的棋重新放放好，似乎在确定一下棋的位置，他的大手指捏着小小的棋子旋动一下，又似乎藉此思考一下，而后，才落下他的子。

偶尔这个人的脸扭向一边，仿佛在看车门外，玻璃外面雨珠直落，中间却粘着了一片叶子在雨水中颤动着。

日后，只要想起了火车上的这盘棋，雨中一片落叶在玻璃上黏着的情境便在感觉中，连着的是那个人仿佛凝定了的眼神。

棋没有下完就停下来了。停了一次站，他们起身让上下车的乘客。重新坐下来时，黄晓成看看自己盘面上的空不够，就不再下了。

棋友间容易交流，又在火车这特定的场景中，两人对看一眼，仿佛熟了许多年了，交谈起来。黄晓成知道了这个人的名字：曹歇。歇一歇的歇。

“你有好事等着呢。”曹歇江北口音颇重。

“你怎么知道的?”

“从棋上看得出。”曹歇的口气有点玄。黄晓成一直接受的教育便是反对迷信，他不相信曹歇从棋上看出什么来的虚玄说法，不过，他内心还是喜欢曹歇的话。

黄晓成这次北上并不单纯是革命串连，他约了一个女孩在天津见面。她是他的初恋对象。她与他同住一座城市的一条巷子中，他在巷头她在巷尾。从他第一次对她的形象产生好感后，从第一次对话到第一次约会，他为她费尽了心。有时他想不起来她的形象到底美在哪里，唯一可以确定的是她的皮肤特别地白，而她的眼眸特别地黑，她的眼眸流转时，仿佛黑星在白空中划动。

他总是会想着她，就是在革命运动中也一样，也许是因为她，他才有了参与运动的动力。

他约她去天津的时候，她一时没有应声，她的眼光是平静的。一个从没出过城市的女孩，要与一个男子在远方的城市里相聚，意味着什么，她是不是清楚？也许黄晓成自己也不完全清楚。他们的交往有明的一层，也就是同一巷子的邻居，而他们的约会是暗的，每次都约在郊区，避开着熟人。其实他们的几次约会也都是谈着各自的生活，连手都没有牵过。这次天津之约也没同行，他先去天津等她。而为什么在天津而不在北京，也缘于他的心理因素，也许是怕北京有太多双眼睛，也许因为首都是革命圣地，不合他们这种不健康的小资情调。

她一点没有犹豫，仿佛只要他开口，不管天上地下，她都会跟着去。而后她说起了家里的一只小鸭子，城市里养鸭子，是很有些困难的，她只是说着那只小鸭子的可爱：黄绒绒的，一迈一歪。

他一直想着在天津怎么突破两人间的“距离”，也许只要直白大胆地表现，他觉得人生开始真正属于他，他的浑身有一种气场，只要他做，就可以做到。以前他太拘束了，他需要的是行动，一步就点到位。

黄晓成想着她时，只是心里一动念，抬眼看到曹歇微微一笑，怕是心事已被他看出。曹歇大概接近四十岁年龄了吧，岁月在他额上已经刻出了许多的细纹，眉间的一块有点发暗，眼皮有点下垂。

“你眼下就有坏事等着吧。”黄晓成说，他不知道自己口气中怎么也带着了一点玄味。从他的神情中，黄晓成发现自己是蒙对了。

“社会关系。”曹歇短短地应了一句，仿佛是叹息一般。

这一句社会关系，二十年以后的年轻人大概就不会明白是怎么回事了，而当时，社会关系是至关重要的，对人生有决定性的影响。

两个人肩靠肩坐在车门前的地上，像多年的知交一样交谈着。黄晓成把要在天津约会女孩的事，也对曹歇说了，同时还说了自己对她的感觉。这本是他一个人的秘密，对他的父母家人，他都没说过。说的时候，他觉得自己在“冒险”，却有着一种冒险的快乐，只想痛痛快快地说给曹歇听。

曹歇说到他的父亲在解放时去了美国。每次运动涉及这一层关系，眼下他家又面临着运动冲击。曹歇仿佛忘记了身边的黄晓成正戴着红袖套，而黄晓成似乎也忘了自己是运动的先锋，而身边的曹歇却是运动的对象。

明知对方是政治的反面人物，黄晓成平生第一次一点距离也没有地与人交谈，后来想起，奇怪怎么与曹歇像个知交朋友，也许自己本来就有阶级立场问题吧。不管他的革命意志表现得有多坚决，革命口号喊得有多响，也只是一种外像。他的内心世界是复杂的，并不那么纯洁。还有他与女孩天津的约会，也和革命运动格格不入，都缘于他内心的小资产阶级情调。

到天津的这段路上，很多的时间，是黄晓成在说，曹歇在静静地听。曹歇是一个很好的倾听者，有时会应上一句，黄晓成觉得他的看法，仿佛是一步步冷静的棋理。他那张初看去有点愁苦的脸，看久了，显着温暖而丰富，透着他内心中许多的滋味。

车快到天津了，他们约了一定要再见，并再下一盘棋。起身时，曹歇拍了拍黄晓成身上的灰，手掌在黄晓成的肩上按了按，像是在祝福他。

黄晓成下了车以后，在站台上站着。火车启动了，只见曹歇头抵着车门朝他看着，贴着车门玻璃的脸像被挤扁了。那愁苦的形象，变换成自然和明净。黄晓成还从来没有过这样的朋友，他早早地没有了父亲，他的那些同学只是同学，他的所谓战友也只是运动的同路人，而只有这一位短程相交的棋友，让他有超越入心的感觉。

黄晓成的一段运动人生，是最早跳的，也跳得很高，一时红极，不单是学校，而是整座城市的知名人物。但他没有超越运动规律，很快地在一个转捩点上跌落下来，运动者成了被运动者，打倒者成了被打倒者。作为革命运动的牺牲品，随着上山下乡的大潮，被驱逐到了边疆的地质队。

一天天重复地劳动，在少有人烟的荒野，与土与石打着交道。在不稳定的社会中，对与错，革命与反动悬于一线，人生际遇的高低变化也只在片刻间。此际，他日复一日地敲击着稳定的矿石，岁月与风雨磨砺着他年轻的心。空闲下来，他独自对着铺开的纸棋盘，研究带来的棋谱，借以消磨流动的时光。一次，在一湾山泉边掬水喝时，他突然发现水的倒影中，自己脸上的神情像极了一个熟悉的人，想了半天，他想到了曹歇。

慢慢地他想到了与曹歇对弈的那盘棋。回忆那盘对局，他很勇猛地只管落子，根本不顾前后，有几块棋，曹歇只需一“点”，他的棋就被点死了。当时他怎么都看不到呢？而曹歇是不想点还是不愿点？

此时，留给他的是只顾冲着的不管死活的棋势感觉，是多么幼稚多么可笑。当初他与曹歇的棋力相差不是一点点。

他的生活已了无生气，却又有亮点。有一次他步行几十里去最近的小城采购简单的生活需用品。他在城里找到了唯一的一家茶叶店，他一直有喝茶的嗜好，就在那家茶叶店里，他看到了那个戴着当地人白帽子的女营业员。他朝那张既熟悉又陌生的脸看了好一会儿。她只抬头看了一眼，就从柜台里走出来，伸出了手，手掌朝上伸直着，走得很坚决，一直走到他的面前。还像在天津时的那一次，她伸着的薄而透明的纤细手掌，掩着了他的鼻与嘴。

那一次是他与她的第一次，对着她的白洁身体，他忍不住像是诗人似的吟诵过一句："柔白的毫光，把眼映亮，满世界的莲花开放。"她满面娇羞，伸出手掌，伸到他的脸上来，像是要掩着他的嘴，不让他说下去。

到宣布结束运动后，他还作为"三种人"被审查了一段时间。再放出来，又回到地质队里。许多老地质队员都调回了城，只有她随着他一起走。她的身体虽然弱，但还是不离不弃。他也不愿放开她，只顾贪婪地感受着她的温暖。

又过了几年光景，他多少活动自由了，作为一个老技术员，去海边城市参加地质会议。穿一套工作服胡子拉碴的黄晓成，走在海边的城市中，有着不同世纪的感觉。这些年里，海边城市早有开放气象，变化很大，人的思想也开放了。社会的现象，有黄晓成感叹的，也有黄晓成诧异的。会议结束，黄晓成坐一条海船往故城去。四等舱内昏暗沉闷，他到甲板上透气。海风很大，很快就下起雨来。他退回上层舱内，在舱门边，抬头看着舱外。辽阔海天，无尽的浓重云块。雨飘在海水上，一个个的浪头在舱尾升起来。多少人生的沧桑感一时在心里翻腾。多少年中，他的人生都在流动着，已年届不惑，不像青年时期那么有精神了。

黄晓成回转身来的时候，一种物的熟悉感，突然撞到他眼里来，撞到他的心里来。

那是一副围棋。他也曾看到过新式的旅行围棋，很轻的塑料外壳，嵌夹着铁片与磁块。但眼前的围棋是独一无二的。那么精巧圆滑的棋子，黑色的棋本是原质，白色的棋子如玉石。这副棋，在黄晓成的梦中，曾出现过那么多次，每次出现仿佛都连着了雨。

接着他就看到了棋的主人。他记得他叫曹歇，没错的。但他基本上忘了曹歇长得是什么样子了。那次他是在火车车门内一个空间的地上坐着，衣服上打着补丁。现在他是坐在上层舱间休息处的一张椅子上。他穿的衣服整齐多了，一套西装，料子看上去很好的。他低着头，手里还是捏着一颗棋子，正思考往哪里放下去。蓦一看，那神情，那姿势，仿佛二十年都没有过变化。

黄晓成在他的对面坐下去，叫了一声："点。"

黄晓成其实已经无法确定眼前是不是曹歇，他根本记不清曹歇是什么模样了。

这个人终于抬起头来。两个人对着面，眼光触碰着。黄晓成真怕他认不出自己了。他在旅行中，也许多少次见过也会下棋的人，与他们下过棋。而不像黄晓成在一个人生的重要旅行中，对一副特殊的棋、特殊的人有那样深刻的记忆。

他原来的那张愁苦的脸，好像没什么大的变化，只是额上皱纹更深了些。此时眼光中流动着一点潮湿的笑意。

一时静默，舱外的雨声打落到他们的感觉中来。多少人生的不如意，多少人生的漂泊感，多少人生的痛苦记忆，仿佛都连着雨，飘下来，又飘落去。无限的记忆，仿佛是连着的一串，仿佛都不是真的。所有连着遥远的记忆，都是不清晰的不尽正确的一串念头，仿佛与梦一般。谁知道呢？

他没有说什么，只是把盘上的棋收了，又把黑棋盒推到黄晓成的面前来。仿佛要从棋中来认识黄晓成。人生一盘棋，在棋中熟悉一个人，是最好的。然而人生变化，二十年的光景，棋上自然也会有变化了，还能比人的形象更能记得吗？

黄晓成的人生一直漂泊，但下棋的时候，他的心便静下来，漂泊流动与稳定棋形成了一种动与静。

这盘棋，恍惚依然在梦中。黄晓成内心无法着力。多少年中，他一直研究着棋的变化，藉此让自己的心沉静下来，自以为棋力长进了，到底对手很少，在地质队中要找人下一盘，很不容易。

黄晓成的棋有了变化，变勇猛为柔绵了，在大势的变换处，似乎还有着一点犹疑。

生活会有变化，人也会有变化。身边的人天天看着，不会感觉到变化。黄晓成是在野外工作的，一年中会有一大段时间流在外面。几年前，有一次回家，进家门时，妻子弯腰递给他一双拖鞋。她总是把家弄得那么干净，家中虽然寒酸，总算有了卫生间，他去方便的时候，她跟着进来，轻声地对他说，还是坐在便桶上小便好一点，以免便液多少会溅漏到地面。说着，她就提着拖把去擦地。

家里似乎一点没变，但她抬起头来看他的那一瞬间，他突然发现这是一个他不认识的女人。她的脸色黄黯，像涂上了一层暗腊，而她原来白皙的美都不见了，他甚至不想去碰她。慢慢地对着饭桌上的她，才发现她还是原来的她。这是凭知觉而不是凭感觉确定着她。人生是空的，一切都在流动中空幻，这时间他深切地感受着空感。

后来才知道，她是得了病，一种慢性病。她长期跟着他，他总在找矿，而她一直在身体需要的矿元素缺乏的地方生活。她的体质弱，病让她慢慢地变化成眼前的模样。他清楚这一点，但他还是无法接受她形象的变化。那个在天津站下火车时的她，穿着一件黄军装，腰中还束了一条皮带，显得英姿勃勃，却又是那么娇艳鲜嫩。那一刻的她，也只存在于他流动的记忆中，只是一个模糊的影子了。

她也不再在他的面前露出身子。有一次回来，他忍不住要和她亲热，发现她身子的肌肤瘦得起皱，这才明白他看到的她那样难看的脸色，还是她为他化妆过的。

一阵海风吹进舱来，带着雨星。恍惚盘上的光色又渐渐变深了。雨声便进一步到感觉中来，不是强烈的但是沉沉的。风把雨卷起来，一阵密一阵，密密实实地打着舱壁。

知道一切无法改变，就这么，无可奈何花落去。眼下他的棋势也是无可奈何花落去。他的棋应该说走得很实在，生活改变了他，让他的思虑变得严密，从每一步看，看不出错处，但也许一开局就走偏了，而今显得缺乏生气，在对方飘飘忽忽的棋风前，一时难见颓败，但无见胜机，他也只有一步步走下去。

他进地质队后走过许多地方，从未遇到过一个棋手胜过他的，然而现在看来，他的棋力并没多大长进。毕竟他所接触到的，有太多局限了。

他朝他望着，仿佛望着一个虚无的形象。有时想起来，妻子的感觉也有些虚幻。工作之余，长长的时间中，他自然有性方面的需要，在那穷困的地方，作为地质人员有工作有钱，总会有女人求得一些好处，而给予肉体。但他还是没有忘了他的妻子，甚至会在那一刻想到妻子，眼前的一切都形成了疏离。

他们不在乎胜负，放下棋盘交谈起来。还是黄晓成说得多些，伴随说话的是雨声，还有他轻轻的叹息声。

他说他将去海外，他的一个儿子先去了那里。他这样的年龄去国外，如何生活？怎么习惯？还有谁与他下棋？难怪他的棋上表现出一种虚幻飘渺，点无可点。

他问黄晓成：你为什么不想到国外去呢？他的意思是，黄晓成还算年轻，有知识，外语也可以，多少年的地质实践，到国外换个环境，个人历史可以重书。但黄晓成丢得开妻子吗？她身体有病，虽然她的工作一般，但在国内医疗有劳保，出去了，他能承受得了她的医药费吗？把她还丢在国内，他丢得下吗？虽然他很多时间都不与她生活在一起，但她几次随着他工作的流动而流动，她的所在便是他的家。这一次去故城，他是带着她的病历报告去找大医院的医生。

有几句对话，简洁而有意味。

“人生总是那么重。”

“人生总是那么轻。”

“你无法离开。”

“你无法不去。”

“无可知道的一切。”

“一切都很清楚。”

黄晓成仿佛是在呼应着他的话，却是反向的。

黄晓成发现自己的人生是变不了的，而他也不可能因为没有人下棋，而不出国。一切都像是注定了的，非这样不可。他们曾经约过再见一次下一盘棋，现在面已见了，棋已下了，仿佛缘已尽了。他们的交谈不再有当年的感受，仿佛是多少年真正的朋友，相契相合在于心。

他们不再说话，都扭过头去看舱外，雨向海上落下来，落成无可变化的一条条直线，看久了，觉着落得缓慢与沉重。

又有多少年过去了。

苏北的一座古庙。其他地方的庙都开始装修变热闹了。只有这座山里的庙，离其他风景点远了些，还是那么破旧。周边村民说，这座庙里的和尚比较懒，只是一天到晚坐着唱经，不出去吆喝。

问到庙里的僧人，香火不盛是怎么回事？答说随缘。

有小和尚私下说，曾经临时有个主持，很会张罗，引了好些人来过。没想那个主持不知怎么，死了。换了一个什么也不问的，也就这么算了。

这天，下起雨来，庙里很清静。黄晓成正在庙里，呆呆地看着雨。他已经退休了，不需要再漂泊，但漂泊已经成了他的习惯。他来看看她的故乡，这天就走到这座庙里来。

雨不大，从上空飘下来，落在旧时的飞檐上，滴滴答答地，滴在石门前的石板上，溅起嵌在石缝里的一点泥水。旧时的建筑很牢固，用的木料还是难得的楠木。

黄晓成奇怪的不是其他地方庙都兴旺了，古庙还依旧，而是在当年闹运动的时间中，怎么古庙没被砸烂。它孤零零地立在山坡上，由雨声相联，与黄晓成的心境相合。黄晓成孑然一身已经好几年。

飘飘的雨，不知什么时候才停，黄晓成并不着急，原来时间流逝的感觉现在已经很淡了，现在他多的便是时间。他在庙边的一个靠垫上坐下来，拿出一副棋来，慢慢地摆着棋谱。这副棋是当初海船上，将出国的棋友留下给他的。黄晓成摆几步棋，便抬头看一眼外面的雨景。独自对着棋，他就没有时间流动的感觉，只偶尔抬头看雨时，一点意识浮起，自己怎么就是一个老人了。

只是心里的感觉还不明显，要使劲地确定一下，才想到自己真正的年龄。

他退休后，有一个想法就是到她的故乡来看一看。她在故乡并没有什么直系亲属，有的远亲，显着陌生，同时说着陌生的话。好在他一生中流动的时间长了，这种陌生感反而是合乎他的。让他念到了临终的她。那一刻，她突然浑身有了光辉，他坐在她的身边，她伸出手掌来朝着他的脸，在他的面前摇晃了两下，那手的肌肤变得透明。她经历了多少痛苦，变得平静，仿佛还带点年轻时的色彩。

“留下你一个人走了，你没有家要回了。”

就因为有着她，他在流动中，才有一个家的感觉。她便是他的家。现在他真正地四海为家了。

而他这一生，最对不起的，就是她。他对她来说，是善缘还是恶缘？如说是善缘，他如何总是离开她，并且后来怕见她？如说是恶缘，她如何几十年感情未变？其实无所谓对得起对不起，人生只是一种经历，习惯了就自然了，习惯的改变才会有痛苦。

他的一生都在漂泊中，现在他可以不再漂泊了，可以静下来了，但他还不习惯，他的心还只能靠棋安静下来。

不知哪间僧房里有诵经声传来，仿佛被雨割开着。

突然身边有一个声音，好像是“咦”了一声。侧脸看，站着的是一个年轻人，也有三十岁开外了吧。

黄晓成知道遇上了一个会棋的人。以往，他拿出这副棋独自下的时候，常遇上会棋的人旁观。近年来，国内围棋有点热，会下的多了，也遇到过下得很好的。

黄晓成做了一个手势，也就是对局的邀请。年轻人未必有空，但眼下在雨天的庙里，一时也走不了。下棋的人要有心境还要有时间，眼下都不缺。

“我是说……”年轻人说话有点激动，含糊不清：“我是说这棋……”

他指着棋。黄晓成清楚，现在旅行用的小型带有磁性的棋，并不少见。而他这副棋做工的精巧，却是人见人叹。

年轻人说出来：“这副棋像是我爸爸的，和我爸爸的棋一样。”

黄晓成想到了曹歇。不由地把他的名字念了出来。

“就是就是，我爸爸就叫赵歇。”他说的是当地口音，“曹”好像是“赵”。不过他摇着头说着：“不对，不可能。”

黄晓成静静地等着他说为什么不对，为什么不可能。

对方的神情显得很惊讶：“这棋怎么会在你这里？”

慢慢地，黄晓成才听他说道：父亲带着这盘棋去了美国他哥哥那里，去了没多久，父亲就去世了。

黄晓成知道这一则寓言：鸟换了地方，虽然生活得好了，但因为不习惯就死了。

黄晓成静静地听他说着。直到他说道：父亲去世后，哥哥把父亲葬下时，把那盘棋也一起合葬了。

黄晓成并不惊讶。人生的流动多了，他听到过太多的人生故事，听到的奇闻也多。只是他常有的虚幻的感觉又加重了。这副棋正在他的面前，很实在地摆着。他的人生所伴，过去是她，现在则是它。她已去了，只存在于虚幻感中，眼前的棋也有了虚幻感。

对方伸手捏起一粒棋子，一边用指头抚着，一边还摇着头。他说他去美国的时候，父亲已经下葬了，但他亲耳听哥哥说到的一切。

他父亲也许做了两副同样的棋。也许还有一个曹歇，有着同样的人生经历。小曹抬头来看黄晓成，见他侧头盯着外面的雨景，仿佛他的眼光与雨交融着，凝成一体。

小曹想一想，就觉得自己的可笑了，是回国来看眼下流行的盗墓小说多了吧。难不成谁会为一盘棋去美国盗墓？眼前这一位肯定与父亲有着渊源。他告诉父亲的朋友说，现在美国都在谈中国商机，他回来想做一点事业，这里是他的老家，他还在考察，看看投资在哪个方面。

黄晓成不懂商业，不好说什么。于是两人下起棋来，前两次用这副旅行围棋与他父亲对局，都是在流动中，一次在火车上，一次在海船上，正合着自己流动的人生。这一次是在庙里。庙里是静的，可谓是静中之静。但他对庙的感觉，依然有着一种漂泊意念，是不是他的心依然在漂泊？

虽然棋是父亲的，但小曹还从没用这副棋对局过，在家里下棋不用这种旅行棋。小时候他想把这副棋子拿出来下，父亲不让，说他心不是在棋上。他还是很喜欢下棋的，过去养成一个习惯动作，就是把棋子拍到盘上再往前推至要下的位置。但眼下他捏着棋往棋盘上放，落处很难移动，让他无法尽兴。不过，慢慢地他就没有了这种感觉，他已陷在棋局中了，他年轻气盛，就想找对方搏杀，但对方飘飘忽忽的棋风，似乎让他没有着力点。后来，对方在他棋的眼中点了一手，他便沉进了无穷尽的思考中，不知如何处理了。是向两翼拓展呢，还是就地做活呢？拓展会不会走出死棋来？做活会不会太拘束而盘面亏了？正如他目前经商，投资不知向哪儿，是开拓发展还是就地经营。

谋思良久，还难决断，他抬起头来，想看看对方神情。突然发现对面已经没有了人，庙里空空荡荡的。不知什么时候他离开了，也不知他去了哪里，整座庙里只有他对着一副空棋局。

外面的雨声依然从檐上滴落下来，滴滴答答地，绵绵不尽。

第九章　棋语·引征

周正刚敲响了陈化水的门，轻敲了两声，缩回手来，又重重地敲了两下。门开了，露出陈化水老婆歪着的一张脸，朝他一笑，回转去向里叫："老陈，周局长来了。"

她身子一缩，门大开了。

瘦瘦的个子略显高的陈化水在小厅里站着，一副笑脸。他笑的时候，嘴微微有点歪。

周正刚想不看陈化水的笑，但还是瞪着眼朝向着他。

"你别弄错了……我是路过这里，突然内急，来借用一下卫生间的！"

陈化水依然一副笑容，握着眼镜的右手朝身侧卫生间抬了抬。

周正刚从卫生间出来，陈化水已经坐在了厅里的长茶几那头，桌几上放着一张桦木围棋盘，两个方木棋盒，盒盖开着，里面是黑白玻璃棋子。

周正刚朝那里看看，陈化水低眼正看着棋盘，似乎眼观鼻，鼻观心，思索着如何下第一步棋。

周正刚就走过去，在他习惯坐的矮藤椅上坐下来，也不搭话，伸手就在棋盘上下了一颗黑子。

陈化水抬起头来，还是那副笑容。

“别笑……你走!”

几天前，周正刚也是在这里和陈化水下棋，下到一半，周正刚局势看好，正自得意，嘴里小曲也哼上了，却一步走差，把一块吃到嘴里的棋眼看着给逃出去了，这一来就要翻盘，周正刚就想伸手去“拔葱”，他这一悔棋，陈化水一块棋死了，也就输定了。陈化水当然不让，伸手拉住了周正刚的手。一个要悔一个不让悔，棋就下不下去了。

“孙子王八蛋再来下棋!”周正刚叫了这么一句，就推盘走了。

闹归闹，说归说，下棋还是有瘾的。隔了这几天，周正刚熬不住，还是来了，还是下起了棋。

陈化水在对角应了一手，这一开局，两人落子如飞。周正刚把走得快的棋称之为“卫生棋”，就是不动脑子，只为消遣，有益健康。

陈化水老婆端上一杯茶：“周局长，你喝水……”周正刚接过杯来喝了一口，点点头，眼看着棋盘。

这当下，也就陈化水老婆称他为“局长”，她也是称惯了，一直没改过口。

周正刚当过局长，那是在运动前，运动一来，开始他还跟着运动，走在运动前头批斗四类份子，后来运动之火烧到了“走资派”头上，他这个局长也被押上了批斗台上，少不了经历了一番“运动”。革委会成立后，局长的权被夺了，他也就赋闲了，自己说无官一身轻，遇上任何事，都头一低，免得火再烧到头上。

周正刚年轻时就喜欢下棋，当了局长，棋下得少了，有时个把月才下上一盘，往往是出差在外，遇上老上级老战友那些过去的棋友才下。局长不当了，他几乎就沉迷在了棋里，总是找人下棋，可此时他属地、富、反、坏、右、资本家还有走资派的黑七类，一般人不与他下，他有时会到棋摊上去，棋摊上多有好手，遇上臭棋，边走边损，弄得对方很没脸面。周正刚这时已没了过去的那种要脸面的心思，但他还是受不了那些下三层的嘲讽。

只有到陈化水这里来，能痛痛快快地下几盘棋，把什么都丢在了脑后。

陈化水是他局里原来的小干部，他当局长时也算认识，关系不深，见面陈化水叫他一声局长，他并无架子，每次都点头应了。

现在陈化水生病休养在家，只要周正刚来，他都会丢下手中的书报，与他对弈几局。

除此之外，也只有陈化水老婆称他为局长。

陈化水是个业余高手，北巷小王都肯定他的棋，有时还会约他出去与其他好手“碰一碰”。而陈化水的信条是棋盘之上无父子，他杀周正刚的棋从不手软，也从不让他悔棋。而周正刚落子果断，可经常落了子，才发现错了，于是常常为要悔棋闹个面红耳赤。对付周正刚的悔棋，陈化水并不多话只是手遮着棋盘，不让周正刚“拔葱”，上次就气得周正刚叫了一声“孙子王八蛋再来下棋”，推盘而去。

气归气，今天周正刚出了门，本来没想好往哪里去，稀里糊涂就敲响了陈化水的门。

棋盘的上角黑白子纠缠在一起，周正刚今天落子慢了一点，算路就深了，眼看着一拐一弯，再回头一打吃，就把陈化水两个子打成了征子。

“吃死啦？”陈化水停下来问。

“你看呢，你逃跑，我可以多征死你几个。”

“不就两个棋吗？”

“两个棋？这是棋筋。棋筋懂不懂？”

陈化水的这两个子是断着周正刚两块棋的，在棋上称之为“棋筋”。棋筋当然分量重。周正刚一边“教诲”着陈化水，一边哼起了《大刀进行曲》。

陈化水对着这团子看了一会儿，在棋盘的下边空处下了一手。

陈化水的这一着棋，在棋语上是有说法的，叫作：引征。

一旦被征子了，就是再逃，从棋盘一头逃到另一头，还是会被吃死的。但只需要在那头有一颗子作接应，征子就征不死了，所以，一般遇上被征子的时候，就下一手引征的棋，逼着对方花一手棋去把被征的棋吃了，这样，可以在引征的地方再下一子，两子呼应，便占下一个空间。

围棋是以占空多少为输赢的，有时吃棋还不如围空上算。

可是，陈化水引征的这颗子，下得偏了一点，周正刚看了好大一会儿，发现它无法接引被征子的棋。周正刚不放心，用手在棋盘上划了一道征子的路线，那颗子确实不在这条路线上。

那么，陈化水这手棋只是在棋盘的空间走了一步，是完全脱离了上角的主战场，走在了无关紧要的地方。

周正刚算是看清楚了，他能肯定陈化水这步棋是走错了，大错特错了，随即便把手伸到棋盘上面，那是陈化水原来怕周正刚悔棋常用的手势。

“怕我悔棋？”

“你想悔也是万万不能的。”

“我是从来不悔的。”

“可心里是想悔的，是不是？”

“你怎么知道我想？再说，想悔与真悔可不是一回事。”

一对棋友，一边下着棋一边斗着嘴，这也是他们的习惯。

“你这不叫引征了，最多叫引，哈哈，偏偏是引而不发。”周正刚飞快地落着子。

这盘棋周正刚是借着上角战斗的优势，一路领先。可是走到后来，一块棋争大生死的时候，突然发现陈化水原先引征引错了的，成了一步闲棋，变成了实实在在接引的棋，借着这一子的力量，陈化水把周正刚的一大块棋都吃死了。

“我棋盘上面无闲子。”赢了棋的人怎么说都是对的。

“瞎猫碰上死老鼠罢了。”周正刚心中好不懊恼，难得有一盘棋就快赢到手又丢了。

把手中的棋往棋盘上一丢，两人随便地说着话。

陈化水说：“外面都重新起用老干部，你也快了吧。”

周正刚说：“那些干部都没什么问题吧。”

陈化水说：“你又有什么问题？”

周正刚说：“我有问题……当领导那么多年，也不可能没问题吧……走资派嘛。”

陈化水说：“要用你，就不是走资派了。你没看到张市长也出来工作了？他被批斗时，多大的罪名？现在谈的就是路线，你只要跟着正确路线，什么问题还不都是生活小节？”

周正刚身子往后一仰，转着手中的茶杯：“不会这么简单吧……要说路线，也是上面的事，下面的干部还不都是跟着走。都跟了几十年了，没有功劳也有苦劳，可谁知跟对跟错？”

陈化水说：“是啊，你看运动上去的这些家伙，有几个做得正的？不过一时跟对了，但又谁能保证他们不跟落伍了？”

周正刚说：“不过一时需要他们打打闹闹……不谈这个。”

陈化水笑着说：“你还不信我？”

“这些年，你……我要不信你，就没可信的了。”

周正刚这句话说得动情，平时他说话很少表白什么。

“是啊，人生嘛，就那么几十年。社会有时看来就像一局棋。有多少是看清了再下？算来算去，思前想后，还不是变化不清？要说你不对，小事也成了政治大问题；要说你对，大事也成了生活小问题。还不如顺着自己的感觉走，多少也不要亏了自己苦了自己屈了自己。”

陈化水也动情地含着知己口吻。

周正刚大有触动，伸手按按陈化水搁在茶几上的手。两人不再说什么，只是相对着的眼光有点亮闪闪的。

很快，周正刚复职了，先是革委会的副主任。社会又经过一个翻天覆地的变化，靠运动上去的革委会主任挨了批斗，周正刚又被任命为局长。

社会上已明确宣布不再搞运动，周正刚却在他管辖的局里以

“整顿”为名，做了很大的动作，把以前运动中跳过、蹦过、闹过、折腾过的人都整了一遍，一把都撸到底，写交代的写交代，写检查的写检查。那些人中不乏蛮横者，也有叫着要躺倒在周正刚家里去的。但周正刚在大会公开宣布，决不允许沉渣泛起，凡有对抗者新账旧账一起算，非整死他不可。

“打仗时，我在死人堆里趴过；运动时，我在高帽底下滚过。没什么可怕的了！……”

于是，周正刚的局虽然管的不是钢铁生产，但他得了一个“钢局长”的称号，他自己很满意这个称号。他到下面的企业去，听着那里的人悄悄传着“钢局长来了”，看着那里一张张露着敬畏神情的脸，他不苟言笑，心里是痛快的。

这天，周正刚家的门敲响了。先敲了三下，停了一会儿，又敲了三下。周正刚的儿子过去把门打开了。

周正刚在局里说过，局里的工作都在上班时间内解决，下了班，除了有事电话联系外，不要上门影响他的休息。虽这么说，还是会有人找上门来，往往是有事求局长的。对这样的人，总是周正刚的儿子挡驾，或说父亲不在家，或说父亲已经睡下了，让来人第二天去局里，如此三言两语就支走了事。

进门来的一男一女，正是陈化水与他老婆。陈化水老婆满面堆着笑，她手里提着一个看起来有点分量的小包，她把包搁在了门边的一块搁板上。

周正刚的儿子不认识陈化水，周正刚到陈化水家里下棋的那几年，他下放插队去了，到周正刚复职后才调回城来。

周正刚的儿子看了一眼那个小包，知道这是来人送的礼，当局长少不了有人会送礼，便说：“我爸是不收礼的，你们拿回去。”

陈化水老婆说：“一点小东西，一点小东西。”

周正刚的儿子说：“你们没听人家称我爸‘钢局长’？不管小东西大东西，都不收的。”

陈化水夫妇站立着，面色尴尬，有点进退不是。还是陈化水老婆想着话来说：“你是周局长的儿子吧，和我们家陈继国一届下放下去的……”

周正刚的儿子不想应她的话，想等她说完便支走他们。这时周正刚在里房间，听得来人声音熟，便走了出来，见到陈化水，马上大声笑着扬起了手。

“啊啊啊，是你啊，快来快来。坐坐。”

自从周正刚复职，陈化水还是第一次来周正刚的家。

陈化水与周正刚在两张旧的皮沙发上坐下了，陈化水老婆过来时，把搁板上的那小包提来放在他们中间的小茶几上，自己在旁边的方椅上坐了。

周正刚对陈化水说：“你来就是，还带什么东西……”转头朝儿子说：“收下收下，你陈叔带来的，不管是什么你都该收下！你还不知道我与你陈叔的关系！那些年，所有人都不睬我，就是你这小子也与我划清界线的时候，只有你陈叔当我朋友，我们是一对棋友！”

陈化水夫妇被周正刚的话打动着。陈化水老婆叫了一声：“周局长……”

这一声叫，让周正刚想到当初也只有这个女人叫他周局长，感触颇深，不由地说：“我重当局长，别人都来过，就没见你们……这次来肯定有事，有事尽管说，我一句话先放这儿：只要我能办得到的！……”

“实在是无事不登三宝殿，总怕影响你啊……”陈化水就说了来意，自然是有事相求。

陈化水的儿子下乡插队几年了，眼下趁着回城风，搞了个病退，户口是迁回城来了，只是病退的知青都只会分到街道的小集体单位，多年病休的陈化水很想自己办了退休，让儿子顶替到局里来工作。

周正刚沉吟了一下，把手按在桌几上说：“你的儿子我见过，人还不错……当然，你也知道，退休顶替，只有企事业单位搞，局里是干部编制，没有退休顶替这一说……我不是和你说官话，我儿子弄回来，也就安排在下属的厂里……”周正刚抬起头来，看到陈化水静静地看着他的眼光，而陈化水老婆依然一张堆着的笑脸，都等着他下面的话。

“……不过，我一开头就答应了你。你来了，我知道你也只会给我开这一次口，就是再难的事，我也会答应你。孩子嘛，到我们这样的年龄就是最大的事，不是孩子的事，你也不会来……我是肯定要办的！……这样，以招工方式把他弄到局里来，他不是干部，先以工代干，我送他上夜校进修，慢慢地再转干吧。”

陈化水的脸漾开了，因为有病，陈化水的脸干瘦瘦的，难得展开来，周正刚还是第一次看到他如此的笑容。

“谢谢，谢谢，周局长，谢谢，周局长……”陈化水老婆一连声地说着谢谢，一连声地叫着周局长。

一对夫妇似乎不知道说什么才好。

周正刚摆摆手：“你还常下棋吧，我是现在很少下了，时间不够啊。不过，我的棋技却是长了，局里那些人都不是我的对手。要下对手棋，还得找你……”

“我的棋技反倒退了，病在家里不动脑子。你在局里运筹帷幄，棋上也会有反应，再下，恐怕你要让我子了。”陈化水说着。

“胜负还得盘面上看，以后吧……”周正刚手上茶几上拍拍：“说点其他的事，你身体还好吧？”

“总不怎么好，慢性病了。”

“你要退休了，我们都是这样年龄的人了，虽说现在要我们老干部多挑担子，要错过的时光补回来，但年龄不饶人，总有一天我也是要退的，也就不会有太多的时间了，想通了！能做还是多做点，不管是为党还是为自己……到哪天退下来了，再找你去下棋。”

周正刚说着欠了欠身，陈化水与他老婆就起身来告辞了。周正刚也没再留，送到门口，由他们去了。

周正刚回身过来，见儿子已解开了陈化水夫妇送来的那个小包，是两个红木的圆形棋盒，盒上还雕着花。打开盒盖，见那黑白棋子，一个个晶莹剔透，竟是上好的云子。

周正刚从两个棋盒里各拿出一个子来，放在茶几的玻璃上，在灯光下，黑子蕴着绿光，白子白似含乳。

在市面上是绝对看不到这样的好棋盒与好棋子的，不知陈化水费了多少心弄了来作礼。

周正刚点头说：“陈化水棋盘上惯常走小棋，他来送礼，我还以为……没想他的手面这么大。”

周正刚儿子说：“一副棋罢了，能值多少？”

周正刚盘弄着雕花棋盒盖，随后轻轻地盖上：“价值不菲，实在难估啊。凭他几年对我的情分，实在不用再送这样的厚礼的。”

陈化水的儿子进了局里，并上了夜大学，在周正刚退下来前，陈化水儿子转了干部编制。周正刚答应陈化水的都已办成。只是陈化水在前一年就病逝了。

周正刚退休之前的几年，诸事顺畅，在局里再没有与他不和谐的声音。他想说就说，想做就做，令行禁止。他身边换了年轻漂亮的女秘书，各个重要位置上也都是明确表明忠于他的人。虽然下面有些议论，只是那些是传不到他耳中来的，也没人敢说到他耳边来。

这几年是他人生最痛快的几年，他也清楚会有议论，他都要退了，还在乎人家说什么？

一旦退下来，总是不一样了，虽然他偶尔去局里，局里上上下下都笑脸相迎，一个个叫着“周局长”，他提一两条意见，马上就照办了；他想下棋，也有人上门来陪着；他也不时能听着那莺音燕语。然而他说一个下层干部好，那个干部依然久久在原来的位置上没有动；偶尔出门，也能看到原先的一张熟脸换作冷眼相对。

周正刚在位时，身体好得很，每次医院例行检查，医生都说他的身体超年龄地好。退了下来，身子是闲了，却有了好几种病，过不了几年，也就去世了。

铁打的衙门流水的官，周正刚去了，他的局还依然运作着。周正刚的儿子后来从下属厂机关调到局机关来，一直当到了局长。这一点周正刚虽没看到，但也没脱离他的安排与猜测。

但周正刚没想到的是，在局机关改革时，陈化水的儿子主动要求下去，到周正刚儿子先前工作的厂里去当领导，并在三年后，承包了这个厂。更让周正刚没想到的是，二十多年前，他复职当局长；

而二十多年后，他的儿子从局长位置上倒下来，进入了狱中。

与周正刚一样“钢性”很强的周正刚儿子，一旦被“双规”，第二天就竹筒子倒豆子，把所有接受的贿赂都交代出来。时代变了，贿赂的礼不再是物而是钱。周正刚的儿子第一次接受的礼金，也是所有受贿中最大的一笔钱，便是陈化水的儿子送的。

单这一笔，就够他坐好几年牢的。

第十章　棋语·扑

常朔在棋盘上下了一手，对手梁怀欣朝盘上看了一会，抬头笑了。常朔有点莫名其妙地看看她，又看看棋，觉得这步棋实在是常态，没有什么可奇怪的。是无关乎胜败，也说不上好坏的一步棋。不知她笑什么，她有时会让人有莫名其妙的感觉。

梁怀欣指指盘上常朔走的那步棋："扑。"

常朔应了一句："是扑。"

常朔意识到了什么，用恶狠狠的眼光看着梁怀欣，随后他也笑了。

常朔平时下棋擅用的棋招，便是扑。棋语中也叫作"倒扑"，便是往对方棋的虎口里扑送一子，待对方吃了子，再把对方打包圆了，有时扑出的一子虽送吃了，并没有吃到人家的棋，但把对方的棋打实了，自己的棋形就成了势。

常朔是有扑便扑，没有扑也创造出机会来扑。所以与常朔的棋友便私下里给他一个外号，称他为：常扑。

文化馆的旧楼原本是庙殿，靠在郊边，出门向西走一段路便是野田。

运动中文化局取消了，文化馆代行文化局的部分职责，内有图书馆，还有文化活动室。

这是一个有文化底蕴的小县，城里有好多喜欢下围棋的人。常朔就是以围棋结交了不少朋友，他属于县城的围棋高端人物。常朔是海城下放的知青，在海城他就是一个片区的围棋霸主，北巷小王常开玩笑，称他的棋中有着“官气”。但县城里还是有与他棋力相近的棋手。

运动期间，围棋只在民间。常朔是知青身份，户口还在农村，是借调在文化馆搞群众文艺。虽他的文才与棋力为大家称道，但他的农村户口，总让他的内心带有悲哀，源于自大与自卑交融的悲哀。

常朔在人前扬着精神，但有时他独自往西走出街去，看晚霞在乡野尽处的彩色，想他其实属于那里，也许哪一天便会回到那里流汗与劳作，那里便是他诗的源头。

自从遇上了梁怀欣，这一切有了变化。

梁怀欣对他的文才很是赞赏，每每捧着他私下里写的诗稿赞叹着：“你写得真好！”

对常朔的棋力，梁怀欣并不肯定，他们对局的胜负差不多，也许她还要多一点胜率。常朔并没有觉得她的棋强，只是梁怀欣有着一种稳定之力，她下棋的时候，常会上齿咬着一点下唇，直盯着棋盘，细长的手指拈着一颗子，将落未落，盘上的缠绕中显有一种坚韧。她什么时候都不会投子告负，总会下到填满最后一个官子，往往落后的盘面会被她扳回去了。

无论盘面好坏，一旦她凝神棋局，便恍惚有色彩在她的脸上舞动。

梁怀欣是另一座城市的知青，随全家下放。后来，父母落实政策回了大城市，弟弟也随父母回城了。她刚到成人的年龄，按规定只能留下，复职的父亲活动一下，将她招工到县城，在国营柴油机厂制图。

常朔与梁怀欣在楼下的图书馆相识。常朔常在图书馆里，有时他还会帮着做一点服务工作。那一次来借书的梁怀欣见常朔在看一本围棋书，也就主动走到他的身边，在长案桌对面坐下来。常朔发现她借的一本是哲学书，不由地多看了她两眼。

梁怀欣的相貌，一眼看去，并不是十分出众，圆圆的脸，腮边有一颗小黑痣。但多看了一点时间，就会发现她的美来，在静态与动态中，显现着不同的美。她笑得微微，腮上露出两个酒窝，而那颗黑痣便在酒窝底部，仿佛在摇晃着旋转着。对话的时候，其他部位是静态的，那痣却在舞动一般，使她的整个脸都生动起来，飞扬着色彩。

从她投到他面前书上的眼光，常朔知道她对棋也有兴趣，而她手中那本哲学书，增添了她身上的知识分子的气息。

她开口了："你下棋？"

常朔笑了。他从小就下棋了，他的棋力还是可以自信的，她提到了他的强处，却用的是问话。他的笑，让梁怀欣也笑了，知道了他笑的意味。这是一个聪明的姑娘，当然还是一个有头脑有知识积累的女性。常朔并没有太多的女性交往史，女孩给他的感觉都是浅层次的，只有容貌支撑着她们，在社会上浮来浮去。

"我们下一盘？"

常朔不用问她会不会下棋，他一下子耳聪目明。她有一种让人纯净的感觉，而纯净的气息便生智慧。

她两边张望了一下，显然是觉得这里不是下棋的地方。他便站起身来，说："你跟我来。"

常朔就把她领到他的宿舍去了，就在楼上，一个三层小阁楼，狭小的面积，开着老虎天窗，坐床上从老虎天窗看出去，是一片清净的蓝天。

他还从来没与女性这么接近，也从没有女性到他的住所来。她似乎一点没有防备之心，那个时代的女性与男性都保持着一定的距离，男女之大防似乎比旧社会还要严。

她与他在一张小桌上摊开纸棋盘，用烧得不怎么规正的玻璃棋子下起了棋。她根本没有在意这些，也许习惯了如此下棋。

常朔本以为能很快让她在自己的强棋力下缴械投降，一开始就展开攻击，自然有扑与包，斗与杀，招数恶狠狠了些，毫无怜惜之意。她居然抗住了，似乎并不费力，相反因为他的有意搏杀，让她在空上展开来。常朔这才知道遇上了棋逢对手的她，因刚才过于自信的笑而脸上有点不自然。

常朔曾经听棋友说过，城里有位女棋手，棋力很强，姑娘原是苏城的下放户。现在常朔想到了她。

放下棋子后，常朔和梁怀欣聊起来，谈的不是棋，而是哲学。她既然棋力不输他，他更不能在哲学上输了她。谈哲学，当然要谈到哲学家，黑格尔、康德名头大，一般学哲学的都知道，常朔便选择了贝克莱。贝克莱大主教是主观唯心主义哲学大师，最重要的哲学命题是：存在便是被感知。常朔看过他的书，并经过思考的。

常朔仿佛借助贝克莱向她扑去，男女之间，一旦有着输赢感，便有着了不同的情感存在。

那时，社会上一直在批判唯心主义，贝克莱的理论还是主观唯心主义，常朔谈贝克莱，显是不把梁怀欣当外人，梁怀欣自然感知到了这种存在。

梁怀欣想象贝克莱大主教是个长脸长胡须穿着神父服的老人。常朔听了要笑，说她能够写小说的，比他只会写些小诗与小演唱要好得多。

“你能不能不用扑?”她笑指着棋盘说。

“你以为我只会用扑吗?”他说。

“只要你用了扑，就算你输。好不好?”她笑说。

他看着她腮边滚动的笑珠，便答应了。

一连几天梁怀欣都到常朔的小楼来下棋，她提到了他的“扑”，应该是知道了他的棋名，她是一个不错的棋手，当然会有本地棋手告诉她：文化馆里有个“常扑”。他有点高兴，毕竟声名在外，并传于姑娘。

常朔说了不用扑，他要遵守，往往准备扑时，他停下了手，抬眼看到她正抿嘴笑。他喜欢她了，又有点恨得牙痒痒的。几次欲扑又止，他要费好大的劲来控制自己，想另外的招式，尽量不再搏杀，就不用扑招。这样他发现自己也开始思考大模样了。棋路无非是围空与搏杀，常朔发现了自己的短板，往往空围得小，过于注重实地，争夺实地时，棋的缠绕搏杀便不可避免。

她似乎看清了他的犹豫与控制，接下来，她就走出虎口来诱他去扑。一个很诱人的虎口，仿佛像她红突突的嘴。他有时恨不得就扑进去，随后放下棋来，叫一声：认输我也扑。

棋余他们照常会谈哲学。说到贝克莱大主教的存在就是被感知。他说：

> 你的存在只在我感知之中。
> 原来我没感知你的时候，你有没有存在？
> 我没有被你感知之前，我有没有存在？
> 我与你互相感知了，才共同感知真实的你我。

他似乎在念一首诗，她朝他看着，说着哲学的时候，她从来不笑，他也很认真，像一同扑身于无尽隧道。

这样过了些日子，有一次下棋，她在棋盘上布下了虎口，接着又是虎口，再接着又是虎口，一个个张开的虎口朝着他，就像她笑着张开的口，而那颗黑痣如活珠子般在腮上荡漾。他投了子，就朝她扑过去了。他心里想，是那一个个虎口朝他扑来，他只有迎上去。

她几乎没有拒绝便接纳了他，仿佛那一个个的虎口确实是她故意朝他扑来的。

两个年轻人很简单地走完了情感探索的最后一步。按中国旧传统的说法，女性给出身子，便是给出一生。女方被占有是与婚姻连着的。但梁怀欣并没有被占有的感觉，她是自自然然地接受他的一切。不是半推半就，也没有轻嗔微怨。她的自然让他没有感觉到第一次的生硬，仿佛是水到渠成。

她笑着对他说：“你这个时候，就像你下搏杀棋发狠一般，咬牙切齿的模样。”

他有心情俯身在她的耳边说：“扑。”

他的声调显是有意味的。她依然微笑地看着他，似乎过了一会儿才体悟到那一个字的意味。本来她对他所做的并无羞涩，感觉是自然，但对他的意味，身体上有了反应，她的脸红起来，仿佛从意念中如潮般窜浮上来的红，艳如桃色。红之上依然是低眉低眼的微笑。

此时，梁怀欣说到贝克莱大主教的感觉复合论：“你就在我感觉中复合，在我的视觉，嗅觉、意觉，味觉，听觉，还有触觉中复合起来。早先没有味觉和触觉时，你就不是完整的你。”

当时，男女之间一旦成了事，便是结婚，但常朔并没有这种意识。也许意识到了，他还是没有那样想，因为他还是农村的户口，还是一个乡下人，而她是城市的工人。应该说，他们肉体的结合没有功利权衡，用流行的话说，是出于爱。

在一起时，他们谈到各人的身世，常朔知道了梁怀欣父亲是苏城的文化官员，她的生母早去世了。父亲、后母、与后母生的弟弟都回苏城去后，她在山村做过各种农活。

梁怀欣觉得这一切缘于政策，并无委屈，但常朔听来，感觉她被单独留在乡村的那段日子，有一种被丢弃的悲哀，只是她不自知罢了。全家下放的时候她还是个孩子，后来风雨中独自荷锄出工，再无亲人在侧，一个女孩，心境该是多么荒凉？常朔的感悟，正是他在乡村的心境罢了。

与梁怀欣的交往，让常朔的内心里有了一种自信。一方面是她对他作品的欣赏，她的赞赏是真诚的，原来常朔自己都拿不准，他的作品只在这小县城里演出，往往得到的评价还不一致。另一方面便是一个城里姑娘的献身。

这种自信的力量支撑着常朔，在恢复高考的第二年，他考上了省里的大学，进了南城。

去南城以后，开始常朔和梁怀欣还有书信来往，后来慢慢就断了。他开始接触女同学，虽然那时大学还有不准谈恋爱的说法，但许多学生和常朔一样是知青，年龄都偏大了，不可能不谈恋爱。梁怀欣一点没有缠他，似乎她早就清楚：常朔的离开便是他们关系结束的时候。那里社会还没有开放，如果梁怀欣找到南城去的话，传开来，常朔起码要受到道德的谴责。梁怀欣有过的书信中，没有任何的暗示。与他的断，与和他发生关系一样自然。梁怀欣的开通，让常朔获得了轻松，他也不知假如梁怀欣缠着他，他是否会硬着心与她断绝。但梁怀欣像一阵轻风似的过去了，常朔多少有点觉得是他把她丢弃了，像棋盘上扑时投出去的一颗子。

大学期间，常朔写的诗歌发表了，还产生了一定的影响，他又是学校围棋队的队长。他的诗人与棋手身份，使他颇有声名，常有女人环绕。

常朔的女人多，放在后来，此事不足为奇，但那时还才开放，大学的同学，都羡慕他的女人缘。常朔有过女人，梁怀欣让他懂得了女人，再加上他的声名，自然是同学无法比的。

同室的同学请教常朔，为什么自己还没有女朋友？常朔先让他们学下棋，接下去便开讲棋语：扑。对女人，你们少的就是这个扑。要扑，扑需要能先舍弃一点，要舍弃什么，自己领会。要有扑的精神，要能制造扑的状况，让对方无法回避，只能呈现实实在在的情态。多扑几次，总有一次会成功的。

难怪人家传言，常朔对所有接触到的女人，都会迎上去，扑一扑，成就成不成就走人，所以常朔的女性朋友，要么是情人，要么就是仇人。

大学毕业后，常朔分进了文艺研究会。他的棋下得少了，因为同样需要费脑力，但他自以为眼界宽了，棋上依然是好手。

常朔还是结了婚，是一次他扑向女人的过程中，那位女性朋友怀了身孕，且姑娘还有着一点家庭背景，不是轻易作罢的。别人也都称他们是天造一对，地设一双。然而没过几年，随着社会上的风气西化，离婚变得平常了，他们也就离了婚，孩子由母亲带去。

正是常朔成熟的年龄。在单位，因他的能力与他作品的影响，他入了党，担任了一点职务。此时他的形象，在一般年轻女性眼中，是钻石王老五。

多少年后，他自称有了一种智慧，等着别人飞蛾扑火。当然他是不避的，社会也不再有以谈恋爱为名行流氓的罪名。说不清他有过多少女人，他在女人中如鱼得水。

偶尔在酒桌上，他喝得脸红红时，应酒友要求传授过他的经验。主要是四条：不主动，不拒绝，不负责任，打死也不说。酒话也当不了真。

人生四十，进入不惑之年的生日那天，他独自在住宅楼上，看着外面跳闪的霓虹灯光。这些天他身体有点不舒服，心理上厌烦正交往的女人。他突然想到了梁怀欣。他有过很多女人，各种性格与形态的都有，他却想到了梁怀欣。是不是因为她是他的第一个，特别地印象深刻。那么他是不是她的第一个呢？当初他想丢开梁怀欣时，他就怀疑似乎不是。她有过男人吧，要不她那么轻易地与自己上了床，与他进行中那么自然，一点没有手脚无措的过程。有时他又会否定自己，因为她的脸红与另外的小动作和神态，经历多了，他清楚那些动作与神态只有深爱之中才会表现。这时候，他会感到自己某种怀疑的想法是卑鄙的，于是，他就会特别地想着她。

阅尽春色，才有比较。这一天他深深地想着她。后来有过的多少女人，有比她有地位的，有比她显高贵的，有比她富才情的。但他想到她的时候，发现她是无可比拟的。她的形态，她的动作，她的红脸，她的黑痣，特别是两性相合时，身体的自然表现，反应温润如水。似乎他只要一碰，她便水灵灵的。她便如他真正的家，最合适的居所。接触越多的女人，他越会觉得女人都不如她。

这一夜，他软弱身体中的感受，让他有扑向她的意识。如果需要一个女人长期生活，她是最合适的。然而，他早就不知她的情况了，他虽然还与县城的朋友有着联系，但他们都回避着她的名字，也许他们心里都清楚是他对不起她。

就在那第二天，常朔应邀参加一个省里的中年画展。他在画展中看到了一张裸女画。裸体女性的形象在画展中已属平常，但他在那张画前停住了。他认定那画的便是梁怀欣。从那形体的自然随意，女性的如水柔软，除神似之外，偏偏画中裸女的腮帮上，还点有一颗小小的黑痣。再看作者标签，正是他插队的县城所在。

画中的她，飞展着身子像是在扑，表现着一种奋不顾身的精神。

所有的感觉扑向了他的内心。

常朔赶去了县城，自考上大学离开后，他从没回来过。

梁怀欣在电话里的声音，还是那般润润的有点磁性。旧时的感觉之上又添着了一点感觉。

“你来我这里吧，他想与你下一盘棋。”她说。仿佛她与那个他一直在等着他，等他下一盘棋。

她的所在仿佛是一座旧库房，高且宽大。常朔一眼就认定他便是参加画展的画家。只是他坐在了轮椅上，一把自制的木轮椅。他有点笨拙地摇动着它，他应该在那上面坐了有段时间了，腿因常年不移动，显得细瘦，但他的一双眼睛却有着画家的明锐。常朔来不及观察梁怀欣，却被他的形体与眼光吸引。

“黄立。”他摇着轮椅轮子过来与常朔握手。他的手薄而暖，也许是一直笼在袖筒里的结果，一般不怎么活动的人四肢应该凉一点。

没有过多的寒暄，常朔本来是想与梁怀欣诉说什么，或解释什么，突然发现不用了。她有着她的人生。一切与这宽大的房子，和这轮椅上的男人联系在一起。还有一个孩子，这个孩子肯定不是梁怀欣的，孩子长脸长身，与父亲黄立相近。孩子在房子的一角做功课，他一直坐在那里。

黄立的头上方贴着一张图，是一张世界地图，房内除了这一张印刷品外，四围挂的都是画，肯定是黄立画的画。而绝大部分画面上都是以梁怀欣为模特的画。有她盘坐的，有她站立的，有她弯腰的，有她走动的，但画面突显的是她的那双眼睛，是常朔在画展时看到的，那眼神显着了向前飞扑相融相合的精神。

已经在小案桌上放下了木棋盘，旁边还有两盒标准的云子，想来他们经常在一起下棋。

一旦棋盘上落了子，常朔便展开了攻杀，手筋叠出，扑的招数自然少不了。对方进入了思考。常朔发现黄立的棋路与梁怀欣相近，开始时以为是他们一起研究过棋，后来他恍惚便如当初他与梁怀欣在对子。

那时是他的窄小阁楼，现在是她的宽高库房。

常朔快棋手，有时间空出来注目梁怀欣，他为她而来，还没好好看她。只见她的身子在活动，端茶，烧饭，再为孩子端去烧好的饭菜。

给常朔续水的时候，梁怀欣看到了他的眼光，微微一笑，还是原来的神态，微努一下嘴，黑痣颤动一下，意思是让他专神棋盘。常朔一笑，旧感觉压抑在不自由的状态下难以自持。她却没有注意似的，把换了水的杯子，放到常朔的手边，她只是肉体在做着事，精神却在黄立身上。黄立正全神贯注于棋局，有时举棋不定间，会抬头看一看她，她的眼光柔柔地与他交流着，一时，常朔仿佛感觉她的精神与黄立交融，黄立落子的下一手，正是当初梁怀欣的棋招。

当初梁怀欣的棋招就对常朔的棋有所克制，特别是化解他扑的棋型。也许这些年，常朔的棋下少了，而梁怀欣又有了进一步研究；也许常朔注意力没有太集中，走到中盘的时候，他的棋就吃紧了。黄立神情放松下来，此时常朔再看他与梁怀欣眼光交集时，黄立便是黄立，梁怀欣便是梁怀欣。常朔不由想，黄立在作画时，面对常怀欣的眼光，他飞笔落纸，想他的身上也交融着梁怀欣的精神吧。

最后常朔已无斗志，投子认输了。

梁怀欣把饭菜端上来。梁怀欣的菜做得好，饭似乎也有着新鲜的香味。常朔与梁怀欣有过那么一段经历，但还从来没吃过她做的饭菜，吃在嘴里有着特别的滋味。梁怀欣肯定还有许多他不清楚的女性能力，只有眼前这个坐在轮椅上的男人都感受到了。毕竟他常朔与她没有在一起生活过。

黄立在饭桌上谈着他们刚才的一盘棋，神态中颇有得色。常朔口中应着，心想，这本不是一盘他着力的棋，他是来看梁怀欣的，棋盘上的胜负有什么意思。

然而胜就胜了败就败了，要说起来，情感上失去了，不该在棋盘上胜回来吗？他表现上显着外面大场合经历多了，于棋并不在意的样子。

饭后，常朔起身说要回宾馆了。梁怀欣送他。出了门，风在巷子的一片空地上吹得紧，他们靠近了一点身子。她身子的温软，让常朔有一点旧时的感觉。多少日子里对她的歉疚，也许可以消失了，在她的意识中，也许本来就无须存在。

梁怀欣告诉他，前几年黄立妻子刚过世了，接着他又伤了下半身。然而人生的深刻感受化入了他的画作中，让他的作品有了一种力量。

常朔能想到，又正因为有她的存在，才让他有了画上的精神飞扬。不过他没有说出来，梁怀欣能意识到他要说的话。他们之间比原来要多一层理解。

她一直送他进宾馆房间。她自然地接受了他的拥抱与亲近。他感觉自己仿佛没有离开过，她那里如同是他的家。他恍惚回到了他旧日温润的家。

起身的时候，她轻轻拍拍他的脸，以示嘉许。

她去冲澡，他跟着在卫生间靠门边站着。

“你一直都快乐吗?”

“快乐。”

“你跟我出来，他会不会有看法?”

“不会。”

她把水放得很大，水流从她头上冲下来，她晃一下头，把眼前挂着的头发甩后去，有水滴甩到他的脸上来，带着她温甜的气息。

“你知道，他的肉体要求很少的……”

梁怀欣依然对哲学有兴趣：“贝克莱大主教的存在就是被感知。感知产生意念，意念便是一个个念头，念念相续，形成了记忆，形成了我的存在。一旦意识到我，便有痛苦，但只有形成独立的我，才有力量去做事。而‘我’能有相融的意念对象，便不再孤立，是快乐的，不管什么痛苦也都变得简单。”

常朔想到了画展上裸女的眼神，表现的是意念的力量。画家感受到了这个意念的力量。她说的意念相融，正是她的精神扑向了他。过去常朔和梁怀欣一起的时候，他们很少有眼光缠绕，也许有的只是她俏嗔的眼光，那只是肉体的反应。她曾扑向自己的是肉体，而扑向黄立的是精神。

又过了多少年，人生如流水，常朔似乎如鱼得水。没有什么痛苦，他有着避开痛苦的最大能力。痛快只是意识满足，又何必争先恐后，又何必得意忘形。他也算是官，经营官场，须从大社会来看，不能眼盯小处。他布局围空，在官场上做得空灵。他是文化人中的官员，他是官员中的艺术人才。他与文化人交往的时候，谈一点官场无奈，他与官员交往的时候，谈一些艺术异象。然而，处世再游刃有余，老年终将来临。虽然在体能上，他并无感觉，但履历上登记得明白，组织部门找他谈话了。他要退居二线了，上级安排让他去基金会，那是退休前的一种过渡，从权力来看，形如鸡肋。但毕竟还是一个官，还可延续一段官场人生。

要退了，要退了，他见过多少退了休的官员，似乎一下子委顿了，与退休前的意气风发判若两人，权力可谓是一剂春药啊。

此时，常朔不免回顾人生，他一直认为，其实他是可以写出真正的艺术作品的，他清楚艺术作品的高度在哪儿，有哪些经典作品作标杆。他以往的作品也有影响，但他同样清楚，那些作品的影响是他的官场给他带来的，是权力资本的附属品。现在他还有精力，只有集中时间才能写出他想象中的作品。真有这样的把握吗？多少年混迹于官场的平庸之气，已成习惯，还能挖掘出艺术才气吗？到底用什么样的艺术来表现意念的华章？就算能写出他自以为好的作品，能好到哪儿去？也许还不如靠官场权力产生的影响大呢。

也许步入官场之前，他便有过权衡，那时的权衡很简单，他便飞蛾扑火似的走上了他经历了的人生路。但眼下不再是年轻时，他该好好地权衡一番了。基金会虽然虚挂，毕竟还可支配几个人和支配一些钱物，关键是还能延续一种习惯，要是这习惯一下子舍弃了，他会不会有踏入虚空的感觉？

有这么一天，他在梦与梦醒的恍惚之间，组织部门的官员与他谈话的一幕突然跳出来，那官员习惯地手指轻敲文件，脸上是笑着，感觉却是一种不耐烦。这情景本不出奇，多少次他也如此与人谈话。

然而，他再无法入睡。他被丢弃了，出于必然，毫无怜惜。他这一生中，也有无情丢弃的。他向大城市扑去的时候，梁怀欣是他丢弃的。后来他扑向财富、扑向权力、扑向女人的时候，丢弃的是他的青春与时光。似乎还有更多的更有分量的东西被丢弃了，是什么呢？

这许多年，他自以为活得滋润，活得有水平，但细想想，他想要的太多，扑得太多，抓到手里的却是空空，钱与物是冷冰冰的，权力的泡泡正在破灭，而那些女人也就像一串雷同的肉体，看多了，是同样的神态、同样的声调、同样的嗔怨。

行尸走肉，他感觉有点恍惚。

他出行了一次，是回插队过的县城里去。过去他每一行都有明显的目的，唯独此行，直到坐上车，他也没想清目的。

他没要求派车，而是坐上了长途客车，是因为他想先体验一下无车行路的感受。行程中，他感受到了已经久违的人生；候车室里的杂乱的人声，肮脏的大包小包；拥挤的车，司机随处停留招呼熟人。好在已有高速公路，行车时间不再那么长，但分分秒秒都那么磨人。下车后，他想到了一件要紧的事，便是尽快找一个驾校学车。

出了车站，他在路口站着，一时不知往哪里去，他似乎是来寻找什么，当然不像上次那样来找梁怀欣，他也不知寻找的是什么。

既然来了，他还是去找梁怀欣。原来的电话联系不上，他找到了梁怀欣的一位女友，女友告诉他，黄立已经去世，黄立的儿子上大学后留在省城工作了。梁怀欣一直处世平常，模样没变，好像永远不显老，只是也许因精神空虚，会说出一些莫名的话。女友记得她说到过：存在是感觉的复合，境由心生，世间之恶皆我心中之恶，世间之善也皆我心中之善。

常朔想一想，感觉那话并非是走火入魔，有着佛教同体大悲的意味。

女友对常朔说，梁怀欣退休后，谁也弄不清她去了哪儿。

一时没有目的，常朔不想再见任何人。他如今接触的只是官员，没有秘书通知，没有车随而行，是个人活动，再加上官员知道他要退下来了，还会不会有接待的热情？他信步走着，县级小城已改市，建筑与大城市相同，到处是一般的宽路高楼，如果他被一阵风卷到这里，突然睁眼，意识的念念相续，他大概会以为自己依然是在南城偏郊的城区。

眼前有一幢古式建筑，看路牌是寺前街，正是自己早先生活过的街，曾经改名为人民街。以前他在这里工作时，常在城街中散步，现在旧意识把他带回到这里了。虽然街道变了，文化馆的老楼修旧如旧，还显旧时轮廓，只是新围了山墙，改建回寺庙了。如今每一地都修有寺庙，解放后拆毁的寺庙多有重建，比旧时的寺庙建筑更气派了。

山墙边有一道偏门，正是旧时文化馆开门处，门半掩着，常朔推门入内，里面安安静静，脚下的砖地，两边的僧舍，依稀是旧时模样，他原来住的那间阁楼又在哪儿了呢？

常朔只管东张西望，突然耳边响了一声："扑。"似乎有人在他耳边说的，又似乎是他内心中响起来的。一时再无声息，朝前看，只见前面路正中间，立着一个僧人，因背西而立，后面晚霞灿烂，看不清僧者的脸。似乎刚才那一声便是此僧者发出。随后，见僧者转过身去一手托着佛珠，念了一声：阿弥陀佛。常朔一下子感觉那侧影便是梁怀欣，还是梁怀欣年轻时的模样。就在他注目间，僧者往僧舍旁边隐去。常朔赶紧地跑过去，口中叫一声：怀欣。那边没有任何反应，僧者的身影消失了，赶过去的常朔只见一片空空。

常朔越想越觉得那一声便是梁怀欣的声音。在常朔后来的记忆中，那声音恍惚是他曾在她耳边轻叫过的回声。

常朔找到了庙里的主持，亮出了名头。对这位从县里出去、在省里的名人官员，主持是听闻过的。于是请茶让座。主持合掌对常朔说，这座庙里所有的出家人都是他招收的，大多拜他为师，云游来挂单的，一般是有名高僧，也都由他亲自接待，其中没一个俗名叫梁怀欣的。

第十一章　棋语·跳

城市弄堂里的孩子，从小就玩在一起，方治平与孙同德是一对开裆裤朋友，到上学年龄，进离家最近的一所小学为同班同学，考中学时，考进了同一所中学。虽然没分在一个班上，但上学放学都约着一起走。去中学的路有几站地，他们不乘公共汽车，沿一条铁路线走，有时不耐烦平常的走法，就踩过道碴，方治平走在枕木上，孙同德走在铁轨上，听到后面火车拉着汽笛过来时，才跑下来。有点恼怒的火车司机会骂一句：作死的小赤佬。车声轰鸣，他们自然听不到司机的骂声。司机也清楚这点，便伸手一拉，车头两侧喷出一股带着热力的白气，把他们笼罩了。

这两人长相不同，个性也不同。孙同德脸瘦瘦尖尖的，显得活络机灵。方治平是宽方脸，显得稳重。

运动来了，学校停课了，两人迷上了棋，成了一对棋友，经常在一起对弈。

有一天，两人正在方治平家里下棋。方治平住在一条支巷的平房里。巷中传来锣鼓声，敲得很有节奏，孙同德不时探头朝玻璃窗外看一眼。外面舞动的红旗晃着眼。

孙同德说："我要跳一下了。"

方治平说："你跳就跳吧，谁拦住你了。不过你要当心点，别送死了，勿怪我言之不预。"

孙同德在棋盘上拍了一步。

方治平朝棋盘上看了好大一会儿，抬头要说话时，发现孙同德已经走了。

棋盘中间的那一子黑棋，跳得有点孤，却如凌空虚步，占着势。

孙同德走后，方治平有一段时间没见他。秋天的一个下午，方治平应北巷小王之约，去潘家湾下棋。潘家湾的马路上正走着游行队伍，方治平就在路边等游行的队伍过去。突然看到了孙同德。孙同德走在一排游行队伍的前面，臂上戴着红袖套，手上举着一面红旗，扭脸见着方治平，便把手中的旗舞上一舞。方治平笑看着他，觉得他很神气，还长个子了。他们正好在长身体的年龄。

以后的日子，局势有些变化，分出了造反与保守两派，两派各占一块阵地，大鸣大放大字报大辩论，满街满巷几乎满世界都是红纸的标语和白纸的大字报。接下去，就从文攻发展到武卫了。巷里不时传出哪家工厂哪家学校开打了，又有人死伤了。

这一日，孙同德再到方治平家里来，佝着身子哈着腰，一扭头在椅子上坐下了，立刻曲起了两条腿，摇着头，嘴里说："险些再也来不了了，险些把小命丢了。"

"怎么了怎么了?"

方治平问起来，孙同德喘着气说了经过。他没想到是真打，正举着旗冲占学校实验楼的时候，迎面被人踹了一脚，这一脚，让他把旗扔出去多远，立刻双手双脚撑趴在地上。

“踹哪儿了？”

孙同德又摇头，最后说：“踹在蛋上了。”

方治平就笑，关心地问他没要紧吧？

孙同德说，当时他就以为要死了，四周晕成一团糊的，只有一种感觉，整个天地间都一跳一跳地痛。

方治平说：“脱下来脱下来，让我看看，让我看看……脱下来。”

孙同德说：“我看过的，都发亮了，肿得像个馒头了。”

孙同德避开了方治平伸过的手，自己把特意换上的宽松裤的橡皮筋裤带拉开来，朝里看了看。他只穿了一条长裤，没穿短裤，怕短裤紧了会疼。看着的时候，嘴里嘶嘶地吸着气。

孙同德后来问方治平，他以后会不会因此没有孩子了，他家是三代单传，生了他，父母做庆，找了所有的亲戚朋友来，每人一碗肉面。要是没了后，他怎么办？怎么向父母交代？怎么向祖宗交代？

“谁叫你跳的？”方治平很郑重地说。

后来，孙同德与方治平就面临上山下乡，他们一起报名去了东北的军垦农场。

初到北大荒，实在难忍的是冬天。几乎不能出门，要是不戴帽子，耳朵立即冻白，冻僵。一顶帽子感觉不够，最好能戴三顶帽子。要是不戴手套，手指立即冻白，无法握起。一层手套感觉不够，最好戴五层手套。自然，一件军大衣是不够的，棉裤必须厚得立在地上不会倒。干活倒是不用人督促，只要出了门，严寒由不得你不活动。

好在他们年轻，干完活，到食堂吃完饭，便在屋坑上，摆开塑料棋盘来下棋，能有一个朋友在一起过知青生活，好处实在是多，要吆喝两人一起发声，要抗争两人一起举手。

连长讨厌他们总做同一个动作，就把他们分到了两个班，到底拗不过领导，工作时他们也就分开了，各人有了新的朋友。只是一到晚上，还是在一起下棋聊天。

冬天终于过去了，春天却来得很慢，雪还在路旁堆积得很厚，风还是很冷冽，但中午时分，阳光还是给了人一点暖意。北大荒的春天，辽阔的原野上空气清新，人们赶着马车在一望无际的黑土地上奔腾。

有几次送粪回来下班早，方治平出门，看到孙同德在马棚外面，手撑着棚杆，脚交叉着，一种半仰望的架势。见着方治平，踮着的那条腿，微微地晃动着。方治平走到他身边朝前看，上空没有飞鸟，只有着北大荒那蓝得醉人的天色。

隔一天黄昏，孙同德去找方治平，只见他坐在一匹褐色马前，马嚼着草，方治平手在盘弄着缰绳，一节一节地移着，见到孙同德，便把手中的绳头摇转着。

前面的黑土地上一片空旷，开始有细细的草尖发着青，是那种嫩绿色的青。

这天晚上天气冷，兵团战士都聚在食堂里，三三两两端个饭盒一边吃一边聊，饭菜简单，话题丰富。方治平和孙同德也在门边聊着，一下子眼光就移到了同一个位置上，在他们的面前，走过一个姑娘，朝他们微微一笑。姑娘叫赵玲，长得并不怎么漂亮，但上下紧身衣裤，与别的穿着臃肿的女生一比，显得凹凸有致，她走路的步子，脚下形成一线，宛如多少年后模特走的“猫步”，她总是把胸挺得高高的，眼睛左顾右盼，脸上含着那种妩媚的笑，引动着所有的人眼光。

赵玲到排着队的窗口打饭，前面有男生给她让出位置，后面的姑娘就有不满的声音。赵玲不管不顾的，打了饭，走到最多的一圈男人中，很快就听到那里响起一阵阵男性的笑。

旁边的姑娘侧目看去，眼光中带着不屑。对她们，赵玲根本没在意，身在一圈男人中，还时不时用眼光瞟过四周散落的男生。

那天夜晚，孙同德没睡着，翻身看，方治平的床铺空着。孙同德找到外面草场上，见方治平在一捆草垛上坐着。

他们对坐下来。不是下棋，他们还难得这么对坐着。

没有提赵玲的名字，也不知谁起了个头，他们便说起了她。本来他们便是无话不说，也总有着默契。

孙同德说：“这些男生就会起哄。”

方治平说：“那些女生就会吃醋。”

他们眼对着眼。孙同德正想说什么，但方治平把手中无意中编出的草绳朝下一甩，草绳在草垛上微微地跳了一下。

“你看她，人在男人堆里，被他们围着。但她的眼光却朝我看。”

孙同德原来的感受，赵玲的眼光是朝自己看过来的。方治平这么说了，孙同德只能摇摇头，孙同德的摇头是一种习惯，并不代表否定。

“听说她对男人都不错，对……”孙同德没说下去，他发现方治平根本没在听他说话。他没见过方治平如此神情，孙同德想到，方治平要比他大上几个月，在女人上面，做兄弟的是不是应该让一让？

方治平说：“只要看到她，我就有一种忍不住，心里想要跳一下。”

孙同德说：“你能确定她是对你？……”

方治平这才将眼光朝向孙同德，眼光茫然如烟雾，夜色中看过去，其间又仿佛有一丁丁的火光在跳闪着。

方治平没有再说什么，他的嘴里咬着一点甜蜜。黄昏，他扛犁回来，在马架子边看到赵玲，赵玲含笑地看着他的身体，他注意到了，立刻挺起胸。她的身上总有着一种和别的女人不一样的气息，有点醉人。

就见她半仰脸望着燃烧的晚霞，说了一句：“今天晚上月光肯定迷人。”

方治平没有把这件事告诉孙同德，也许他怕孙同德觉得只是一句平常话，是他自作多情。他晚上出来，确实没有看到赵玲。他想可能自己出来晚了，她已经回去了，她要避开众多女伴的眼光实在是难。不管怎样，他不想对孙同德说，那一种感觉，说出来也就不甜了。

孙同德也有话没告诉方治平，曾经有一天赵玲对他说过一句话：今夜的星光肯定灿烂。那一夜，他都在外面的寒风中候着她，并到女宿舍门口去听她的声息，险些被出来小解的女生发现。

以后，孙同德经常发现方治平晚上出去，他知道方治平陷进去了。但孙同德每次看到赵玲高挺的胸和顾盼的眼光，心就会乱跳，如果她真对他表示什么，他会不会因为方治平而退让呢？

北大荒的夏日，草甸子上百花盛开，有粉红的刺儿莓，有深蓝的马莲，有紫色的铃铛花，有白色的野罂粟花，有金黄色的野菊花……花开之际，兵团发生了一件让人津津乐道的事：值班的人晚上在野花丛中抓了一对正在偷情的男女。男的是陈大勇，女的正是赵玲。这个陈大勇无论相貌素质都很差，脸上布满疙瘩豆挤破了以后形成的凹斑，平时流里流气的，说话粗俗。起先人们还认为是他强迫了赵玲，但陈大勇很快被放回宿舍，据他宣称是赵玲主动邀的他。男女这种事是很难说的，偏偏赵玲承认了这一点。连队领导很有耐心地审问了他们的整个过程，能想到的细节都问到了。那是从十本黄色书中都难看到的，赵玲毫不回避那一切。最后为了深挖她的内心世界，讯问影响她的根本原因是什么时，她只应了一句：性的需要。

所有听到这句话的人都震呆了。本来要有一个批斗会的，但后来没开得起来。是因为怕她在公开场合毫无忌讳地说出那些细节？还是怕这句太直白的话会流毒整个兵团？更主要的是几天后，赵玲就失踪了。有说她投江自杀了，有人去江里捞过尸体；有人说她去流浪了，她的家里人说她没回去过；也有人说她逃到对岸去，投敌了。

方治平好长时间没有恢复过来，这只有他的朋友孙同德清楚。对这件事，孙同德一开始就和其他男生一样，表示出鄙视来。传说她对所有的男人都发过那种邀请，别的男人听来也许是不明确的暗示，但陈大勇第一次听到便确定为明示，他立刻就行动了，扑上去，抱吻了她，并把她抱进了花丛中，以后好多个夜晚，都如此放纵过。他们白天基本没有什么交流，晚上在一起就是性的交流。

赵玲当然没有说谎：性的需要。

在方治平心里，如果他与赵玲在一起，是因为性还是别的？

人生多有变化，有时变化慢，有时变化快，在变化之中，觉得是很正常的，但从这一种变化到下一种变化，其间充满不可思议。回头看一下，十年，数十年，浓缩成今天和明天，一步跳过来，就恍若到了另一个轮回，另一个人生。

方治平当官了，是在故城，当的还是不小的官。这中间的变化有多少年时间，他不想去计算，只是一步步地走过来，像任何一个当官的，需要有一系列日常的多重的考验，缓慢而难耐，实在不容易。似乎是缘于他的能力与他的性格，似乎又像是一个机缘接着又一个机缘。

简单地回顾：恢复高考后，方治平进了一所大学的政法系，毕业出来成了公务员，进了机关，然后从副科长到科长，副处长到处长，现在是副局长。

再来说孙同德，他与方治平同一年考上大学，回到城市。他进的是另一所大学的动力系，毕业以后，分配进了一家事业单位，干的是技术工作，无所谓升迁。

他们那些北大荒的战友，就是不上大学，也都回了城，有着各自不同的生活。在北大荒艰苦而单调地生活了这些年，回到城市里，也到了一定的年龄，需要不再简单，不是几个馒头几个常见的女人形象所能满足的。城市里比赵玲漂亮的女人多得很，比赵玲更会挺胸打扮的女人也多得很。孙同德与方治平也许会为没有在北大荒落地生根而庆幸。当时的大学生都是天之骄子，有着新的天地，他们被耽搁的时间太多了，许多的知识需要补充，许多的食色需要享受。孙同德与方治平不在一所大学，也就分别有了新的同学、新的朋友和新的女友。接下去，都有了新的家，有了妻子与孩子。两个人来往少了，有时打电话约着见一见，也没有时间和兴致下棋了。

孙同德虽然也是在机关，工作清闲，一张报纸一杯茶，技术工作没人关注，造原子弹的不如卖茶叶蛋的嘛。他的棋艺倒是进步了，想着要是再与方治平来上一盘，可以轻松宰了他。

这一年桃花盛开的时候，当年同在北大荒的一位战友邀请方治平到桃花山庄玩玩，方治平提到了棋友孙同德，说要和他在桃花山庄下几盘棋，这位战友就把孙同德也邀上了。

桃花山庄里桃花开得艳，风吹来，花瓣飘落在游人衣襟上。在山庄里走着的三个战友，显着三种神态，主人经营的事业有成，神采飞扬；方治平已位列高官，虽是个副职，但是有审批物资的实权，步子走得稳实，山庄主人对他语多奉承；与他们同行的孙同德自然显着是一个陪衬。这些年中，他在事业单位中坐的是冷板凳，在人前，实在是无可言道的。

这天晚上的饭局中，进来了一个年轻的女人，一下子，方治平与孙同德都站起来了，那女人的模样与挺胸走步的身形，蓦一看，便是赵玲。不过他们很快想到，赵玲要在的话，而今也已四十多了，不可能这么年轻了。当时他们在北大荒见的女人少，赵玲算是引人注目的，其实根本不如眼前的女人这么漂亮。主人露着得意的笑，介绍说这是特邀的女嘉宾。这位北大荒战友，自然也认识赵玲，不知从哪儿弄了这个年轻女人来助兴。

这个女人也姓赵，坐下来敬酒，说话的口气也像赵玲。孙同德怀疑，她不但是专门选了来，还是经过训练的，要不怎么会给他们有这样的感觉。当然不是为了老同学，而是为了方治平。

孙同德端起酒杯来："赵小姐……"

"说什么小姐，小姐是骂人的。"她嗔着。

"那么是大姐。"

"你才是大姐呢。"她白了他一眼。

方治平说："有美食有美女，太丰盛了。"

孙同德发现，方治平说的每一句话都那么得体，原来他们两个人一起时，方治平很能说，但人一多，他就显得沉默寡言，现在他不管什么场合都很会说。

"食色，性也。"赵小姐很自然举杯来敬方治平。方治平与孙同德也就想到当年赵玲说的"性的需要"，不免喝了一杯又一杯。

回了房间，孙同德不禁在想，她是不是进了方治平的房间？

虽然酒喝多了一点，他还是久久不能入睡。快十一点钟的时候，电话铃响了。方治平在电话中说，如果他没睡的话，过去下一盘棋。

孙同德进门便夸张地嗅着："没和你睡一起啊？"

"游戏而已。"方治平没有正面回答他的话。

孙同德看着穿睡衣的方治平，那睡衣一看便是名贵的红丝绸，光滑闪亮，眼前的方治平便如旧电影中的大资本家。

方治平从身后的抽屉里，拉出一套还没开封的睡衣裤来给孙同德。孙同德抚着真丝绸衣，不住地感叹着它的质地。

方治平说："刚才赵小姐送来的……这也算是什么好东西？真不知你这几年是怎么窝在那个地方的？"

"胡乱待着吧，一天一天过。"

棋局还没有开始，方治平眼盯着棋盘："我倒是有好几年没有好好下棋了，有时就会想到，什么时候能安安静静下一盘棋，就是和你下。”

“下棋我是经常下，没有对手，我就一个人下。”

两人对坐着，准备下棋了，方治平捏着一颗黑棋，还是没有落子。

“你觉得你那个生活怎么样？你就甘愿这么待着？我也并不是喜欢做官的生活，现在是一切都用钱来衡量的，有时觉得赚大钱的没有多大的本事，就因为我给他们批一些材料，他们就赚了成千上万。而你工作一年又拿多少？我工作一年又拿多少？”

孙同德摇着头，叹了一口气。

方治平拍着他的手背，动作似乎还有一点酒意。方治平一喝酒就会脸红，现在脸上还没褪去红色，但酒对他并没有什么影响，他的话显得特别有意味。也许醒了酒，也许根本只是借着酒。

“你想好了没有？”

“我想好了。”孙同德说。

于是，孙同德就从那所事业单位跳了出来，开始做生意。他做的是建材生意。他的生意做得很顺，一下子就做大了，名片上的头衔印着的是总经理，后两年又添上了董事长。

孙同德生意极度扩张的那一年，方治平遇上了事。机关换了新局长，本来传说由他升任的，可没想到新局长一到，就宣布人财一支笔，材料的批核权也归一支笔。方治平几乎没了权，不免动了气，凭着关系跳了一下。接下来，他被迎头拍了一掌，先是暗下审查，紧跟着就被双规了。

案件移送到检察院，检察院传讯了孙同德。都知道方治平与他的关系不一般，很多建材都是批给他的。

孙同德回答检察人员说，他和方治平两个小学就是同学，又是棋友、战友，几十年的朋友，要说关系，当然很好。检察人员说，问你们的关系，你不清楚是为了什么吗？检察人员当然问的是行贿受贿的内容。孙同德说朋友之间，来往很多，比如结婚添孩子，互相都送，不存在行贿受贿的事，要说具体数目，他都说不清。

说来说去，还是朋友关系。检察人员因孙同德口气太硬，便对他拍了桌子，说要以行贿罪送他进看守所，接下去，多少还用了一点手段。

孙同德当着检察人员的面，就把手指上的一颗金戒指脱下来，放进嘴里，一气吞了下去。检察院也怕出人命，连忙把他送到医院，经过灌肠，把戒指给弄出来了。孙同德便在医院里住着。检察院不愿传出逼供的说法，行贿的事，当事人不说也就无法查证，把孙同德放了。

都说官员经不住查，方治平被查实受贿二十多万，判了十年。

方治平坐了五年半的牢，出了狱。这五年半中，孙同德越发做大了，因为他为朋友吞戒指的名声在外，有个义字当头，生意场上和官场上，谁都放心与他打交道，听说已经有几个亿的资产，是当地无人不知的大老板。

方治平出狱后，孙同德也难得与他在一起，把他拜托在另一家公司。方治平在那家公司当了顾问，是个太平顾问，公司根本不在意多发那一点工资，当然也因为他在官场多少还有着人脉。

以后的几年，孙同德不满足于建材，开始投入房地产市场。他决定在北大荒所在的城市建一座最高的楼。当地的市政府特别重视，准备了高规格的接待。孙同德去的时候，把方治平也带去了。孙同德在机场给了方治平一套黑色西装，与他穿着相同的高级西装。

他们进酒店宴席时，当地领导站起来迎接，看着同样西装笔挺的孙同德与方治平，那官员顿一顿，就上来握方治平的手，嘴里称孙总好。

孙同德便笑起来说："到底气息相投，官官相认啊。"

当地领导这才明白方治平只是顾问。孙总说，没错没错，这是可以全权代表他的顾问。

到底是大投资者，酒桌上，就听孙同德高谈阔论，他的大批资金投在了海南，现在要投往东北。当年的四野，是从东北打到海南，他是反其道而行之。

孙同德与方治平回当年的北大荒军垦农场所在地，是早定下的行程，当地派了官员全程陪同。那地方，似乎变了很多，又似乎没有什么变化。似乎空气没有过去清新了，似乎草也没有过去茂盛了，就连特地为他们准备的烤红薯，也失去了当时的那种香味，特地为他们打的江中之鱼，也失去了当时的那种鲜味。

这也许都是出自他们变化了的感觉。

相比过去，他们应该是享福了，可是孙同德摇着头说，他没觉得幸福，过去在农场最大的话题就是吃，因为吃的东西很少，却有香鲜感，现在什么都吃得到，但吃什么都没太鲜美的味道。

他们站在旷野上，凭吊过去，凭吊青春。孙同德说，要在这里建一个度假村，单供北大荒的人回来忆旧。

北大荒度假村只在想象中。东北城市的高楼开始动工了，砌了一个二十层的壳子，就停工了，建筑工地上只剩下留守的，农民工找工头要钱，工头找孙同德要钱，已好几个月没发工资了。那段时间正是亚洲金融风暴之际，孙同德经手的好多楼盘都成了烂尾楼。他欠了许多地方的债，东躲西藏，公共场合再也见不到他的面。他足足躲了好几年，遗留的资产都转移他方，一一了结。逃亡了好几年，他才重新露面，在一家公司打工。因为他欠了这家公司的债没还完，公司老总本是他的朋友，开恩不用他还债了，让他去当了一个部门的经理，这个部门的主要工作就是讨债。

这天，方治平的孙子百日庆典，邀了一些朋友聚会，都是儿子那一辈的年轻人。年长一辈的单邀了孙同德。在饭店里吃过庆宴，众人都到方治平的家里来，年轻人在大客厅里热闹。方治平的儿子在一家国企当销售经理，一年有二十多万的收入。方治平与孙同德到书房里，摆下棋盘。他们现在有的是时间，但两人对局少了，闲来都在网上下棋。

临窗是院落，从纱窗看出去，灯光映着的是玉兰树的干枝，已是深秋，一片肃杀之意。

门外客厅里的音乐声很大，光碟中一个男人沙哑的声音在唱着《南泥湾》，这首革命歌曲，当年他们也曾唱过，唱得那么激昂，现在却唱成了摇滚，完全变了味道。听得他们只是摇头，笑着摇着头。他们的棋局也下得乱，一开头就混战。他们学棋之初，看的是日本棋谱，讲究的是棋形，要走得正，走得有美感。这些年棋路也多有变化，适应电视转播，比赛时间多规定为快棋，每一步眼见着的利益都不会放弃。

方治平摇着头。以前孙同德习惯摇头，如今方治平也有摇头的习惯了。

孙同德说："这是韩流。想团就团，想跳就跳，只求得利，叫作效益就是美。"

一边下棋一边聊天，几十年的老友实在难得。他们说到，现在的日子属于年轻人了，年轻人就喜欢乱，社会变化那么大，经济条件一下子变高了，给人感觉却是乱乱的，在他们眼里是不可思议的。

当时，方治平受贿二十几万判了十年，而现在的官员受贿几百万是少的，几千万几亿也是常有的。当时，孙同德做房产，几千元一平米，还亏了，而现在的房产，几万十几万一平米，好像还在不断地涨。

孙同德说："我们不走运，现在发展速度太快，什么样的好运都不奇了。"

方治平说："我们已经很走运了，也曾跳过，也曾经历了诸多变化。现在的日子也过得去，不愁老来贫困，不愁生活受罪。"方治平的话中有了些看开之意。他在看禅学的书，书桌上便放着张中行的《禅外说禅》与古书《五灯会元》。

"有时候会想到，无论走，无论跳，还是要有立足地。我们走了，我们跳了，但到底什么是立足地？有没有立足地？真的是无立足地，方是本来之地？"

孙同德觉得当官的与做生意的就是不同，方治平毕竟在官场浸泡过，官就是不当了，说话还是不一样，听不明白他的弯弯绕。

"人生真是快啊，还没怎么跳一下，就已经老了。"

第十二章　棋语 · 不应

有人敲门。

听声音，田宝丰便知道敲门的是北巷小王。并不是北巷小王的敲门声有什么特点，比如说两声快一声慢，或者是敲几下顿一顿。北巷小王的敲门声偏偏是没有特点，他只是节奏不变地敲着，不快也不慢，不高也不低，敲个不停。这种没有特点的敲门声，在田宝丰听来，便是北巷小王最大的特点。

田宝丰身子动了一动，但他没有站起来，他的行动与思维之间有着了一点隔阻。人生的有些东西，随着年龄的增长而形成必然的变化。田宝丰年轻的时候，动作迅急，想到什么动作就跟上了，有着“快手”的称号。而今他三十好几，虽然不能说年龄大了，但经过人生大大小小的变故，遇事先想一想已成了习惯，动作与意识有了细微的时间差。

田宝丰伸手去摸了摸桌上的收音机，这是一台老式收音机。田宝丰把它打开了，里面发出一阵沙沙声，突然传出一声京剧唱腔。田宝丰心里晃动了一下，他听了听外面，那敲门声还是没有任何变化地响着。

他索性停下来，听着敲门声。他想自己不用去管它，一直让它响着。

收音机里的声音突然又响起来，这台收音机接收不行，常常会声音忽高忽低，有时调半天都调不出声来，拍它一下，声音便出来了。

田宝丰也任由收音机高高低低地发着声。

外面的敲门声，依然不变地响着。

收音机的声音突然又轻下来，而那敲门声似乎在意识中显得响了。

田宝丰猛地站起身来，走过去开了门。一开门就转身回头，也不与进门来的北巷小王解释为什么这么长时间没开门。

北巷小王也没问。

似乎他们之间的关系便是这样，不用说也不用问。

田宝丰坐回到桌前，伸手调弄着收音机，仿佛刚才他一直专心在收音机上。北巷小王坐在他的旁边，看着他。在田宝丰的手下，收音机又一下子响起来，响声很大。

过了好一会儿，田宝丰才咕哝一句："这个机子，总是一会儿响一会儿不响。"

北巷小王把收音机移过来看一下，说："这个红灯牌机子不错的，用了不下十年了吧……应该是接触不良，什么时候，我找个人帮你看一看。"

田宝丰想到，不出三天，北巷小王就会带来一个修理无线电的老手。北巷小王有这个本事。他似乎认识很多的人，没有哪个行当他不认识人。

人的表现有时很奇怪的。人与人交往多了，会把奇怪的表现当成了习惯。田宝丰习惯了北巷小王的敲门，也习惯了北巷小王的来访。对北巷小王，田宝丰往往不像是欢迎友人来访的态度，北巷小王也并不以为忤。

田宝丰有时正做着一件什么事，北巷小王一来便插手帮忙。他曾帮他买过米，买过煤。有时北巷小王带一包卤菜来，两人就菜喝一点小酒。

他们似乎忘了北巷小王来的目的。目的的中心点仿佛偏移了，但总还在那里。

北巷小王是来约田宝丰下一盘棋。下棋的人求战是很正常的，传说有一个棋迷为求下一盘棋，一天一夜在人家门口站着，很有点程门立雪的味道。求战于高手的棋迷也都有自信，都认为自己的棋不弱。老婆是人家的好，棋力是自己的高。对弈一局，自己胜是应该的，而一旦输了，便觉得只是自己一步棋没有走对，根本不是棋力问题。

田宝丰是高手，他是城北地带的高手。田宝丰曾下赢过一位本来很有名的专业棋手。运动年月中，这位专业棋手退到了地方，田宝丰有机会与他下了一盘棋，这盘棋田宝丰胜得堂堂正正，绝非专业棋手的漏着。

在这期间，田宝丰还胜过很多的棋手。凡在城市棋摊上冒出头的棋手，他都碰过，一个个地“砍杀”下去，于是确立了他高手的位置。大家都认为，要不是社会运动取消了棋赛，他会是一位国手。

北巷小王是来约棋，只是并非自己求对局，他是约田宝丰与别人下一盘棋。

有两三年，田宝丰没有与人对局了，因为这几年城北不具有向他挑战资格的棋手。田宝丰依然常常出进在对局场合。凡北巷小王约的对局，都会告知他一下。北巷小王喜欢约人对局，也喜欢约人观战，这是他的爱好。他约的棋局，有时会有十来人观战，也有的棋局，就他一人在旁边看棋。这在于棋局对手的吸引力。北巷小王似乎每天都约着棋局，有时一天约了好几盘棋，当然是在不同的时间。

田宝丰到场时，不管观棋者人多人少，都会给他让出桌边的座位来。

田宝丰看棋时一声不响，显得十分冷静。中间旁观的人问他对棋局的看法，他会把手指抬起来，放到额头上，那意思是要尊重下棋的人。他的举动有着十分郑重的意味，别人也就不作声了。

北巷小王赞赏过田宝丰的冷静。他说在棋盘前田宝丰的冷静神态，让许多对手感觉到一种压力。北巷小王的棋评，往往掺着一点对棋手精神的评价，这是他的特长。

一旦棋局结束，田宝丰便起身，充当裁判数子。田宝丰数子的时候，每个动作都一丝不苟，棋上的子十个十个地排得格格正正。

一直到数完子，田宝丰才开口，先是宣布胜负，接着把棋盘撸空，又从头一步步把棋摆起来，摆几子就会评点几句，说这步“立”如何，说这步“飞”如何，说这步“跳”如何，说这步“团”又是如何。他满口棋语，说“中间一子三十目”，说“宁失三子不失一先”。随着说话，手下的棋子摆来布去。

不管是输棋者、赢棋者还是观棋者，都信服地看着他的手，听着他的话。确实感觉到他棋入高层，对棋有不一般的悟透。妙手败着摆在那里，别人看不出来的地方，他都说得那么清楚。

棋高一着缚手缚脚。大家习惯了听他讲棋。

这天，北巷小王进田宝丰家门的时候，田宝丰说："我正要出门，到中华门去拿一本书。"

这本书随着运动结束，刚刚开禁。

北巷小王就陪他一起去拿书。他们坐上公共汽车，从城北开到城南，换了两班车，北巷小王都抢着买了车票。这时的车票只有五分、一角的，不过这时的钱也值钱。

从城南拿到了书回头，田宝丰就坐在旧城门的石台阶上，把书翻了一翻。

北巷小王说："还不知道你这么喜欢看书，我可以给你借到更好看的书，还没开禁的。"

田宝丰说："看书就是这样，看多了也累。"

田宝丰移开点身子，北巷小王也就在他的身边坐下来。

前面是车来车往，后面有树荫一片。田宝丰有了说话的兴致，他说："人在很多时候都在算进算出。人都算着一点小事，为了一个小目的。书上说，算来算去，算到个空，眼睛一闭全没了。可人就是要算着挣一分钱，得一分利，求一点脸面。算来算去，也就那一点点。"

北巷小王说："就是，人就是喜欢算。不过我也服会算的，就像下棋，有人就是会算，一下子算下去十几步。"

田宝丰摇着头："要说到下棋，我从小就下棋。下棋靠算路，算来算去，为的赚几目棋。其实就算胜了，棋子一撸，棋盘空了，又能赚到什么？偏偏那么多人喜欢下。我便在上面费了那么多时间，想想实在不值。有时想想就不想再下棋了，下棋到底有什么意思？”

北巷小王说：“你不想下，可人家想下。人家根本不会去想下棋有什么意思。……人家下来下去，算来算去，也就想下到你这个棋力，可想也想不到。”

田宝丰说：“下到我这个地步？我可是童子功，从小下棋，下了多少盘棋了？算下来容易么？要不是我，这片地带有多少人想在棋上称王，又有多少人想在棋上称霸？……也算我在棋上有天分，下棋也要有天分的。”

他们说话间，有多少公共汽车开过去了。这时，又有一辆车开到面前来，田宝丰起身就往车门去。北巷小王也跟着上车，车门几乎压着了他的脚后跟。

田宝丰抢到一个座位坐下了。北巷小王拉着扶杆过来时，田宝丰说：“人有时候不能算的，只能应机行事。”

这时，下起雨来了。田宝丰说：“像是我算到要下雨了，其实不是算，靠的是一种感觉。”

北巷小王说：“下棋的人就是有这种算路的异秉。”

田宝丰清楚，北巷小王要他去和一个叫作天罗手的下一盘棋。这个天罗手是这几年冒出来的强手，他曾经找过田宝丰下棋，但被田宝丰拒绝了。田宝丰说他还不够档次。

约田宝丰与天罗手下棋，北巷小王提过一次。当时田宝丰说：“我与他下有什么意思？他够着吗？这个天罗手就是会钻，下棋是乱战式的，他和你乱战，胜了就吹他的本事大。其实他不懂什么棋的。”

北巷小王说：“乱战的棋啊，总有漏洞，抓住他的漏洞你就胜了。不过天罗手还是有力量的。”

田宝丰说：“提也别提了，我不会与他下的。你来我欢迎，是朋友你就别再提这事。”

北巷小王就不提了，只是他一次次地来。北巷小王平时不来田宝丰家，每次来都是约他与别的棋手“碰一碰”。以前每次去碰一碰，都是田宝丰心甘情愿，也就是一次次的碰一碰，让他的名气大起来。与专业棋手那一盘棋，也是北巷小王约的。

有时田宝丰觉得这个北巷小王是个大呆瓜，呆得很。他认准了约人下棋为他的乐趣，在棋界显示他有约棋的能耐。这么想，田宝丰觉得自己不欠他什么，为什么要被他拉着走?

可是北巷小王还是不断来敲门，他似乎没有别的闲事可做。田宝丰没有理由不让他来，北巷小王在棋界是个人物，起码是个热心人。

田宝丰有时会恼怒起来：你北巷小王算个什么呢？一定要拉我，我就不去！有时会想，跟着他去算了，最多输棋，输完了就拉倒了。这一来一去的想法，让田宝丰感觉越发上了火。

他心里咬着了一点劲，就像下棋中，双方在一块棋上咬着劲。君子不松口，神仙难下手。看你怎么办吧。

田宝丰遇着了一件事。他骑一辆黄鱼车出去运东西，在大马路拐弯处，与一辆自行车撞上了。很快，交缠在一起的黄鱼车与自行车四周，便围着了一圈好事的观望者，七嘴八舌地谈着事故责任，就等着交警来处理。

田宝丰找了街边小店的公用电话，给北巷小王打电话。此时的城市里，很少人家有电话，但每个居委会都有一个传呼的公用电话，看电话的一般是退休工人，接了电话会用大喇叭在楼下叫。田宝丰不知道北巷小王会不会在家，等了一会儿也没见北巷小王来回电话。小店的公用电话总是有人打，田宝丰又不能叫人不打，空着让他等回话。

没想到北巷小王就骑着一辆自行车来了，他骑的是一辆老凤凰车，蹬得飞快。汗也没擦，便问着情况。后来他用小店的公用电话，给人打了一个电话，接着也停下来等回话。他对田宝丰说："不要紧的，看你慌的。交通事故不看谁的车大，要看谁的责任大。"

北巷小王的电话很快就有回话了。

北巷小王通的关系起了作用，交警的处理是各打五十大板，很快便让田宝丰回家了。田宝丰的面子一点没损，原先还想着会给带到交警队去，扣了车子罚钱什么的。

北巷小王骑着自行车在后面推着黄鱼车，把田宝丰送到了家。

这次北巷小王没进田宝丰家门，说了一句还有事，就骑车走了。

田宝丰本来想好了到家就谈应约的。北巷小王不过是约下一盘棋，又没问他借一万八千的，拖了这么长时间，有点说不过去。再说，最多输一盘棋罢了，一点小面子。要没有北巷小王，今天的面子就丢大了。

可没想北巷小王没进门就走了。

有一段时间，田宝丰在家，听到有人敲门，就想着是北巷小王。并非是北巷小王那种连续不断的敲门声，他也会想到北巷小王。

于是，他就静下心来想一想北巷小王，想一想与北巷小王有关的这件事。他告诫自己不要带任何情绪来想。

北巷小王要约他与人下一盘棋。北巷小王为这件事，为他做了许多的事，献了许多的殷勤。

对于北巷小王，他有过恨的意识，理由就是似乎北巷小王用他的殷勤，来限制他的自由。

其实那只是一种情绪的意识。北巷小王来约棋，去不去下，依然是他的自由。根本是他不愿意去。他为什么要不愿意？那是他对自己的脸面过于重视了，与北巷小王无关。

田宝丰在心里想清楚了这一点，他就觉得北巷小王没有任何过错，相反的是他欠了北巷小王许多的情。

田宝丰决定应约。可是，北巷小王却好像失踪了。田宝丰打了一次电话过去，但没有人来回电话。田宝丰想北巷小王行事颇具古风，为他做了好事后，反而不好意思再来请他了。想来想去，北巷小王确实是个热心人，就是有时热心过头了。似乎他一直在为别人做着事，也弄不懂他为什么这么做。

终于听到有人敲门了，听了一会，田宝丰确认那是北巷小王，是那种没有特点的北巷小王特点的敲门声。

开了门，北巷小王还像过去一样进门来，坐在田宝丰的桌边，并没有说什么。

田宝丰说："我找你的。"

北巷小王说：“是么？是你么？那个接电话的老太交给我十几个电话单子，说有一张条子丢了，说她年纪大了，找了半天，不知丢哪儿了。也许给其他接电话的拿走了。……大概就是你的条子了。”

田宝丰说：“是我找你的。”

北巷小王说：“我去出差了，到西安去了，去了一个星期。那里到处是土，吃的是羊肉泡馍，吃完了满嘴唇是油，抹都抹不干净。”

北巷小王停了话。田宝丰等他问什么，北巷小王却移眼去看他桌上放的机械图纸。

田宝丰又有点情绪往上冒，他压制着自己的情绪。

田宝丰说：“我准备去了。”

北巷小王说：“你也去西安？”

田宝丰说：“我去和天罗手下一盘。”

北巷小王说：“和天罗手下棋么？他现在很少下棋了，而且有一段时间不下棋了。他找了一个老婆，老婆对他还好，就是管住他下棋。只要他下棋，她见着了就去掀翻棋盘。”

田宝丰说：“要是我老婆，看我不揍死她。男人下一盘棋也要管着，这种老婆算是个泼妇。天罗手怎么找这么个老婆？”

北巷小王说：“天罗手的老婆长得漂亮。听天罗手说，他老婆人也不是凶的，对他温柔着呢。就是一项，见不得他下棋，认定他下棋是不把她放在心上。……天罗手在婚前答应过她，就是不再下棋。天罗手不是个重约的人，只是对老婆，他把约看得重。他很少下棋了，就是下，也是偷偷地，下得随随便便，下得慌慌张张。棋是要一步一步堂堂正正地下的，他那种下棋还有什么意思？你怎么想着要与他去下一盘棋？”

田宝丰很想说：“你每次来，不就是要约我与他下一盘吗？”

田宝丰随即有一种松下来的感觉，觉得自己一直绷紧着的意识很可笑。

北巷小王接着说：“我还是想约你下一盘棋，你知道我喜欢约人下棋。我有一个朋友的孩子说要下棋，我那个朋友宠孩子，他与他的孩子有约：只要他的孩子想学，学什么他都会找高人来指点他。他那个孩子学过琴也学过画，后来突然说学棋。一学了棋就不知道天高地厚，所以想请你去与这孩子下一盘，给他一个下马威，让他知道山外有山，天外有天。”

田宝丰说：“与孩子下棋啊？”

北巷小王说：“我也说到与孩子下棋，用不着你出手的。只是朋友分上，说定了要找个厉害的。”

田宝丰说：“行啊。”

田宝丰应下了，觉得不管怎么都是要应下的。应完了，他有点不舒服，觉得还不如早应了与天罗手去下呢。

这个叫平宇的孩子，长得这么瘦，主要是瘦在脸上，瘦得皮包紧着骨头，一副单薄样。按北巷小王的说法，那父亲对孩子是百依百顺的，又如何会把孩子养得这么瘦。他父亲像个保姆似的，教他叫人，给他拿棋盒。孩子稳坐着一动不动，看人的眼光冷冷的。他父亲把黑棋盒放在他面前，让他先走，他却抓了几个棋子，伸出手来要猜先。他父亲只是摇头，看起来就是惯孩子的，这种惯出来的孩子自然不知道天高地厚的。

田宝丰好久不与人下棋了，虽然是与一个孩子下，还是来了不少观棋者。当然都是北巷小王约来的。

这些观棋者看着平宇。见他的父亲摇头，他们也跟着摇头。

平宇猜到黑棋先走。他似乎毫不在意地在棋盘上落子，下得很快，下完一步，便朝田宝丰冷冷地看着。田宝丰当然不想应得太慢，略略地看一眼便应棋。一开头黑白棋就在角上有了遭遇战，平宇毫不退缩地战斗了，似乎是一个定式的，平宇让它变了形，田宝丰丢了两子，但白棋走在了外面，还不显得吃亏。

田宝丰下面就走得慢了些，他知道孩子的杀力很强，棋也熟。平宇的方式就是缠打，而田宝丰本来也是从搏杀中出来的，很快在上边又开始了战斗。

业余棋手的常形就是力战，只是后来田宝丰开始参悟棋谱，开始讲究大局观。可是平宇的缠打无处不在，逼得他无法摆脱。

这一次田宝丰放慢了落子速度，好好地算了算。然而平宇依然落子飞快，下完一步棋，便冷冷地看着田宝丰。看得田宝丰一直有着时间计算的感觉。

棋局一到复杂化，有许多是算不清的，只有按常形来判断。于是，在这场缠斗中，田宝丰又丢了三个子，才在外面捞回来一点外势，没有太大的损失。

田宝丰两块地方都丢了子，平宇的棋就显得厚了。田宝丰想运用外势来形成中空。

田宝丰有点出汗了，他越走越慢，往往在可以走快的地方都走慢了。旁边的观棋者都看得出来他的局势不妙了。只见平宇的黑棋直插中空，到处与田宝丰的白棋搏杀，似乎认定他搏杀的力量不够。田宝丰凭经验开始设置套子，平宇要么不入套，要么看起来入了套，但在套子里展开了另一层搏杀，结果还是田宝丰吃了亏。放胜负手来设套子，往往对方钻出套子就自己吃亏。眼看着田宝丰满盘都是残子。

田宝丰只有投子认输了。

他把手中的白子投在了盘上，盘上一下多了好多的白子，似乎在填补着白棋的亏空。

谁都没有说话。一时无语。

只有眼睛的移动，移来移去，朝着平宇与田宝丰，也互相看着。

田宝丰移过头来看北巷小王。他解脱了似的长长地吁了一口气。

北巷小王不再来找田宝丰。

田宝丰很长时间都在输棋的感觉中。

他从来没有输得这么惨过，还是输给了一个孩子。

他再也不去下棋，也不碰棋，他似乎戒了棋，可这盘棋总在他心里。

看到别人在下棋，田宝丰便避开眼去。在这段时期，电视开始走进普通人家。田宝丰开电视的时候，看到电视上有围棋赛的对局，他会很快地转台。

突然有一天，他还没来得及跳开台，就看到了电视上的一个熟悉面孔。他盯着电视画面看，等那个头朝上抬起来时，他从冷冷的直视对手的眼睛中看清了那是平宇。他长大了，他的脸型都有点变了，但他的眼光是不变的，越发显得冷冷的。

田宝丰那次输棋后，曾有多少次下意识地幻想着，平宇在市少年棋赛会得冠军，在全国少年赛会得很高的名次。这样他的那盘输棋也就有了托底，他的输棋也就不存在负担了。

其实，平宇那以后确实得了市少年冠军，并一步步地成了专业棋手，在专业棋手中也是佼佼者。只是田宝丰一直避开着棋的消息，北巷小王也没再来约棋，他只是一个棋场过气的人物，谁也不来与他说有关棋的消息。

他根本不会想到，平宇不但杀败了市里的高手，还杀败了全国的高手。

自这天以后，田宝丰对棋开始有了新的关注，特别是平宇的情况。平宇的每一场的棋赛，都连着他的心，似乎他比平宇还紧张。而平宇一次次的获胜，都让他兴奋。渐渐地，平宇的获胜不光有全国性，还有世界性了。

田宝丰现在常与人谈棋了，他谈得最多的就是平宇的棋。

他说他曾经与平宇下过棋的。

后来，平宇很长时间没有在棋赛中露面了。再后来，听说他回到了市里，又听说他得了病。

有一次，田宝丰约北巷小王去看平宇。

北巷小王在电话里说："一个病人，有什么好看的。"

田宝丰还是找机会去见了平宇。平宇一个人在小房间里，不停地走来走去，他一见田宝丰便拉着他说："我们来下一盘棋吧，让我来砍你一盘。"

田宝丰发现，平宇的眼中热热的，像要闪出火星来。

第十三章　棋语·借用

田永年荷锄出小屋，往田里走，走到村口，天上的乌云压重了，豆大的雨点落下来，开始是几滴打在身上，很快就哗哗地倒下来。

田永年在村口田青松家屋檐下避雨。

田青松在屋里说："进来吧。"

田永年说："不用，马上就走。"

田青松穿着蓑衣，嘴里说："这雨一时停不了……只有做场上的活了。"

田永年仰头看看天空，云色好像亮了一点，但雨点还是啪啪的，打着田永年身前的土，把泥浆溅到他裤管上来。田永年裤腿的下半截先是印着点点黑色斑点，很快就泥成一片了。

田永年本也是爱干净的，在大城市生活的时候，外出遇雨，便是小雨也会立刻避到街边的商店里去，非得雨全停了，才会走出去。衣服上沾一点脏，便会换下来洗。只是做知青到了农村，面朝黄土背朝天，一天天滚过来，人也就是一种适应动物，现在眼看着泥浆满腿，也都由着它了。

田永年到农村已有八年了。田永年是从海城投亲插队回江南农村老家的知青，说投亲，其实已无直系亲属，只是父母想让他离海城近一点。

投亲插队，虽说能避开去云南、黑龙江等遥远省份，但去国家安排的知青点是集体生活，而田永年则是独自来到陌生的乡村，干从没干过的农活，烧从没烧过的柴灶，做从没做过的饭菜，过从没过过的生活，艰苦寂寞可想而知。

说城里下放的知青苦，土生土长的农村青年会问：农村是苦，你们才苦了几天，我们不是得一直苦着吗？

农村青年因为生下来就那样生活，习惯也就自然适应了。城市知青突然下放到乡村，生活产生了反差。反差所引起的痛苦是实在的，人的感觉都有相对性。

所有最简单的农活对田永年来说，都是那么困难。同样的担子，在比他还小的农村青年肩上，他们挑着还唱着，田永年的脚下却仿佛搓着索，摇摇晃晃，抖抖忽忽。同样一把秧，在他们指间插下去，是直直的，簇簇的，在他手中插下去，便是歪歪的，散散的。在那个环境里，田永年一度感觉自己简直是无用之人。

八年了，田永年对农村还是有某种无法适应的感觉，对这种感觉他是无可奈何的。

雨略微小了点，田永年便走进雨里，踩着泥泞往自家屋里去。这一路，要走半个村子，再拐一个弯。他的屋子在村后，门口是一小片桑树田，还有一湾小水塘。

雨天不必换洗衣裤，再污再脏都穿到田里去，做农活没有不脏的，田永年在这八年中也已习惯穿脏衣服了。只是眼下他进屋就脱掉身上所有衣服，换了一套难得穿的整齐衣服，并穿上淡蓝色塑料雨衣，再出门往镇街上去。

村子靠着田镇。说是镇，乃是一种奇怪的历史遗留。现在的乡与镇平级。在田永年插队的年月里乡还称公社，可田永年去的田镇并非是公社所在地，而是归属两个生产大队。那时县以下的小镇不过是一条街，县城一般也就是一条长街。

田镇的街很短，从这一头到那一头慢走也就三五分钟的路。街的一头有个小医院，另一头靠近水运码头的是粮站。小街两边开着几爿门面店，有供销社代销点、茶馆、裁缝店、澡堂，还有一家猪肉铺子。

街上的石板路，多有破裂，雨天的石板裂隙处，一脚踩下去便冒出水来。街面上看不到人。镇街上有几个拿固定薪水的，虽然工资不高，但说话口气显得不同。镇街上不光住着拿工资的人家，也有田永年的同队人住着，出猪粪的时候就从街上走，街面上常常残留着点点粪迹。

田永年一直走到街那一头，走进了粮站。一般农民一年中只有交粮时来粮站一两次。田永年来得多，他有城里父母寄来的粮票，可以到这里来买米买面，也就与粮站的人熟了。

粮站前面很大一个场，粮站的房子砌得也高。此时的农村，在粮站工作的人显得有身份，民以食为天，稻子、麦子、米、糠、面、麸皮、山芋、黄豆哪样不是紧俏物资？

粮站的人在打百分，看到田永年说，“买米么？等等。”

田永年说：“我不买米。”自顾自往里走。粮站里面隔着一个场院是一排四门办公平房，场院里溢着一点湿稻湿壳湿草微微的霉味。

办公室里坐着一个人，叼着香烟在看报。他抬头看看田永年，嘴里说："又是来打电话找小李?"

田永年从口袋里掏出大前门烟来，递过去一支。田永年不抽烟，但每次海城探亲回来都带两条烟备着送人。乡村里只要有烟，办事就方便了。

他看一眼烟，拿起话筒，要了皇林粮站。内线电话通得快，那边回说，小李在粮站，只是刚才雨一停他就去镇街了。

田永年出了粮站，就在码头上了船，到皇林去。

皇林是个区。这也是县里特有编制，在县与公社之间多了一个区，也就是片区。

田永年还是头一次去皇林。他与皇林粮站的李良应该算是棋友，但连见也没见过，自然也没有下过一次棋。

田永年下乡的后两年，多少熟悉了农活，招工的盼头也冷淡下来，因为那是不可能的。他干活的表现无法与农村人相比，上面又没有路子。似乎要扎根农村了，这是他无法想象也不愿去想的事。反正眼下城里总会寄一点钱与粮票来，他只有过一天算一天，上不上工都随意了。

有一次，也是个雨天，他到粮站买米，看到有人在下象棋，一块硬纸板衬着的纸棋盘上，摆着字迹都不清楚的木头棋子。他看了一会儿，忍不住插了两句嘴。对面的人朝他白了一眼，他笑笑收住了口。被他支着的人见他懂棋，就让位于他。他一时技痒，坐上去杀了一盘，对手很快就败了。后来粮站一次次成了棋场，八村十里的棋手找来，都被他一一杀败了。有时他表演用盲棋来与对手下，这门棋艺让他在生活中有了一点信心。只是棋又不能当饭吃，乡村里没什么高手，棋罢随便聊天，有人说到皇林的小李是个好棋的，只是他下的是围棋，很少有人与他下。

田永年说："下围棋么？我会下，我就喜欢围棋，会下围棋后就很少再下象棋了。"

田永年棋下得好，插队前在城里，也是北巷小王看得上的，经常参与北巷小王的约棋，与一个个好手下过。

于是田镇粮站有人打电话，让田永年与李良通话。他们通过几次话，也谈过一些与围棋有关的话题。

那一头的李良话不多，感觉不到他有棋迷的热情，只是静静中存着一种耐心。但他在放电话时常会说到：你什么时候来皇林，我们下一盘。

会棋的人就是想下棋。在海城时，田永年常常奔走很多站路，找人去杀一盘棋。

田永年上了船。船是一种小火轮，烧着煤，吼着"突突突"的声响。靠近码头的时候，叫声停下来，有船员在船舷边拿着竹篙撑着，很缓很慢地靠定了。上下船的人都从一块跳板上过，跳板不宽，踩上去有点软晃晃的，不少人是手提着肩担着的，跳板如何承受得了？上了船的人都急急地进舱寻一个座。舱内靠壁有一围钉实了的座椅，舱中间也有两条后背相靠的座椅，座椅都是长条木板。带着鸡、鸭、小猪等禽畜的都在船尾的进舱口坐。初坐下来，人声夹着禽畜声，闹闹哄哄的。船开动了，声音慢慢单调起来，船的"突突"声越发清晰了。从很低的窗望出去，一片水波连着岸边的田野，水轻轻拍岸，翻带着一些菜皮和纸等杂物。岸缓缓地退着，不时能见一间农舍，围着篱笆和几棵绿树。在土堤上偶有狗朝船吠着，也有两三个孩子停下手中玩的，朝船出神地望着。很多的时间就见水波一层层地朝远处涌过去，不住地涌动着，而背景却仿佛凝定了。一种人生飘浮同时又被窄窄地固定着的感觉一点点地渗进田永年心间。

这一路船行了一天。

船到皇林靠了码头，雨断断续续地下着，看天色近黄昏了。田永年特意带了那块在农村很少用的上海表，时间已是下午四点多。真怕李良下班，田永年直奔粮站去。

皇林粮站比较大，宽面门，营业场所还有轧粉做机制面的。

柜台里有一位半低着头在打算盘的人，把算盘打得啪啪噼噼的。他右手按着账本，左手似乎是随意打着，嘴唇微微地动，像是在念着什么。田永年走近了，他抬头看他一眼，又垂下去，自顾自打着。

田永年想等他停下来再问话，可是他的手一刻也不停，算盘珠子拨得上下翻滚。

田永年忍不住说了句："我找李良。"

"找他做什么?"

"找他……下围棋。"

突然所有活动的算盘珠子一下子都停住了。

"你是……田镇的?"

田永年想到他就是李良了。李良依然坐着，神情似乎有着责怪的意味。田永年觉得自己此行有点冒昧了。

李良站起身来，显得个子高高，也许是高的原因，头有点朝前勾。

"走吧。"

李良带着田永年，往粮站外走。有粮站的人和他招呼，他只是用手朝后指指："来了一个下棋的朋友。"

粮站里的人听到这话，朝田永年看看，他们的脸色平板，什么表示都没有。

李良并不在意，似乎还没到下班的时候，李良说走就走了。

走到街上，李良才转过身来，对田永年说：“你跟我到家里去吧。”没听田永年的回话，就带着他往前走。

一条街，很快就出了镇。

雨还在下，乡村的路泥烂得很，踩下去就陷入半鞋帮泥。田永年只顾跟着，也不知要走多少路，看前面李良高一脚低一脚地往前滑着，他的头依然朝前勾着，右臂横在腰前。

穿过一道阡陌，转到河堤边的草埂上，就见一条船在河里游动，那船上的人老远地招呼着李良，问他是不是回李村。李良说是，船家就把船停到岸边来，李良也不客气，领田永年上了船。

“来了下棋的?”船家微笑着看着田永年。

李良点点头。他似乎没有多话。

李村也有一个小镇街，李良就住在镇街上。李村的镇街比田镇还窄，就几家门面。

李良的家在镇街边，一座二层瓦楼。李良进了屋，田永年在门口蹲下身来，把鞋帮上的泥坨刮去。

里面的女人说：“这么早就回来了。”

“来人了，弄饭。”

“又是下棋的……”女人没说完，看到了门口的田永年，发现是认识的。女人娘家在田镇，也是姓田的，回娘家时在村上见过面的，也就对田永年招呼了一声，自去弄饭了。

李良带田永年来到楼上的一个房间，房间很小，靠窗放着一张床，床上搁着茶几似的一张小桌。李良脱鞋上床在小桌前盘腿坐下来。小桌上正摆着一副围棋，棋是常见的玻璃棋子。棋盘却是一块厚厚的木盘，刷了清漆，透显着木质的黄褐色，颇显古风。田永年也盘腿坐下来。

一坐到棋盘前，那种久违了的下棋感觉便浮上心来。

窗临河，雨打在清清的河面上，溅着一片片白水点。

李良对着棋盘，身子坐得直直的，正了正衣襟，搓搓手，仿佛做着仪式般。他的脸上似乎映着一点光亮。

“我先走啊。”李良说。

于是低下头去，从棋盒里用大拇指与食指捏起一颗黑子，轻轻地放在棋盘上，放正了，才离开了手指。

空盘的星位上，端端正正地放着一颗黑子，有着一种庄严的味道。

田永年执白棋，走在了小目上。

窗外流进雨水的清新气息，融在小房间暖暖的空气中。田永年仿佛有一种梦境感，他有多少年没有这样对子了。虽然他有时在乡村小屋里独自打谱摆子，那是在消磨岁月，乡村里的时间总像凝定了。

眼前的一切似是永恒的又悠悠地流动着。

棋局另一方是对手，却又有着一种人生共度的亲切感。这种感觉田永年原来是没有的。是因为对手李良的存在，还是因为他自己经过了多年贫乏单调的生活以后才有的感受？

还在布局之中，李良下每步棋都用拇指与食指捏着子往棋盘上放，像是小心地，又像是自己思有所定而感满意。他的身子一直坐得直直的，右肘没再弯到腰前。

李良有几颗黑子和田永年的白棋缠着，从气上看是不利了，再走负担愈重，他却一下子跳开了，只把这几个棋当弃子来对待，左一手右一手在外围作借用而形成外势。

这一来，田永年对李良的棋力有了新的理解，不可小觑，也把那几颗残子丢开，在外围拼力。两人一环一环套着取势取地。到紧张处，李良没有皱眉，像感受着痛快似的，眼睛发着亮，嘴里嘶嘶的……

李良的女人站在门口说了一声："饭菜好了。"她的声音不大，只是通报一下，站了站又离开了。

李良捏子又在残子外围走了一步，仿佛那几颗残子是无限借用的意味。

这盘棋一直下到官子结束，都很难判断是谁胜了。数子下来，结果是田永年胜了一子，两目棋。

李良一直勾着的头抬起来，看着田永年。他的脸上没有输棋的神情，原来皮肤上青黄色褪去了，显着一点红亮。

田永年感有一种下棋的快乐，也许是长时间没下棋了，多少还有点心累。他想李良还会提出再下一盘。难得有人下棋，再加上输了一盘，两人的棋力又是相仿的，不会服气，总会想再赢回来。田永年等着李良提出来。

没想到李良长吁一声，站了起来，说："吃饭吧。"

饭桌上，菜很丰富，有鱼有虾，还有一点肉。这时候的乡村，鱼虾便宜，靠在河边，自己都能捕捞。肉却是贵的，且价格不变。

肉块带肥，那年月的肥肉最抢手。

李良伸手说："拿点酒吧。"

女人有点迟疑，田永年马上说："我不喝酒的。"

李良说："就一杯。我也不是爱喝的，有朋自远方来，总要喝一杯。"女人拿来了酒，两人各倒了一杯，碰了碰杯。坐到饭桌前的李良才显得话多了一点。

女人因田永年是娘家地方人，多问了几句。问到田永年原是海城的，便说现在政策变了，海城的知青都在搞回城了。

田永年说，现在虽然回城松了，但还是要个名目。别人都在搞病退，借一点病开后门回城。可他检查身体，从来什么毛病都没有，他总不至于自己弄伤自己退回去吧，只能走一步算一步了。

女人说，政策是会变的，哪知道以后还会不会突然紧了，有路子还是要走一走。

田永年点点头，叹了一声，把一杯酒都倒进了肚里，顿时脸上有点热起来。想李良吃过饭肯定还会拉他下棋，头晕晕的可下不了棋。

吃完饭，李良又把田永年带进小房间，但没有再摆盘，只是和他靠窗坐着，说了一会儿话，说了一点有关棋的事，也随便地问了一下他的插队生活与回城的手续。后来就起身说："你一天累了，睡吧。"

女人在小房间的床上铺了被褥，让田永年睡了。

田永年对着窗外的河景看了好大一会儿，躺下去后又复盘想着与李良的那盘棋，朦朦胧胧地睡着了。第二天起床的时候，屋里只见着女人，李良已经上班了。女人一边给田永年端早饭，一边嘴里说着。她让田永年在村上走走，安心地住两天。也不知是李良的留言还是女人自己的话。

中午的时候，李良回来了，告诉女人已经吃过饭了。女人说：“这么早回来，又不上班吗？”

李良没理女人，走进了小房间。田永年跟着进去，想他逃了班回来，自然是棋瘾上来了。

然而，坐到桌前，李良却从口袋里掏出一张医院的检查单，拍到田永年的面前，那上面写着“乙型肝炎”。李良伸手过来点点检查单上的名字，竟是“田永年”三字。

田永年愣住了，随即想到昨晚他说到没路子弄到诸如此类的证明。看来李良是上午赶去了县城，托关系弄来了这么一张检查单。

田永年盯着李良，他觉得说什么客气话都浅不达边。李良显然不是想听他嘴里说“谢”字的，便说：“我们……下棋吧。”

李良搓搓手，对着棋盘，立刻显出快乐的神态来。也不知是不是完成了这一件事，他的精神特别放松，棋下得十分顺手，依然弃子借用，很快形成大势。倒是田永年虽然一上午复旧谱摆了好几盘棋，但眼下心思不宁，想着李良这一去动用了怎么样的关系，才弄得这一张检查单；县里的知青办一关，会不会看出什么问题？想自己凭这一张证明是不是就能够回到海城去；海城接收户口会不会还有什么要求；别人能过去的，他能不能过得去。

田永年心里这么想着，棋就走得松了，居然李良借用的棋都逃脱了，而自己的棋势全破碎了。

李良把手中捏的棋子往棋盒里一丢，抬起头来说：“你不行了……下棋是要用心的，用心才能感到快乐，下棋时可以感受，下棋后可以回味。所以我一天只下一盘，下一盘是下棋，下两盘便是摆棋了。……你现在心思已不在棋上，这样下棋没意思了，看来我应该迟一点拿出检查单的。你还是走吧，去办你的事吧……今天下午还有一班船，到田镇靠晚了。”

田永年被李良说得有点脸红，想到自己确实不能集中心思下棋了，留在这里也是吃饭，更不会有心思玩了。

于是，田永年起身告辞。李良说他可以赶去上下午班，就领着田永年到了皇林镇，把他送上了船，朝他一招手就走了，竟没有听田永年说一句感谢的话。

田永年一回队里，当晚就开始办病退回城的事。生产队长抖着检查单说：“你有肝病？还从来没有觉得你是带病干活嘛。”田永年给生产队长点了一根烟，同时递过去城里寄来的所有的全国粮票。于是，拿到了生产队盖章的证明，田永年赶去管生产大队公章的会计家，他与大队会计原来关系就好，常在一起打牌。田永年送上一条烟，大队会计说：“大队的章就在我这里，说盖就盖了。单是我，本来也不该要你的烟，但你回城是喜事，这烟我来代你在书记和大队长那里请请吧。”

拿到盖了两个章的证明，田永年想，公社和县里都没有认识的人了，不知还会有什么难关，说不定要复查什么的，就难办了。但一关一关地过，就算没用也要试一下。没想到公社的章很好盖，江南农村本来就是田少人多，多走一个好一个。而县知青办的那位工作人员，看了看检查单，朝田永年的脸色看了看，摇头笑笑，也就盖了章。

海城正遇大批知青回城，派出所一旦拿到县里的户口迁移证，几乎没有仔细看田永年的检查单与农村四级证明，很快翻出当年知青下放的户口存根，于是，田永年又成了海城人。

总算回城了。父母惊奇地看着回家的儿子，听他讲到李良的事，都说亏得有这样通路子的人，实在要好好谢谢他的。

田永年重新成为大城市的人，按病退政策，他被分进了街道的小集体工厂。

借用了一张医院检查单，田永年走在了海城的大马路上，穿干净衣服，逛大商店。再也不用挑大粪了，再也不用为几分钱干一天了，再也不用被别人看成是无用的人了，再也不用考虑将来无可成家了，再也不用为一生的生存而恐慌了，再也不会去羡慕那些小镇工作人员的身份了，再也不会畏惧农村各级掌权者了。那一切都离他远远的。很快他脸上那种被乡村风吹成铜红的肤色转白了，他说的乡村方言土语也改回海城口音，只是吃饭时还会习惯地把一粒一粒的饭都划进嘴里。

田永年一时心满意足，觉得老天待他不薄。虽然小集体的奖金与福利保障少，但他毕竟有了固定工资。

有一阵他很想给李良寄手表等礼物，但他知道农村人讲实际，送的礼往往不合需要，会让人家觉得钱用得心疼。那么……寄钱吧，寄多少呢？寄多少都似乎不够，会让人家觉得那么点钱就把人打发了，也怕李良这个下棋的人认为俗了。

这么想着拖着，一天天地就过去了。后来，几乎所有知青都通过各种渠道回到了城里，再没路子的人都不例外。就是在乡下成家的知青也都有了城镇户口，安排进县镇工作了。他没在乡下结婚，早晚是会回海城的。这样一想，他对李良感谢的心就淡了，不常存于心了。慢慢地，他发现后来回城的知青都是正大光明，不用通路子就正式招了工，进了大集体工厂，还有进了国营单位的。比他拿更多的钱，有更大的福利医疗保障。城市人群的多层阶梯，进一步显现出来。田永年觉得也许他借用的那张检查单只是一个虚幻的路条，其实是依据政策，他才一路绿灯地进了城。

田永年已近三十，择偶已成他的最大需求。好不容易有人介绍给他一位姑娘，那姑娘不计较他的小集体单位，愿意与他处处看。虽然那姑娘长得不怎么样，家里兄妹多，负担不小，田永年也没有什么好计较的，只想着能尽早成一个家。但突然那姑娘就和他断了，后来才听介绍人说，那姑娘了解到他是肝上有病退回城里的。有肝病啊，太让人臆怪了。

田永年没有想到，一张借用的检查单，成全他走上回城路，眼下竟又成了他人生之路的障碍。得乎失乎！

田永年再一次面临人生困境。他不再去想过去农村的一切，不再去想小集体单位的一切，他不甘心一直在城市的最底层，有一条路不用靠通路子，只要拼成绩，这就是高考。田永年努力起来，他的加倍努力有了结果，第二年他考上了大学。他完全跳上去了，国营单位的层次都已在他的脚下。他是一个国家干部了，况且这都是靠他自己的力量。

田永年不再在心里感念那张借用的检查单了。偶尔想到，便形成了一个带点幽默的意识：借用检查单病退到小集体的处境，让他有了发奋动力才考上大学，成了国家干部，真是奇怪的因果。

得乎失乎？

田永年在大学里认识了一位娇小玲珑的女同学，恋爱结婚了，毕业后他们都进了国家机关。

经过了这许多年，他总算有了自己的家，有了真正属于自己的生活。当然也有了新的人生痛苦与烦恼，那是另一个层次的。

机关工作比较舒适。城里会下围棋的人多，常会约着下几盘，下棋费时，有了家庭的人，不免因此会和妻子发生一点摩擦，添出一些感叹。

逢到下棋时，偶尔会想到李良右肘弯在腰前，头微微低勾的样子。

也只是对棋友的一点特殊记忆。

岁月荏苒，人生匆匆，转眼二十多年过去了。机关里的人事变化很大，田永年到底不善借用人事关系权衡变化，还没到退休年龄，就从副处位置上退居二线了。虽然处室里还有田永年的办公桌，但他不用天天上班，去了也不多嘴。别人见了他，总说希望他支持，但他清楚这只是客气话，并没人把他当回事了。他也乐得打哈哈，图清闲。

他还是很知足的，都说他们这一代人最倒霉：六十年代饥肠，七十年代下放，八十年代过劳，九十年代下岗；而他是国家干部，有工资，有公积金，有公费医疗，有各种福利保障。

田永年渐渐要走进老人圈了，他的身体常会有一点不适，记忆也不是很好了，睡眠也不是很沉，老做一些稀薄的梦，梦里自己在城里生活，却突然意识到还是农村户口，怎么还有根在农村呢？待他醒转恍惚的一刹那，不知何是真何是梦。过去与眼前，一切皆如浮生。

眼见进入了信息时代，田永年更少去机关。妻子去儿子家带孙子了，田永年独自在家上网。上网主要是下棋，在网上随时能找到对手，不像过去需到处约人下棋。

网上的棋手都不用真名，各有各的网名，有着各种怪名字，田永年也起了一个网名："借居天地"。

这天在网上，田永年点击了自动邀请，约来了网上一个同级别的棋手，共同设定了用时与读秒时间，于是开始下棋。下了几十手棋，田永年突然觉得棋局有点熟。上网以后，他下棋多了，有时一下子会下个十盘八盘，乃是上网的惯性驱使，在网上不想下来。棋局多了，常会遇上熟悉的定式局面。但眼下的这盘棋，他还是觉得熟得不同。那是对手布局便使出弃子战术，并一再对残子进行借用。田永年不由地注意了一下对方的棋名，是"皇林李"。田永年突然就想到了李良。

于是田永年停下棋招，在旁边聊天栏里打上了一行字：**你是皇林镇的？**

对方没有反应，似乎在等着他下子。

田永年不甘心地又重复打了这一行字，改字体为粗黑并加大。

等了一会，对方回了一行字：**家乡皇林。**

你是李良！！是在皇林粮站工作的李良？

田永年难得地激动起来，他终于在网上见到老友了。

对方停了好大一会儿，问：**你是哪里的？**

我是田镇田永年，我现在海城啊，你忘记我了吗？

这次，对方的字很快跳了出来：**我不是李良，但我是皇林李村**

人，李良是我堂叔。我小时候，就是他教我下棋的。

李良现在在哪儿？他好吗？

你和他什么关系？

我和他是棋友，最早的棋友，他对我是有恩的……

田永年在网语中表现出对那位只相见一天的朋友的强烈感情，同时还说了自己现在工作的单位。

是吗？他去世了，算来有二十年了吧。是肝癌，他生肝病拖了好多年，病变成肝癌。

二十年了，李良死了二十年了。这一刻田永年才想到，他一直没有忘记过他啊……他总也忘记不了他啊……

屏幕上的字跳出得越来越快，对方很有兴趣地谈着李良的事情。说这位堂叔就喜欢下棋，现在李村与皇林的人还会谈到他下棋的事。他只要下到棋，就忘记了肝疼。只要有下棋的人来，他便工作不做，什么都丢下来。他还总是把下棋的人带到家里，一留就是好长时间。有一个人，犯的是反革命罪被通缉，逃到他这里来，也不知道他清楚不清楚，把那个反革命一留就留了半个多月。也有下棋的人，三春头上家中没吃的了，到他家住上好些天，临走时他还扛一袋子米送人家……

周围十里八里的人，都知道他是棋迷。后来粮站发现他管的米账有点问题，待要查他时，他已是肝癌晚期。平时他的人缘好，大家原谅了他，粮站也没再追究他。只是他死后家中没拿到多少补贴，被暗暗地扣掉了，家里人也没好声张。

田永年看着屏幕上不断跳出的字。那一天与李良在一起的情景都在记忆中，一时间他想了很多，许多的感受搅在了一起。那天上午李良赶去县城做了一次肝功能检查，用田永年的名字填了单子，证明李良早就清楚自己的病。而他是借用了李良的身体状况，变化出他后来的人生路。

对李良与李良所做的一切，实在很难用简单的道理来衡量评价。善乎恶乎？

他真正地了解了这一位朋友，相处只有一天的时间，却连着了几十年的光景。

你还在吗？对方的字停了停，又跳出来。

在。谢谢你告诉我这些。

不用谢，我们是老乡啊，你又和我堂叔是朋友。我现在做点生意，常到海城去。下次去找你，你在城市机关，路子宽，还想托你办点事呢。

田永年木木地看着电脑上的字，心里清晰地浮起李良的形象：个子高高，头微微朝下勾着，右肘按在腰前，肩上扛着一个米袋……

第十四章　棋语·枷

王林新来到仁义里巷，在巷口就看到了约他的朱承志。朱承志正扫眼看着两边马路上的来人。

仁义里巷子口很小，临近当地的商业街，巷口左边是一家卤菜店，右边是一家小杂货店。巷口之上通连着过街房，过街房的木板墙上悬挂了一条这个年代常见的标语。

两人寒暄着，朱承志拍拍王林新的肩说："你总是很准时的。"说着，眼还朝两边望着。王林新便想到，朱承志约的不只是他一个人，就说："你还约了谁？想找一个高手来砍我？"

朱承志说："没谁，也就是方小秀……你也认识的。"

王林新和朱承志是棋友，约着下棋是常事。王林新知道朱承志很有组织才能，也很喜欢张罗事。在海城，棋手都知道北巷小王，专门约人下棋。而朱承志也约棋，只是他约棋的范围小，在一个片区，往往自已参与下。但朱承志约了方小秀下棋，倒是出乎王林新意料。朱承志拿出一把钥匙来："你认识我家的，你先去吧。"

王林新本来想说：我和你一起等吧。想了想，没说，就拿着钥匙去朱承志的家了。

朱承志的家在仁义里的巷子中间。巷子不长，里面宽开来，巷子一边是连成一条直线的房屋，巷子的另一边宽开去，当中还有着一口井，围着井，巷子串开了，岔着另一条巷子。王林新的家在岔开的巷子头上，一间屋子，很小，有七八个平方吧，放着床与桌子。朱承志一个人住在这里，他有工作有房子也有妻子，妻子是他插队时认识的插友。朱承志是独苗，插队两年后落实政策回城了，妻子还留在乡下。熟悉朱承志的人都感到他聪明能干，觉得奇怪的是，他怎么一下乡就急着找女朋友了。

在这个寸土寸金的城市里，有这么一间平房，已经很不错了。朱承志约来的朋友不少，他是个好交友的人。

房子小，对空间的利用往往是最充分的。靠墙钉了一条木板，如旧时的案台，板上放了一排书，堆着一些旧报纸。报纸上有着墨汁写的字，看来朱承志对书法也有兴趣，利用废报纸来练字。最上面的一张写着魏体，“魔由心生”四个毛笔字，个个四平八稳的，好像是刚写不久，墨迹显得新鲜带亮。王林新发现朱承志还是有些文化功底的。

王林新在一张小竹椅上坐了，等了好大一会儿。等人会心焦，又不是自己约的人，也不知约了什么时间，但王林新却只是静静地坐着，他想到了这个方小秀。

应该说，他是与朱承志同时认识这个方小秀的。社会历经了九年的运动，开始谈恢复秩序，听说棋类比赛也要恢复了。一个原来国家队里的专业棋手来到市里，接待者找了十几个棋手去与他车轮战，也就是让这位专业棋手同时与十几个棋手下棋。这一天去的棋手很多，都想看一看这位知名的专业棋手。

就在这次棋会上，他们认识了方小秀。这是全场唯一的一个女棋手，且对阵专业棋手陶思明，她只先自摆了两颗黑棋。也就是说由陶思明下让两子棋。一般车轮战，上场的业余棋手自估棋力摆上几子，各人的棋力不同，先摆的棋子多少也不同。其他棋手有摆三子的，有摆四子、五子的，还有摆上六个子的。陶思明专业棋手的名头，就让他们眩晕。全场也就方小秀摆得最少，一声不响地下着那盘棋。知名专业棋手的棋力自然了得，一开局几处定式就让方小秀陷入势薄难下的境地。方小秀并不屈服，放开手来与对方搏杀。方小秀下棋的时候，头伸在前面，像悬在棋盘上。每次都认真地看好大一会儿，才落子。按照车轮战规定，每一步棋，到专业棋手走到面前的时候，就必须落子，也就是思考的时间不能太长。但是方小秀似乎忘了时间的规定，往往陶思明走到她面前三次了，她才落子，所以这盘棋她一直下到了大家的棋都下完了，依然头悬在棋盘上，继续下着。现在陶思明就下她这一盘棋了，直直地站在她的对面。在场所有的人都围过来看她这盘棋，围了一圈又一圈。陶思明很有耐心地等着她，并摆手让大家不要催她。陶思明和旁边的朱承志说着话，一旦她落子，陶思明就跟着落子。朱承志一到场，就协助做接待工作，他没有上场下棋。

方小秀坚持地一直走下去。后来，朱承志靠到方小秀的耳边说："大概差十五目以上呢。"方小秀朝朱承志看看，随后盯着盘上看了一会儿，终于投了子。

这次的活动，只有王林新一个人胜了，他自放了四子，和方小秀相差了两子。要知道，围棋让两子就相当于象棋让了一匹马，距离很大的。陶思明事后做了一个复盘，他没有去讲王林新被让四子而胜的棋，也没有讲方小秀被让两子而输的棋，陶思明给一盘让三子的棋复了盘。王林新在旁插了两句嘴，谈棋势的话都是对的，陶思明只是没有搭口。

那边方小秀还在朝盘上看着，后来王林新过去帮着她复盘。

方小秀依然一步一步地复得很认真。

两人复盘复到一步棋上停下了，那是一步陶思明走出来的“枷”。

棋语：枷。是于对手想出头的棋前跳关一步，如木枷之形，却留有两个“孔”。一般来说，不管对方的棋从哪个“孔”探头出来，都会被封压住，如头颈伸在了枷中。王林新很欣赏这步枷，认为到底是大师，一步妙着定了局势。

方小秀说她当时想到会被枷的，但以为枷不住，能冲破了的。

王林新说，虽然没有把这块黑棋枷死，白棋却借着这步“枷”形成了一片外势。

方小秀没再复下去，抬头看着王林新，说：“你真聪明！你的棋力强，你要是被让两子，也是有希望的。”

王林新自然想谦虚一下，却看到方小秀盯着他的眼光。方小秀的眼光直直的定定的又仿佛是深深的，年轻的王林新还从没见过女性如此的眼神，他一时都忘了表示什么，把眼低下去了。后来有一两天中，王林新总在回忆那眼光，觉得自己那一刻心理紧张得有点莫名其妙。

朱承志和方小秀说笑着从巷口走过来，方小秀推着一辆自行车，朱承志就靠在她的身边。王林新心里想，他们什么时候继续交往的？

已显得这么熟悉。

三人在小房间里坐下来，王林新还坐在小竹椅上，方小秀一扭身坐到了桌边的床沿上，朱承志也就在她对面的木凳上坐下来。

方小秀坐下后，眼还看着朱承志，似乎刚才两人的话还没说完。朱承志手轻拍两下桌子，说："是这样的啊，文体口的刘主任找我去，谈到棋赛恢复的事，多少年不搞了，摸一下底。谈到棋手，我把两位都报了一下，棋赛嘛，少不了你们是主力军。"

朱承志说话的时候，脸微仰着，有着一种严肃的语言气势。方小秀移眼看了王林新一下，这一瞥虽然时间不长，却依然有直直的定定的深深的感觉，王林新想低眼的时候，她眼光已瞥到朱承志脸上了。

方小秀说："听你电话里说棋赛，我就到书店里去买棋书，想早点准备一下，可怎么也没有找到一本有关围棋的书。"

朱承志说："哪能这么快出书？是你自找事做。"说话间带点微讽，显得熟悉的口吻。

方小秀说："是啊，是我自找的，我老是自找事做。一般女人也不会学下棋。"

方小秀一副自贬的口气。王林新觉得女人是个谜，有的女人什么事都不认输，就是明明错了，绝不在男人面前承认。而有的女人，什么事情都认为是自己的错，特别在男人面前软得不得了。

朱承志说："当然，我以为，自找事的人有着一种精神。"

王林新笑了笑，心里想着，还有着精神呢，哪来那么多的精神？

方小秀说："林新，你说不对吗？"

王林新赶忙说："不不不，精神精神。"

朱承志拍了王林新一下肩，说："他就是这样子的，什么都不管的，只管下棋。"

王林新说："对，下棋，还是下棋吧。"

朱承志显出主人身份，招呼王林新，让他与方小秀下棋。王林新笑笑摇摇头。方小秀对朱承志说："我就和你下吧，上次你没有下，我正想看看你的棋。"

朱承志没再推辞，坐下来与方小秀对子猜先，没忘与王林新说一句："你做裁判，给我们复复盘，上次也就只有你胜了的。"

两个人开始下棋，王林新在一旁静静地观战。朱承志身子直直地坐着，捏子的姿态也是正规架势。方小秀咬着一点下嘴唇，头朝前冲着盘面，有时下完一步棋，头会不自然地往后缩一点。

棋如其人。常与棋人交往的王林新，常会怀疑这句话。看方小秀细长苗条，挺文气的，总是像笑不笑的样子，但下的棋着着有劲，开始便贴身上去。而朱承志摆的棋着眼大局观，也许意识到对手是女人，往往从缠打中解脱出来，投子它处。

王林新觉得朱承志确实显有风度，以前与他下棋时还没觉得，观棋的时候，少了争心，也就能清楚地看出他的棋风。

缠打的棋便显搏杀，棋局紧张起来，方小秀的头向盘上伸远些，伸手向对角上落子的时候，就触到了朱承志给她倒的一杯水，桌上泼了一片水，好在当时的围棋盘是塑料布，棋子是玻璃子。朱承志起身去拿抹布来擦，一边说："桌子太小了。"

方小秀说："是我太激动了，一下到棋，我心里就会激动，别的什么都注意不到了。"

朱承志擦着盘上的水，说："下棋嘛，靠的是心智，能激动起来才好。”

方小秀说：“我这个人啊，就是不下棋也会激动，我爸爸说要磨我心性，让我学下棋，使我的心能安稳一些。可我还是变不了，社会上的一点小事，别人的一个举动，都常会让我感动。我就是容易感动，特别是人家对我好一点，我有时感动得自己也不知道怎么好。”

方小秀说着，见棋盘上有被抹布碰偏移的棋子，她伸手放正了，再抬头的时候，眼光在王林新和朱承志脸上游移了一下。

朱承志开口说：“能感动的心灵是美好的。”

“你说的是真的?”方小秀眼盯着朱承志，王林新又看到她直直的定定的深深的眼光。

王林新起身说，他要先走了，家里还有点事。

没让朱承志和方小秀送，王林新就自个儿出了门，出了巷子，他心里觉得有点好笑，又觉得松了一口气，却又似乎有另外的感觉。

王林新想，朱承志现在会怎样对着方小秀呢?

在屋里的朱承志与方小秀对看一眼，都低下头去看着盘上，朱承志顿了顿说：“该我走吧，你角上这一子很厉害的。”

方小秀说：“该你走。我走那一子，把水弄翻了的。”说着，笑了一声，短短的。

两人便继续走下去，似乎没有刚才的停顿，也没有王林新的离开，只是屋里显得特别静，能听到外面远远地有着悠缓的吆喝声“冰棒、冰棒，马头牌冰棒”。

但棋局不再紧张了。下棋时有一种棋感，对局者会完全旋进这种棋感中，每一步都牵着这种棋感，或进或退，或战或放，看似简单的一着，中间有多少盘算多少计较，不是对局者实在难以估量。

然而，方小秀刚才还在紧张搏杀的棋感中，再下时凝不起来了，棋依然是棋，一步步还在路子上，她依然认真地看着盘，想着落子，但棋感失去了，走的棋路恍如一条直线了。

其实朱承志也凝不起棋感来，棋感往往是相对的，很少是单方面的。但朱承志素来能把握自己，所以一步步棋仍有着思考。

在一块棋的争战中，方小秀的棋努力想出头，朱承志下出了一步“枷”，基本就把方小秀的棋封在了里面。

像是朱承志借用了那天专业棋手陶思明的招数，也像是方小秀棋上有天生的盲点，总是会被“枷”住。方小秀在那天复盘时，便清楚自己难以应付这步“枷”，她只能钻在这步“枷”里无法脱身。

朱承志在棋盘上轻轻下了这一步“枷”，抬起头来，看她怎么走。一旦棋被“枷”，而棋又只能外冲的话，两步之外，会有五六个变化，而每个变化中又会衍生出一个又一个的变化，围棋的复杂是从简单开始的，一生二，二生三，三生无限……就是国手也有算不清楚之处。算还是要算，往复杂处算，有时算到算不清楚时，再回头过来，按能算清楚的简单稳妥的办法走。

方小秀停在了那里，朱承志看她只是呆呆地看着棋盘，似乎感觉已不在棋上，却又似乎是一种典型的女棋手模样，娴静而入神。

朱承志心里一下子像压了一块什么，他使劲地动了动，笑了一笑说：“这一步是我学的上次陶思明的棋。”

方小秀放下手里捏着的棋子，看着朱承志：“你看到我上次下的那盘棋了？”

“你下那盘棋时，我一直在身后看的，只是你心在棋上，不会注意到……要不是接待上的事，我会和你复一下盘的。”

“你真有风度，大人物的风度。”方小秀用了那个年代很少用的“风度”这个词。朱承志感觉到她说得真诚，四目相对，她亮亮的眼光中有着一种动静，那动静如潮般地涌着。

“不下了吗？不下了吧……”朱承志把手上的棋子往盒里放。“下棋还是要有棋感。王林新这家伙突然一走……情绪就弄乱了。”

“我的心就会乱，常常会乱七八糟的。我爸爸说过，我要是……一辈子都会吃苦头。”

“有的时候只能不去想。”

“怎么能不想呢？……”方小秀的声音轻而清晰地说：“魔由心生。”

朱承志没有接口，脸上笑着，心里乱乱的，像是不知她说的是什么意思，又像有一种从上压下来的感觉，那感觉在四周转了一个圈。窗外有个年长的女性身影飘过，木板门上糊的报纸翘起的边角，细细颤动了一下，掉下一点细细的灰……一切仿佛都在他的感觉中。

他想他应该说点什么，应该做点什么，但他的身子动弹不了。无数的感觉互相干扰着，在内心里摇动。一瞬间过后，再想说再想做，又似乎时机已经远去了。他只一动不动地稳稳坐着，带着一点笑看着她。

后来，方小秀说她要走了。朱承志突然有点恼怒她，没有留她，起身去送她。方小秀只顾低着头，推着自行车往巷子外去。

朱承志也推出自己的自行车伴送，却发现自行车的右边脚踏脱落，只剩了一根杆子，一踩上去脚就滑脱了，被转回头的不锈钢杆子打到脚背，生疼的。他也顾不上风度，一只脚蹬自行车左边踏板，一只脚只是虚挂着。左踏一下，再勾蹬一下。方小秀只顾在前面骑着，见他落后了，便放慢速度。他怕落后，使劲一脚实一脚虚地蹬踩着。

最后方小秀停下来，说她到家了。朱承志不好意思地指着自行车右边的脚踏杆子说："它专门打我的脚，我只有用脚背勾着它。"

方小秀笑了，一下子笑得那么开朗。朱承志也跟着笑，觉得心里的一种压力散开了。

方小秀说"走了"，就推着自行车进自家巷子里去了。

多年以后，也是一个夏天，王林新接到一个请柬。棋类协会的朱承志，总会发来活动的通知。他是协会的一个领导了，还像以前一样善于张罗。王林新打开请柬看，是邀他去参加少儿围棋学校的开班仪式，下面是却是方小秀歪歪扭扭的签名。

王林新一般不参与社会活动，他喜欢按自己的方式生活。但这次活动他还是去了，他爱好围棋，他认为围棋本质是潇洒的，呈现着心智的飘逸。

王林新来到少儿围棋学校所在的园区，便有点后悔来这一趟了。这里聚集了好多来学围棋的孩子，小的还只有四五岁吧，都有家长带着，一边走一边由家长哄着，还不时地传来几句围棋的棋语，想是在家里由家长陪着下过几盘围棋。这些年，随着中国国家围棋队征战得利的影响，社会上有着一种围棋热，而这种热正趋向高潮。王林新觉得热到眼下这种状况，有点莫名其妙。真的是这些孩子喜欢围棋，还是孩子的家长想从围棋上获得荣耀？

正站停着，身后开来了一辆上海牌小车，从车中下来的是朱承志，过来与王林新握手招呼。

王林新说："哦，朱主任大驾光临。……看到你麾下潜在的队伍越来越扩大，你觉得很得意吧。"

朱承志笑笑，他习惯了这位老棋友带点嘲讽的说话方式。在他的位置上，他接触各式各样的人多了，养成了他的宽容风度。

离仪式还有一点时间，两人在路边谈了一会儿话，话题自然是方小秀。

王林新提到那次三人在朱承志小屋相聚的事，王林新笑着说："当时看到你俩对看的眼光都不对了，不想再做'灯泡'，就赶紧走了。现在坦白坦白吧，那天后来到底发生了什么事？"

朱承志认真地辩解说："我说你这家伙嘛……我怎么可能……你也不想想，我是个有家室的人，在那个年代敢有那种事？我还要不要前程了？"

王林新只是笑着摇头，但他心里是相信从来都很理智的朱承志，要不，他不可能走到现在这个位置。

朱承志说："都说方小秀是个……情感丰富的人，其实应该说，方小秀是个想做事的人。和她在一起，往往会觉得有种压力。"

王林新说："我相信，她和你都是想做事的人。她想做事，现在为了钱吧。你也想做事，为了帽子。"

"什么钱啊帽子的……还是你洒脱。不过听说她对你也有意思的。"

"猪八戒倒打一耙。"

两个男人说着男人式的话语。眼下这个时代确实已经开放多了。

一刻间，王林新脑中浮起方小秀那直直的定定的深深的眼光。听好几位棋界的人说过方小秀对他们有点意思的话，王林新不由地想到那直直的眼光也许只是她的一种习惯，也或许只是一时感动的表现，男人认为的也只是自作多情罢了，如此想想，不免又觉得有点儿空落。

就见方小秀的身影出现在少儿围棋学校的门口，一边与熟悉的学生家长寒暄着，一边移头两边望着，她看到了这边的朱承志与王林新，忙迎了过来。

方小秀还是年轻时的打扮，梳着长长的辫子，阳光下一时倒也看不出岁月流逝在她脸上的痕迹，但近了看，她眼角的皱纹显得深了。朱承志伸手过去与她握手，她握住了。于是她又过来与王林新握手。

她的手有点粗糙了。她看人的眼光还是直直的，只是王林新觉得没有了那种深深的感觉。

朱承志说："你忙啊。"

王林新也跟着说："你忙啊。"

方小秀说："是忙啊，我就是这个命，人由命定。"

这些年方小秀在生活中很负累，她嫁的男人也是下棋认识的，那个男人下棋水平很一般，前妻去世了，男人带着两个孩子，其中的一个孩子还有着残疾。方小秀担起了这个家庭的重担，一直在做事赚钱。她做过很多的事，摆过摊，开过店。少儿围棋学校是她贷款办的，她总算回到了有围棋的环境，能赚钱，又做着围棋的事，她算是得其所哉。

棋童与家长都集中在一个教室里，人数还不少，方小秀校长向大家介绍：朱承志是围棋协会的领导，王林新曾经在车轮战中，是唯一胜过高段职业棋手陶思明的。

朱承志的发言显有一种领导鼓动式的气度，他谈到了少儿围棋学校对围棋普及工作的意义，最后他期望围棋学校会出享誉世界的围棋国手。**他的发言赢得一片掌声。**

王林新也被拉着，要他说两句，既来了又被许多的眼光对着，无可推托，只有说话。他也就说了两句，弄不清说了什么，也不知道再说什么，就坐下了。**也有一片掌声。**

王林新回到家，他还没有从热腾腾的感觉中脱出来。他的心总像是压着什么，这种感觉怎么也排遣不掉。

他打开电脑，上了网，到围棋网站去下棋。网上下棋的好处是随时都可以找到对手。一进入网上的棋局，他就觉得轻松了，他觉得棋是他超脱的天地，网上的棋局，对面不见人，就是大输，也没有丢脸的感觉，可以潇潇洒洒。

这天王林新有心想排遣一下心中的感觉，棋上不由地显着一点凶狠，刚入中盘就搏杀起来，在搏杀中他走出一步“枷”，眼见着就把对方的一块棋给“枷”死了。王林新在网上下棋喜欢走“枷”，有时对方的棋根本“枷”不住，他也枷一手，还会得意地在旁边聊天栏里打出一行字来问人家：“枷的滋味不好受吧。”然而对手一冲一突，破枷冲了出去，他的棋就显得残了，像留了一堆碎枷片。

然而，网上对局的棋手品质是良莠不分的，也许真因为是隐形的，有时会充分地暴露出人的天性来。电脑那边的对手，突然提出来要悔棋。王林新很讨厌悔棋，在与人面对面的实战当中，绝对没有悔棋一说的。王林新自然不会答应，打出了一个人戴着黑墨镜的图释，意思是没有看见对方的请求。对手却打出了一个恶意大笑模样的图释。于是，接下来对方开始了网上特有的赖皮，虚拟的形象暗黑了，好像断了线，是逃跑了。然而等了不到规定认输的三分钟，虚拟的形象突然又亮了，来了以后久久不下子。网上的设置出了问题，控制时间的钟一时像是停住了。王林新与他耗上了，只管等下去。这以后，对方用尽了各种手段，来与王林新搅局。王林新这才发现网上的棋局会有那么多的盘外手段，其实他完全可以认输走人，或者断开棋局算是逃跑，结果也只是少了网上虚拟的几分。不过忙了半天，等于向对方屈服了，他无法忍住这口气。王林新对自己说，他有的就是时间，他也开始与对方斗起来，只要对方的形象变亮，他就打出一些文字来嘲笑对方，激怒对方。他说他有的就是时间，他就是要整一整网上的这种赖皮。他们已不是在下棋，而是在斗气了，看谁的耐心熬得更长。终于，对手的形象又一次变成暗黑，再没变亮。网络裁判判对方断线逃跑，判王林新获胜，王林新仰起头笑了一笑。墙上的挂钟指针已指在凌晨三点上，这盘棋斗了五六个小时。他终于没有低头，他总算是胜了。王林新一时还不想离开座位，对着电脑屏幕，他感觉原先压着的感觉变得重了，而又有在哪儿失去了一块的感觉。围棋需围空，他一向来都是视围棋是空的学问。偏偏在虚拟空落的网络上，他却显认真。在虚空的网络那边，坐着的也是实实在在的人，刚才那个要赖的人到底是个怎样的人呢？也许现实中是另一种老实的面孔吧。而他自己呢，现实中他显现在别人面前的又是哪一种面孔？应该是不计较很超脱的形象吧？网上的对手又会怎么认为呢？他自己的内心又会怎么认为呢？不管这一切，所有的认为也只是认为，时间流动着，就是不虚耗，依然也是流动过去，就是不负担着什么，也依然是流动过去。呈现着一层层的空来，那空也呈现着空的虚幻。是不是为赚实物去忙一忙，是不是为博浮名去争一争，把某些东西往肩上扛一扛，反倒不再意识到被空封住了头？

第十五章　棋语·弃子

弃子争先。

棋手行棋，往往有各自的特点。杨最得的特点便是弃子，几个子，在一个角上，本咬得很紧，争得不可开交，突然他就放弃了，另在外围占据大场。

“宁弃一子，不失一先。”杨最得平常不怎么喜欢说话，下棋的时候，更是抿紧着嘴，难得说的，便是这一句话。

“你是宁失一子（指），不失一城吧。”接话的，人称“小剃刀”，这家伙口无遮拦，不管不顾地总挑别人隐痛说话。他说的“子”是“指”。

杨最得不抬头，似乎心思还在棋局上，他捏棋子的手有点抖动，那里明显少了一指，是小指。缺少的指头的根处结了一个肉疙瘩，微微地隆起着。

杨最得那一代人，中学毕业时只有去插队，上山下乡。城里的学生下乡，与土生土长的乡村孩子不一样，生理与心理都难适应，感觉成了被城市抛弃的“插子”。

江北农村的工分不高，一个工也就一两毛钱，就是做蔺河泥等重活，记一个半工，算来也就两毛多钱。有知青挖锹时，锹柄顶断了外衣上的一颗有机玻璃的衣扣，便叹一天工白干了。

一到农闲之季，知青便陆续回城。农闲时的活儿工分少，还是在数九寒天里。知青点的棚屋里常常只有杨最得一个人出进。

一年到头，交了公粮后，队里结算，工分折了钱，粮草分到户。知青都要家里寄钱来分粮草的，只有杨最得除了分得粮草外，还能拿到一点钱。他已经学会所有的农活，不管难活巧活，都能与村里的农人一比高下。

知青同伴笑说杨最得分的钱，也就够两次回城的路费。一到要回城的日子，知青就都在讲逃票的经验。在农村几年后，知青不再有刚下乡时的激情，不少知青回了城，躲在城里不下来，在农村的知青也想着办法找门路逃离。

那一年元旦过后，农人都忙着过年前的准备。杨最得还没回城去，村上有看场等杂活，队长让他去干，杨最得独自干活，倒也清静。村里人议论他是不是家里有情况，从没有人听他说起过他的父亲，只听他说到过自己年龄大了，成人了，不好再拿母亲的钱。

临到春节前几天，有一个边疆农场的知青尚春生来访杨最得，那时的长途火车票能四日内有效，尚春生回城时中途下车到知青点来，与杨最得在棚屋里下了两天的棋，晚上还点着油灯夜战。两人只是黄昏的时候一起出棚屋，在渠埂上走一会儿，村上的人难得地看到杨最得脸上显露的神采。

尚春生是杨最得在城里棋摊上结识的棋友，尚春生给人的印象是他说话口气大，动不动便是拿破仑怎么做的，苏格拉底怎么说的。

杨最得喜欢看文艺书，与尚春生多次接触后，清楚尚春生杂书看得多，知识广博，在城里便常与尚春生聊聊，总是尚春生谈天说地，海阔天空。凡杨最得有一个观点，便被尚春生引经据典批得一塌糊涂，如棋盘上的一颗弃子。杨最得不擅争辩，只是眼睁睁地看着尚春生，不过在内心里，那个观点并没改变。他们上山下乡后还常有联系，尚春生还未到时，杨最得去集上买了肉，做着迎客的准备。为此，他把回城的路费都花了。

散步的时候，杨最得向尚春生介绍江北乡村的农田与农活，不免有点兴奋地称自己不输农人。

尚春生双手笼在袖里，头仰着天，脸上似笑非笑地听着，开口啧了两声："这江南的气息就是那么地俏，积着几千年的水灵。"

那年立春早，临近春节，细雨过后，广野间空气湿润。

杨最得有心情，跟着说一句："融着几千年的汗水和泪水。"

"你倒有些悲情的文艺感觉。"

尚春生突然扭脸来问杨最得："你觉得那些农活真有多少技术性吗?"

接着问他："你喜欢这些活儿吗?"

随后又问他："你能够凭你的表现，被招工或者推荐上大学吗?"

尚春生走了，杨最得独自在棚屋里过了一个春节，他复盘着与尚春生的一局棋，那一局棋的弃子转换，其实不用摆棋，在他的心里是清清楚楚的。他捏着棋子，慢慢地摆到塑料棋盘上去。有时，他久久地看着捏棋子的手指，他的手指本来是细长的，童年时曾有人说他适宜弹琴，现在老茧使手指显得粗厚。他手指上的肤色原是白净的，而今与乡村人一般黝黑。

那一年春节以后，有几个知青没有回来，就是回来一两个，过几天又走了，听说被招工了。杨最得插队的年份长了，没有知青比他在乡村做得更踏实，但他心里明白，那些机会轮不到他。

夏收时，杨最得下田割麦，他总是割得快，在田垄的前面。也许有人会比他割得快，但大家习惯了干多干少一个样，犯不着赶在前面。杨最得一垄快到头时，后面人正弯腰割着，突然听一声短促的叫，仿佛是非人类的，又仿佛从天上落下来的。大家不免都伸直身子，只见杨最得站在了田埂上，像是站得很高，他的双手举得更高，一只手掩在另一个手上，而手的上面更举着一根手指。那手指仿佛从另一只手拔上来的，手指下还夹着一把磨得亮亮的镰刀，从来没见过那么亮的镰刀，闪着银光的刀锋，往下滴着红红的鲜血。

杨最得很快被送到了公社卫生院，接着又送到了县医院，最后便回到他的海城去了。这期间只有数天时间，只见他还像往常一样镇静，去医院没忘了带上他的铺盖用具，去了以后再没有音信。直到最后，村里人才听说，杨最得因为伤残病退回了城，不再是插队的知青了。

杨最得病退后没多长时间，知青政策便有变化，所有的知青都返回了城市。

杨最得进了厂。回城分配进了一家工艺品工厂，属小集体企业。那时的企业有三种：大集体企业，小集体企业，还有国营企业。同城待遇不同，但也差不了太多。

杨最得分去刻纸。这家街道办的工厂，从事的工艺品的品种还不少，有木雕、竹雕、玉雕等等。刻纸一项，是市长来厂参观时提议的。市长从地区调来，就推荐了那个地区的刻纸艺术。

刻纸是小项目，只有一位师傅带几位徒弟。杨最得进厂当初，刻纸这项还算厂里效益好的，那时大家钱少，几分钱一张的刻纸，看着喜庆，买就买了。师傅黄敬中，是这项工艺的传承人，刻纸在他手上扩大了影响。他从地区调来，收的几个徒弟都是女的，收杨最得显然不是他情愿，杨最得也非本意，毕竟木雕竹雕玉雕更具技术性。厂领导的分配理由便是杨最得有残疾，须照顾轻工种。

刻纸从剪纸发展而来，剪纸全凭手上功夫，一次只能剪一张。刻纸按图案刻，一次可以刻好几张。图案由黄师傅画来，交与几位徒弟刻。黄师傅年逾五十，下巴处留一撮须，平时总好说些民间的玩笑，那个时代，说的黄色笑话也并不太出格。黄师傅更拿手的是，他能把所有的话，都引到有关女人的玩笑上。也许情色的话充满欲望的力量，黄师傅的图案设计带着粗俗而饱满的形态，无论是将相神佛，还是飞鸟禽兽都显着鲜活的动姿。

说是师徒，黄师傅只由杨最得自己去刻纸，不像对那几个女徒弟，就近身子握着她们的手教她们刻，想想也对，握着个从农村出来的粗手有什么意思。倒是杨最得“师傅师傅”地叫，仿佛刻刀下真有多少技术似的，还常在师傅家里出进，帮着搬煤拎水，似乎想求得什么真本事。

黄师傅多少也会教他一下，往往只是随嘴说一句，说得多的是：“心里要有。”

杨最得心中浮着黄师傅刻纸的形象，一刀一刀刻成图案，自觉刀顺心意，已大致不差。黄师傅看了，下巴那撮须翘翘的，好一会儿才说：“我看来看去怎么是一副苦相。”

杨最得细细看自己的刻纸，并没看出什么名堂来，再把黄师傅的刻纸拿来比较，这就发现图案已有形似，只是黄师傅的刻纸，哪怕是几刀刻成的一条蛇一只鼠，都活泼泼地让人感觉喜庆，而他自己的刻纸，不管是肥肥的猪还是胖胖的娃，看久了，都显蔫蔫地含着悲愁。

他用薄纸，按黄师傅的刻纸描摹了，再刻出来，再细看看，似乎他的刀下莫名其妙地生了变化，就那么偏了一点，又呈现黄师傅所说的苦相来。

杨最得认为这是他功夫不到家的缘故。他总坐在墙角的一个刻案边，不声不响地刻着。他有的是耐心，坐得稳，也坐得住，那是下棋下出来的。有时站着，便是在看师傅案前的画册，那时的画册上还多是宣传性的表现。休息日，他还会去美术馆与博物馆看展览，往往会在名画名作前久久地凝视。

慢慢地，如同在乡村一般，杨最得在工艺厂里工作量是排前的，成了家的几个女徒弟，心念小家，往往会把任务丢给杨最得做。杨最得并不计较，他把刀磨细了，一次刻好几张，哪一张刻偏了，他都会揉一团丢弃了，重刻。

他的刀工已有火候，刀下要直就直，要圆就圆，只是整体形象，细看了依然有点“苦相”不比黄师傅，就算是其他女徒弟，她们刻出的线条还会有点歪扭，但形象的神气上还不失欢快。当然，这对刻纸的买家来说，无关紧要，谁又会对着一张刻纸看半天呢。

改革启动，外面活了，有两个女徒弟调出去了。还有一个带孩子的女徒弟，三天两头递交病假条。黄师傅已到退休年龄，厂里没放他退休，但他自由了，也不常来。有时为参加展览，拿来一张新图案，让杨最得刻。有时会丢下一个想法，让杨最得去寻思构图，再用刻纸形式表现。

杨最得有的是时间，厂里的任务少了，社会大趋势是向钱看，毕竟刻纸来钱太少。

杨最得结了婚。妻子是他棋友刘进取的妹妹。杨最得与刘进取住在一条巷子，巷头巷尾。他在乡村时，年节回城常去刘进取家下棋。刘进取家中成分高，不会计较他是个“插子”。

刘怡美生得与一般姑娘不同，主要是皮肤，肤色是纯粹的黄种人，黄中偏黑；脸上眼睛细小，瘦瘦的总也长不胖，皮肤像是裹紧着骨头。蓦一看去，会觉得不好看，看多了，也就顺眼了，杨最得以前每次从乡下回城，见刘怡美第一面时，总会有难看的意识，在一起说说聊聊，她的一颦一笑，便有亲近感。

杨最得回城时年近三十，刘怡美年龄不小，因长相还未有男朋友，她对杨最得说：“你真能稳得住，你是个稳得住的男人。”她哥哥刘进取是不稳的，杨最得去他家找他下棋，他常不在，也不知他去了哪儿。于是，杨最得便和他的妹妹聊天，这么一聊一聊便聊出了感情。

刘怡美高中毕业时，哥哥刘进取已去淮北插队，她父母身边无其他子女，按政策她留城工作，分配去当了环卫工。

刘怡美和杨最得在一起，最喜欢听杨最得讲故事，都是杨最得从书上看来，就因为这，杨最得多看很多文艺书。杨最得不喜欢说话，只有给刘怡美讲故事，才会说那么多，并说得很顺溜。杨最得的故事说到动情处，刘怡美便泪眼汪汪的，这时候，杨最得发现，刘怡美长得好看。杨最得忍不住伸手去帮她拭泪，一接触她的皮肤，感觉是那么的细滑，那感觉直透内心。

杨最得与刘怡美结婚后，刘怡美不想再去环卫所上班，请了长假准备考大学。刘怡美没了工资，靠杨最得一个人的收入，家中生活有点紧，杨最得总是对刘怡美说，比起农村来，现在的日子不知要好到哪儿去了。刘怡美可能会认为他说的是安慰话，杨最得确是说的实在话。

刘怡美考了几年，都没考上大学，却还是有所得，怀孕生了孩子。

添了人口，杨最得尽量加班挣奖金，他刀下的刻纸翻出花样来，原来只有黄师傅能做的，他已经完全掌握，他毕竟看过不少书，文化素养不低，化到刻纸功夫中，图案好看而通俗，传统遗产便有了新的气象。

生了孩子的刘怡美，一点没有长胖，皮肤紧紧，细腻柔滑。杨最得的生活虽然忙乱，但他是下过乡的，什么家务都会做，晚上妻儿一起靠在他的怀里，那段日子是他最满意的人生，有称心的妻子与孩子，而他的刻纸也受称赞，销量大了。

孩子送入幼儿园，刘怡美的大学又没考上，想要回环卫所去工作。那几年社会变化也大，出身论的一页翻过去了，海外关系不再是负担。此时刘怡美有个国外亲戚回国探亲，鼓励她出国去，在国外读书和打工。亲戚走后还不断联系，说她的堂叔会提供她在国外学习与生活的资金。

晚上，刘怡美靠在杨最得怀里，谈到了出国的事，说："要到国外生活，吓也要吓死了，没有你的照应，我还不知怎么生活呢。"

隔了些天，刘怡美谈到要回环卫所去，摇着头，眼泪就下来了，说想看看外国，以后还可以带他们出去看看。

后来刘怡美就出了国，杨最得独自带着孩子生活。有时，他抚着孩子，想他母亲去国外也算是插队，自己过去是下乡土插队，而她是出国洋插队，肯定也会有许多不习惯，也会有许多不方便。有时，他搂着孩子，代儿子想着，他是一个被母亲丢弃了的孩子，心里不免有着悲哀，游移着某种莫名的预感。

妻子在国外的那几年，杨最得很少出来下棋，就是出来，总见他抱着孩子，指着盘面给孩子看，好像在教孩子下棋。围棋确实要从幼儿起学，早教有根，童子功嘛，以后就丢不掉了。孩子两三岁时长得瘦小，别人见了，便会想到杨最得一个人怎么带的孩子？杨最得倒没这种感觉，反正女人在家的时候，孩子也多是他带的。

抱着孩子，杨最得有柔柔绵绵之感，他会长时间凝视着孩子，漫无边际地与孩子对话。

“你以后会做什么?”

“下棋。”

“没人和你下怎么办?”

“我自己下。”

“自己下不好玩。”

“爸爸就是自己下。”

有那么两年，爱约棋局的北巷小王，也不来邀杨最得。杨最得知道，人家认为他带着孩子不方便。有时他棋瘾上来，抱着孩子到刘进取家，和刘进取下一盘，孩子由外婆带着。刘进取本来的棋力与他相仿，如今却总会输给他。刘进取棋上的杀力显然不够了，而杨最得觉得自己的棋力涨了，是不是独自下棋，反而有所悟获。

杨最得已经习惯了带孩子的生活。孩子上小学的时候，妻子来电话会谈到让他去国外的事，他没有应话。她还要靠打工上学呢，他一个有点伤残又不懂外语的，怎么在国外生活？让她养他和孩子，他难以想象。

想着妻子大学快毕业了，该回国了吧。这就接到了刘怡美的电话，说她在那里找到了工作，她话音激动，是兴奋还是哀伤，他听不出来。后来他听到她哭了，说她无法一个人在外国生活，但也无法再回国，他要是不来，就把孩子给她吧。

杨最得一下子就理解了她的意思，她是想与他分手了，而且想把孩子带到外国去。也许杨最得早有感觉。

在进行离婚期间，刘怡美的电话打多了，杨最得知道她在外读书是挂名，只是在酒店打工。有一个叫克瑞的年轻外国男人喜欢她，一直围着她转。她对杨最得说，她在国内从小便被人家说丑，但到了国外却被赞为东方美人。酒店另一位中国姑娘常艳，大眼睛白皮肤，在国内可能会被称作漂亮的女人，但在国外根本没有男人在意，因为她再白也白不过白人，白人还要做太阳浴晒黑呢。而外国人都是大眼睛，小眼睛物稀为贵。克瑞特别赞赏她的皮肤，说抚上去如中国丝绸。

杨最得和刘怡美离了婚，他把孩子领到她的身边时，又代孩子悲哀，他被父亲丢弃了。

杨最得同意孩子给刘怡美的原因是他下岗了。工艺厂给厂长承包了，被认为不赚钱的刻纸，被厂里舍弃了。那个叫克瑞的外国男人条件不错，刘怡美跟着那个男人自然过得好，杨最得也明白，孩子随母亲，前程也比随父亲要好，他当然要为孩子考虑。一切都是他心甘情愿的，没有什么可怨天尤人的。

杨最得天天出去下棋，似乎从来没有这么轻松过，什么也不管，什么都忘了，一头扎在棋局中。一个人的生活，形如一颗弃子。回到家中，看着空落落的屋里，心境恍恍惚惚。

他在襄园下棋，每一盘棋下得认真。有人问他，为什么不同妻儿到国外去？杨最得说："国外去？有棋下吗？"

便有人接口说："你是宁弃一子，争当老板。"

杨最得头没抬，便知插嘴的是"小剃刀"。他的心颤了一下，却依然默不作声。离婚时，刘怡美确实给了他一笔钱，他也理解刘怡美的感受，就拿了。虽然对国外来说，这笔钱不算什么，但外币的差价很大，国外不到半个月的工资，就让他成为一个"万元户"了。

一恍惚中，他只是坐在家里的床上。似乎那下棋的情景只是自己的想象，"小剃刀"总在家门口棋摊上，很少去襄园的，但那情景却又是那么真实。

原来同厂的两位与承包者不和的干部，计划重开一家工艺厂，知道杨最得有这一笔钱，就来邀他投资参股当股东，杨最得也就成了合伙人。杨最得提出的一个投资条件，不是做老板，而是保留他的刻纸项目。他清楚自己没有管理才能，擅长的是刻纸。多年在刻纸这一行，他渐渐地喜欢在纸上一刀一刀刻出各种形象来。

新厂开了，杨最得依然每天上班，做他一个人的刻纸工，厂里的经营大事，他从来不问，就是发给他的资金赢亏表，他也不看。说实在的，那些数字来往，他也看不懂。

有订单时，他刻纸，没有订单时，他一样刻纸。不管做多做少，不管做好做坏，他依然认真，从不迟到早退。他的存在，让厂里销售窗口多着一个项目。

偶尔去厂长处，厂长向外来办事的客人介绍他是合资股东，客人便称他杨老板。他心里清楚，他根本不是什么老板，但他是拿红利的，不再是一个月一个月领工资。

那些年，社会变化越来越大，工艺厂发展了，规模扩大，砌了高大气派的厂房。厂长们赚了很多的钱，有了车有了大房子。杨最得还是骑自行车上班，还在旧平房里刻纸。

虽然杨最得是最早的合资者，但他投的钱并不多，他那点资金与其他几位经营者比起来，已经不算什么。但没人会这么想，因为他拿的那点红利也根本算不上什么。独自出进，没有人在意他。他缩在旧厂房的一角，不声不响，就如一颗弃子。

杨最得上班下班，闲来下一盘棋，不图先后，不争高低。逢到机会，也联系一点业务，联系不到，便刻自己想刻的构图，一切顺意，倒也自在。刻好了的东西，自己拿去放到前面销售部的橱窗里，不管卖得了卖不了，毕竟还是好看的。

中年以后的人生，过得快，一下子就过去了若干年，回忆起来，什么也没有留下，似乎只是一个个相同的过程，就像一盘盘棋局，下的时候，每步都有意思，有陷阱，有争夺，有忖度心境，有虚弃实攻，棋一撸掉，就是空空。儿子在国外已经成家立户，回来过一两次，与父亲有点生疏了。杨最得不变的是每天刻纸。为顺应社会以经济为中心，厂里把刻纸包装成社会公关的礼品，刻纸一张张夹在半透明的纸中，叠在盒里。有领导来工艺厂参观时，杨最得现场做刻纸表演，来客不免对他的手艺赞叹一番，说宣传不够。但这也只是说说而已，走的时候，厂里也不会把刻纸当礼品送，装在盒中的往往是尊尊玉雕。倒是有学校组织的儿童参观团，临走时会每人买一张，小心地捧在手里，像是吹着会化似的。杨最得常常好一段时间没有业务，他也不慌，只是由着自己的心性刻自己想刻的形象，力争构思中每一张都不一样。

有时杨最得沿厂区的高楼走进旧平房，被楼遮了阳光的房间里，阴阴的一片，一个刻案，一张椅子，一把刻刀，一摞刻纸。杨最得站着，恍惚一个念头，自己怎么会走到这里的？却是他多少年一直这么走到的。一切有什么意义？一切有什么必要？然而，一旦坐下，一旦拿起刻刀，他便心无杂念。做这件事是宿命，无可躲避，弃无可弃。

一把刻刀，尖头斜刃，握着它容易，把握它却不易。刀下一道直线一条弧线，刀刀见形，往往如头发丝那么细，没有多年工夫难以达到。当年黄师傅所说的“心中要有”，实在是至理。杨最得回头再去看黄师傅刻的那些简单图形，却感生动鲜活，粗俗之中情趣横生。他奇怪这情趣，以前怎么看在眼中却感受不到。一旦有诸多的感受，杨最得便对这种感受难以割舍，沉湎其中，更要命的是他从中获得喜欢，那喜欢是不知不觉的，是不强不弱的，是不新不旧的，是不好不坏的，如瘾随心。

他无法丢弃这么一把刀。他的指上有茧，原来的割麦锄田的茧没退，刻刀加厚了茧。指上有茧，不管是城还是乡，这是他的缘。

这一天，阴冷有雨，工艺厂的销售门面空荡荡的，杨最得来换柜台里的刻纸，本来守着店的女孩，想一时不会有顾客，见了杨最得，便拉他顶差，自去办事了。杨最得站在柜台前，看着外面雨景发呆。这时进来一个人，围着柜台转看，杨最得见他一身西装，很有派头，猜他是避一时大了的雨，对工艺品不会感兴趣，看看就会走的，也不去管他。然而这一位却在右角的墙前站停了，久久没有动身。

那边墙上正挂着杨最得的一张钟馗形象刻纸，这张刻纸较大，本是杨最得随意刻的，刻完了自己觉得好，就夹在镜框里挂起来了。这张钟馗像，刀法简洁，刻纸独有的镂空术，表现了生动的人物形象。神情苍茫的眼，还有飘拂的胡须，看去仿佛有了立体感。原来刻纸图案的边框给突破了，多的是空白，只留右下的一角见方，连着一片草一块石，又仿佛是手绘的印章。那钟馗独立于世外的悲凉，却又断不了与世间联系的苍茫，形神俱现。杨最得也许并不自知，多少年自己人生沧桑的心境，于其间有着一种观照的意味。

杨最得走到那人身后，那人转过脸来，看上去面熟。那人一下子叫出了杨最得的名字，杨最得这才想起来，他是曾到乡下与自己下棋的尚春生。

“这一个东西，啧啧。”

尚春生手朝后指着墙上的刻纸，嘴里赞叹着。两人就唠了一刻，尚春生说他现在虽然下棋少了，但下棋这个东西，有过瘾头就断不了的，像是入骨的味道。说话时，他还不住地回头看墙上的刻纸。

“你觉得好？会买吗？”

“当然买，多少？”

杨最得就从墙上取下刻纸来，说送给他。

尚春生捧着镜框看看，再看看杨最得，说：“看来这是你的杰作了？”

杨最得说：“看你的样子，眼下是喜欢，只要你有一刻的喜欢，给了你也是值了。”

尚春生只顾看着那刻纸，随后说：“我本来就要买的，但你的作品，我也就不客气，收了你的东西。哪天请你到我家去，就艺术这东西，可以好好谈一谈的。”

年近花甲，遇上寒九，杨最得会觉得身体内里有点冷飕飕的。他还是天天上班。物价在涨，刻纸是老价钱却仍缺销路。杨最得端端正正地在椅子上坐下，握起刻刀，心中浮现一个图案，于是落刀，那一刻整个心思都在刀下，待刻成形象停了刀，他才感觉到手冷，便在袖中笼了手，静静地看着刚才刻就的作品。电话铃响了一会儿，他才知觉，很少有人给他打电话的。接话一听，是尚春生邀他去他的家里坐坐。送一张刻纸又算什么，杨最得想推辞，对方却说要手谈一局，他就应了。杨最得独自生活，没有其他爱好，幸亏有棋撑着。而今棋友对局少了，一般不邀在家里，去外面棋牌室，连着一顿简餐，杨最得不适应这种交际式的棋局。更多的棋友是上网下棋，随时可以找到对手。对此杨最得也不习惯，他下棋太认真，网上往往会有耍赖的，杨最得实在容不得棋品低下的，认为是玷污了棋。

尚春生家在近郊，几乎是没人声息的地方，杨最得按地址找到，发现是绿漆铁栅栏围着的别墅区。进入小区有保安查问，到别墅门口有狗吠。这是高档社区，却又给人一种安静的乡村气。

尚春生出来叫住了狗，把杨最得迎进门去。他穿着宽大的睡袍，还是在北方的习惯，双手笼在袖筒里，一边说着：“欢迎来访寒舍。”

“你这叫寒舍，人家房子称什么呢?”

“真是寒舍。这片地方买房的都是投资者，就几家住着人，自然寒得很。听说后面要筑高楼，不过，以后人住多了，热闹了，我便卖了它搬走，我买这东西，就是图那么一点安静。”

尚春生谈买卖房子，仿佛是随便似的。而杨最得蜗居一处小房子几十年，哪怕再添一点面积都不作想。简单一聊，这才知道尚春生可以称得上是一个收藏大家，在收藏行当里算是一个人物，上电视大讲堂讲过收藏。只是杨最得不看那种电视频道的。

“什么收藏大家，做生意，做生意的。但与那些收藏生意人有点区别，因为我还懂点历史讲点艺术。”

尚春生领杨最得参观他的别墅，到底是收藏大家，每层都挂着摆着艺术品，楼梯过道处，也挂小件艺术品点缀。底层是厨房与大厅，杨最得感觉走进了高档的家具城，对那欧橱美电，也就看看，眼光停留在艺术品上。

饭厅墙壁上挂着的一张画，是眼下当红画家所画，杨最得所在工艺厂，常会有人谈到而今的名画家，所以杨最得也曾听说过这位画家。这幅画可算作画家的代表作，画女人很开放，显着浓浓的艳色。

“这张不怎么样，因为画家是我捧出来的，常往我家走，不挂他一张不好意思。”尚春生介绍说：这一层都是一般挂挂的，图的是好看。

尚春生告诉杨最得，小区虽有保安，但地偏冷清，免不了偷盗风险，如有喜好字画的雅偷进门来，见好看的拿去一幅，也不太心疼。

二层是卧室，家具简约，空间充满艺术氛围，墙上多是国内名家的字画。尚春生说他专做国内生意，挂着的都是他喜欢的书画家作品。杨最得知道这些负有盛名的书画家，所画也非一般应酬画作。尚春生随便地介绍着它们的好处，也会谈到一点不足。他谈起艺术表现来，头头是道，细谈到作品是画家哪一个年代所画，每一个书画家都有他们的盛期与衰期，并非都是越老越值钱。也有一两幅字画作者并不有名，尚春认为那是他们年纪轻，火候没有到，但极具潜质，由他推出，将来总会成功。

三层是书房，设书画间，长案桌上铺着毡布。尚春生说他也会在这里画画写写，但没有一幅能过自己的眼，统统撕了。请来的书画家，往往都会留个墨宝，那些书画都只能供他办事送人。这一层作品不多，都是精品。书房的电脑桌前方，却挂着一幅外国油画，照例尚春生是不经手外国画的，放这幅画是喜欢。杨最得看着也喜欢，只觉画中溪水及旷野，清静雅致，仿佛有着一种遗落于人间之外情景，倒含几分禅意。杨最得发现，他与尚春生在鉴赏方面居然是相通的。

最上一层是阁楼。尚春生向杨最得着重介绍，那是他特意布置的棋舍。杨最得以为特别的美丽华贵，上去一看，却是一个名副其实的阁楼，就像旧日城里的阁子楼，不大，尖顶上还有一扇老虎天窗，让杨最得有一种熟悉感。杨最得自小就生活在这样的阁楼里。而今的新房子都是类似鸽子笼的公寓楼，早已看不到这样的阁楼了。

阁楼中间摆着一个棋案，上面有着一张檀木的棋盘，旁边打开的两个棋盒中，是玛瑙棋子。阁楼上挂了三张艺术品。

一张是当代草圣的字，尚春生说许多当代的字画都没有经过时间考验，当红的往往都是炒作出来的，而他也是炒作的得力一员。但草圣的字是经典。这是草圣与文友谈诗的一幅字，草圣对诗犹有兴趣，谈诗有独特见解。这幅字是随心而作，不是为作书法而表现。真正的艺术品都是随心而作，是内心的宣泄，又圆融了文化素养与艺术见解。

一张是生活在异国他乡的华人画家的一幅画，西方油画的形式，透着写意的中国内涵，信笔画出的是无可排解的乡愁。

还有一张挂的便是杨最得的那幅钟馗刻纸。

尚春生告诉杨最得，这一块地方，他一直虚位而待，拿到杨最得的刻纸，才决定放上。这里的东西，都是真正独特的艺术品。

"我第一眼看到它时，我就被震慑了，我见过无数艺术品，还是少见如此有艺术特质的作品。仿佛是从梦幻之地落入人间，落在那不起眼的工艺店的墙上。"

"一种无法言说的沧桑感。"尚春生说："这张作品无论从构图与表现，都不一般，形象所显气质，悲而不哀，愤而不怨，刀法有不可思议的精细处，而空白更显舍弃达到的突破，弃而又弃，方见审美。没有天才的基因，没有人生的痛苦，没有守望的毅力，是不可能完成的。"

杨最得只是微微摇着头。

"你本不认为自己是在从事艺术创造吗？"

尚春生张着手说："我把它放到了最顶层，并非因为你是我的朋友，而完全出自艺术角度。一张刻纸，换一个人求突破，也许便牛不牛马不马成四不像了。一般当代的艺人都讲创新，但他们还只是在模仿，模仿外国样式，可再怪诞依然脱不了外国人的模子。当然，它本身还是一幅刻纸工艺品，用钱来估价，它根本可以忽略不计。在拍卖场上，我收藏的作品拍过几百上千万的。

我有我的悲哀，我的艺术欣赏与我收卖的东西不是一回事。与那些暴发户打交道，讲的是赚钱效应。经营与经典不在一个层次，错位错得我成为双面人，然而我只有取得更大的经济效益，才有可能收藏真正喜欢的艺术品。

你对艺术有如此理解与表现力，要是一开始就画画，你肯定在画上大有成就。现在一幅画，动辄一平尺数万，再遇上我为你包装，争一个画协主席什么的，一年几十万是少说的。到现在这个年龄，回转已难。与刻纸艺术相近的，是篆刻，都是一把刀。眼下金石这一行很吃香的，一个带边款的印章能卖好几万。但你不会去，门类不同，表现不同。印章的面很小，一个小天地，施展不开你的想象。

看来你还只有从事你的刻纸。这是一个被遗弃的艺术模式，就是我想帮你炒，也炒不出来。在这个商品时代，坚持表现独特的艺术性，是要舍弃一点东西的。也许你的突破，你的努力，你的寂寞，你的辛苦，只是一个人的表现，你仿佛与现实人间不在一条线上，注定无法为现时代的人接受，可能会有喜欢的人，但真正理解的，也许世界上只有我一个。”

“有你一个就够了。”杨最得说。

杨最得将手中的一颗围棋子放在盘中，棋盘正中间天元上，一颗黑玛瑙孤子透着盈盈的翠绿。

第十六章　棋语·渡过

唐滔和龙龙是棋友，细算算，相交有三十多年了。龙龙初识唐滔，是在一盘棋的对局上。

那时龙龙还在中学读书，运动期间，学校上的是自由课，学生去不去，老师都不在意。有时，一个班上只有三五个学生坐在空空的教室里，老师照样在黑板上写公式，讲演算过程。

龙龙那时迷上了棋，开始是象棋。这是有家传的，龙龙父亲就喜欢下象棋。龙龙打了不少棋谱，如《橘中秘》《梅花谱》等等，水平自然高了，常在弄堂摆盘下棋的人，根本不是龙龙的对手，棋局上如砍瓜切菜似的，实在不过瘾了。于是到处找对手，在一个片区小有名气。有一次，由北巷小王介绍，与唐滔对上了局。那一次，龙龙最后胜了，但胜得很艰难。几番搏杀中，唐滔都可能全盘占优，慢慢奠定胜局的。也许是他太贪子了，在龙龙设的一个小陷阱中，翻了盘，让龙龙一举胜了。

那盘棋是可以入谱的，龙龙这么说。就此龙龙结识了唐滔。唐滔个子比龙龙要高瘦些，圆圆的脸，让他多少显得有点孩子气。棋局紧张时，他的眼睛仿佛有光点在跳闪。一旦他“叫吃”龙龙的棋时，他会搓手，那盘棋结束后，龙龙看到唐滔的掌心都搓得红红的。

第二次见面隔了多长时间，龙龙不怎么记得了，也许在半年到一年期间。这段时间，龙龙迷上了围棋，照样是找人实战，买围棋杂志打谱，自己觉得棋艺的进步一日千里。有一天，北巷小王约龙龙见个老朋友，却不过情面，见了。唐滔一见面就搓手，龙龙只能应着下一盘棋，棋友见面不下棋又能做什么？一盘棋下了二十多步，龙龙就觉得自己形势不对了。一段时间不下象棋，本以为棋力总在，哪知已然生疏。看来唐滔是有备而来，他的棋力提高了，一出一进，高下立判。唐滔后来手搓得很轻了，开口说话："你完全不在状态嘛，是不是被硬拉了来，想让我一盘，让也不是这种让法的。"

龙龙告诉唐滔："我有几个月象棋基本不摸。"

唐滔张大嘴笑："我待报一箭之仇，等了这么多时间，临了你说你不下了。"

话意有点恼怒，不过唐滔的口气是平和的。后来龙龙知道，唐滔等待这一天，下了苦功夫的。就是龙龙上一次的水平也不一定是他的对手了。

龙龙对唐滔说他转下围棋了，龙龙告诉唐滔下围棋比象棋好玩，盘面大，有意思。接着又说了一通对围棋的理解，以证明自己不是骗他。

唐滔点头说："围棋啊，我也会下的。"

于是北巷小王就找来一盘围棋，一张纸盘，有点破旧，摊开来，两人就在上面下子。唐滔的围棋水平只能说是会下，很快就被龙龙吃得稀里哗啦。他眼睛盯着盘，手里捏着棋子，搓不了手，只是捏搓着棋子。

“不是一个级别，不是一个级别。”唐滔摇着头，很快地交了棋。龙龙充当老师似的，给他讲了一些布局定式还有死活题的知识。

后来，唐滔就开始下起了围棋，总是来找龙龙下。一般棋力相差太多，高手那一边不会愿意下，但龙龙看到唐滔那么期待下棋的样子，也就让子与他下。唐滔巴结着龙龙，任龙龙一边下棋一边调侃他的棋。他有象棋的底子，围棋水平很快就升上来。

唐滔喜欢吃棋。就是他棋力还弱时，每次下棋，都会瞄准龙龙一个空档，想吃我一块“大龙”。渐渐地他的棋力接近龙龙的水平了，一到中盘，便像捕获猎物的狼一样，眼亮亮的，有机会就扑上去。他下棋的时候，手里捏着一把棋子。玻璃棋子在他的手里捏得哗里哗啦的。龙龙生怕棋子被他磨碎了，那可是花了龙龙好大一笔零用钱买的。有所等待的时候，他捏搓棋子的声音就越大。到龙龙的棋占据优势了，便有心境调侃他：“棋下得不怎么样，盘外招不少。”

唐滔张嘴笑笑：“就等你出错呢。”

遇上他逮住了龙龙一块棋，轮到有他说嘴的了，振振有词地说：“日本高手下棋，扇子收啊放的，声音像呼风唤雨，没人会抗议。水平在哪里？在棋上，什么借口都没用。”

后来，龙龙习惯了唐滔下棋时手中捏搓棋子的声音，有时会从加大的声音中，注意查找龙龙棋的漏洞。唐滔也曾对龙龙说过，他喜欢下棋，每个子下去，就在等待对手的下一步，这一步是不是正合他的想法？这一步会给他带来好还是坏的棋势呢？棋盘上，永远有等待。

此时，龙龙和唐滔不止是棋友，在一起不单下棋，更多时间在聊天了。常常是龙龙送唐滔，一直送到他家门口，唐滔又回送，再送到龙龙家，这么送几个来回。

龙龙和唐滔同年生，唐滔生在年头，龙龙生在下半年，是两个属相，一届的学生。临到毕业时，上山下乡的政策已有所变化，不再是上山下乡一片红。按照条件，唐滔有一个姐姐已经下乡，他是可以留在城里分配工作的。说到上山下乡，龙龙和唐滔感觉完全不一样，唐滔对上山下乡有着别样的期待。有关这个问题两人讨论过很多次，龙龙提醒唐滔认清一个事实：所有回城过年的知青都说到插队的艰难，想尽办法要调回来。唐滔还是说他要到边疆去，去当一名农垦兵团的战士。他详细描述那儿的一个岛，那儿的一种稀有动物。他说他不喜欢城市四季相近的气候，他喜欢黑土地上飘落着鹅毛大雪。说话时，他搓着手，深吸一口气，仿佛在嗅着边疆夹着野味的清新空气。龙龙知道，他的家租用的公寓式住房很小，四口人住两间小屋，一共还不到十个平方，他和他的祖母住在一间屋里。他想出去，想让他的姐姐回城里来。

龙龙先离开城市，插队安徽农村。唐滔到车站去送行，站在车窗下，朝龙龙摇着手，叫龙龙不要生了棋。两人约着回来的时候再下棋。龙龙说那时围棋可以让唐滔三个子，唐滔说那时象棋可以让龙龙一匹马。

龙龙到了农村，一天做的工分结算下来只有几分钱，舍不得寄信花邮票钱，与许多城市友人的联系都隔断了，一心要有好表现，以图上调的名额。这是龙龙一生中最漫长的等待，中间有多少痛苦，有多少忍耐，有时会怀疑自己永远无法上调，而在穷苦的乡村扎根一生。

先前龙龙与唐滔对等待的心理就不同：龙龙会烦躁；而唐滔总是带着兴奋，他一旦等待，便去幻想那甜蜜的结果。

唐滔对龙龙说：我是乐观主义者，你是悲观主义者。

可是人的命运掌握在别人的手里，总会有悲观的感觉。好事落到龙龙的头上，是那么的缓慢，几年过去后，龙龙在农村以积极的劳动表现，加上难以诉说的一系列人事活动，被推荐为工农兵大学生。终于如愿以偿，回到了城市。

很快唐滔闻讯而来。龙龙这才知道，唐滔去过边疆，但去了不到一年，就犯了病。有一次莫名其妙地倒在一堆粪肥上，接着又倒了几次。兵团连的人说他发病时的样子难看极了。他自己醒了以后，并无意识，兵团就让他病退回到了城里。回到城里后，他再没发过病。有人就认为他是故意装出来的病。他和龙龙说到这件事，很是气愤："我怎么会我怎么会……"莫名其妙的病，让他受了辱。一般人看来，在那艰苦的地方，为了摆脱那种生活，什么样的事都会做出来的。龙龙也经受过那种生活，能理解所有的做法。但龙龙一点都不怀疑唐滔，也许只有龙龙相信唐滔的话：他是想开垦千亩万亩果园，一辈子骑着马奔驰在黑土地上。

龙龙在大学读书的时候，运动结束了。恢复高考之初，唐滔就决定进军大学。他几乎不下棋了，来找龙龙也只是找参考书。他的眼珠是红红的，眼白含有血丝，似乎一段时间没好好睡觉了。但是他的眼光又是精亮的。他说他一定会考上重点大学，他不当大学生又有谁能当大学生？眼下入学的大学生不像前两年的大学生，靠的不是关系，而是真正的水平。注意到龙龙的脸色不好看，他便说：

“不是说你，你别多心。”龙龙知道唐滔有时候说话是没心没肺的，他根本不懂考虑别人心理，也只有龙龙做他的朋友。

可是第一年唐滔没有考上大学。他没有抱怨，很快地就进入了第二年高考的备考。然而第二年他也没考上。他立刻继续了第三年的高考备考。他的信心一直是满满的，读书，做题，说起高考来，显着兴奋。他在努力中等待着高考，考完了等待着结果，他的眼睛都是亮亮的。

这段日子中，龙龙大学毕业，留在了大学里教书。他找了对象，准备要成家了。那一次唐滔来找龙龙，正见龙龙的未婚妻埋怨龙龙把自行车钥匙不知随手放哪儿了。当时唐滔没说什么，私下的时候，他对龙龙说，他如果要找对象的话，一定要找一个娇小可爱、会撒娇的女人，绝对不会找对他翻眼睛的女人。

唐滔搓着手说这些话。

龙龙很有些不高兴。他和未婚妻已到谈婚论嫁的阶段，她总有让他所喜欢的，那个时代的男女，也不需要什么花前月下。

有好些天龙龙没和唐滔交往。唐滔突然来找龙龙，说要为他做一套家具。木料由龙龙买，唐滔出做工，算是送龙龙结婚的份子钱。那年月，结婚的家具是最重要的一块，这算是份大礼了。从边疆病退回城，唐滔被分配在街道的一家小集体工厂，做木工活，自称为小木匠。他说真正的“匠”还是很了不起的，他只是个小小的木匠。难得他这么谦虚，其实他的木匠活，很得周围人的赞赏。多年朋友，龙龙了解了他：行的事就谦虚，而不行的事就海吹。

木料拿去了很长时间，唐滔一直说他在做，曾经拿过一张图来给龙龙看，龙龙不懂设计图，纸上也看不出什么效果。唐滔却指着图对龙龙说这说那，还说打的时候会出新想法，龙龙也被他的兴奋感染了，忘记了对他的不愉快。唐滔一直不让龙龙看半成品，一直到他临近结婚前三天，唐滔才蹬着三轮拖车把那一套家具送到龙龙刚分到的一间半宿舍的新房来，还用布盖着。布打开来，龙龙几乎失望至极，每件家具的造型都显得怪。龙龙是要成家的，那些造型很不实用的：有长着像角的桌子，有挺着大肚子的柜子，还有像乌龟式的茶几。唐滔却满是得意地伸手向龙龙示意，等待着他的夸奖。龙龙的脸色肯定不好看，又不好说什么。唐滔却张大嘴笑得高兴。

然而，后来龙龙的准老婆看到家具时，反应完全出乎龙龙的意料，她用手摸着，抚着，神情激动。好长时间才转过头来说："真是用心啊，你这个朋友很有创意的，比你有想象力。实在不一般，我的朋友来看到了，肯定惊奇。"她又转过身，抚一抚那一对"角"，摸一摸那一个"肚"，笑了起来。

毕竟家庭装饰属内政，以老婆的好恶为重，龙龙没想到会有这样的效果，也就找到唐滔，对他表示了由衷的感谢。

唐滔哈哈笑起来说："没想到，你老婆还很有艺术感觉。作为你最好的朋友，我总想为你做一点什么。做一套好家具给你结婚用，这是我这段时间最大的期待。而你老婆让我的期待得到完满的结果。我要感谢你，也要感谢她。"

终于，唐滔在第三年的高考中，考入了龙龙所在的大学，虽然并非什么重点，但也算省里不错的一所大学。唐滔来报喜的时候，改口称龙龙为老师，多少有一点戏谑的成分，他学的也不是龙龙的专业。

整个大学期间，唐滔很少到龙龙家下棋。那段时间龙龙也在进修，因为工农兵大学生在大学是不被重视的，且又有了新的家庭，多出了许多琐事。朋友是安妥内心的，各自有事各自忙。有时龙龙在大学的图书馆门口见着唐滔，见他挟着好几本书，随便地说上几句话。唐滔说他攻读好几门专业的课，作为一个大学生，应该有广博的知识。

"以前的人生都是晃过去的，费在棋上太多了，现在感觉到有那么多东西等着我去发现，那么多知识等着我去接受。"

最后，唐滔会笑着说一句："问师母好。"

回家的时候，龙龙将唐滔的话转述给妻子听。妻子对龙龙的朋友都不怎么在意，有时还会冒出一句：你的什么狐朋狗友！但妻子对唐滔却是另眼相看，也许因为那一套家具，也许是他总称她为师母，妻子对他有了一点师母的青睐。这时龙龙妻子已经怀孕，用手撑着后腰，把肚子挺得高高的。她说："这家伙，他的年龄比你还大一点吧，怎么不想着找个对象?"那时的大学还不允许在校生谈对象，但对大龄青年，是放任的。

以后龙龙的哪一位女学生到家里来，他妻子看得顺眼时，就说介绍给唐滔吧。龙龙见唐滔时，便做了介绍。唐滔听了只是笑笑，眼光还是沉在他手中的书本上。

四年过去，唐滔毕业了，分配到了一家机关。那时大学生毕业包分配。机关工作虽没有以后那么热，但还算是稳定的。人家都在祝贺他，他却有点失望，他是要求到一线去的。他的病退经历，也许在分配时列入考虑中。他却无可诉说，说他的病早好了？说他也许根本没有病？他不能让人家以为他有着假病退的历史。虽然很多的人这么做了，做了也正常，但他不能容忍别人认为他会这么做。

毕业后的一段时间，唐滔来龙龙家的次数多了。他不再对书本有所期待，书中有着知识，但他的实际生活中用不上，无法看到期待的结果。两人下棋，一下一晚上。有了孩子的龙龙妻子，把抗议转作关心的口吻，对唐滔说："你还是找一个对象吧，你的年龄不小了。"

唐滔只是笑着摇头："女人会有的，情感会有的，一切都会有的。"

唐滔有女朋友了，是大学的毕业班学生。虽在同一所学校就读过，他们却是在一个公交车站上认识的。第一次见面，他只见了她一秒钟的正面模样，便被怔住了，呆呆地看着她走上停站的公交车。以后他每天只要一有空，就到那个车站去守株待兔式地等她。三个月后，他终于等到了她。这一次他勇敢地上前搭讪。他准备了许多的言语，设想了许多的效果，但现场表现却完全不同。这一切已不重要了，重要的是她也认识了他，并且在奇怪的感觉中认可了他。这位姑娘，看起来并不那么漂亮，只是身材脸形娇小玲珑，每一处都显得很精致。唐滔像是迷上了似的，以后几个月，龙龙都没见他的身影。

沉在恋爱之中的唐滔，会是怎样的表现，龙龙很难想象。重见他时，连着几天他都来找龙龙下棋。龙龙揣度，如果恋爱继续的话，他不可能有如此丰富的时间。便忍不住问他，一段恋情是不是结束了？倘若结束也没什么，可以有新的开始。唐滔说："爱情只有一次，也只应该有一次，爱情是没有新的可以等待的。"龙龙不知道他为什么会有这样旧式保守的想法，他一直给龙龙的感觉是追求新鲜。

原来唐滔的女朋友去国外求学了。这个时期，国外读书已成社会常态，原有的恋爱与婚姻，往往会随着距离与时间的变化而变化。对他们这段相交只有五个月的恋情，龙龙生有疑虑，他本来走边疆，当木工，考大学，上大学，已经是三十开外的人了。女人出国，他们的学业差距大了，两个人的经历距离也大了。还有可能吗？唐滔却义无反顾地等着。龙龙知道他的意向，不想再对他说什么。后来龙龙妻子说：她以前真小看了他。

龙龙的生活相对稳定，时间长了，不免会有一点疲惫感。人生就是这么回事，一天又一天，一年复一年，激情化为平淡。不只是龙龙，冷眼看去，其他有家庭的人也是一样。空下来龙龙总是会下棋消磨时间。此时下棋不再去研究什么棋谱，早年里会为一盘下过的棋总在心里盘算，怎么样才能走好。现在下棋只是下棋，子落盘满，子收盘空。

唐滔很少来龙龙家中下棋了。龙龙每次见唐滔都发现他两眼兴奋有神，仿佛从什么大集市上回来。唐滔总带着激情地说他在做一件什么事，只要同事与熟人有困难，他都会给予热心的帮助。他有精神做，而且他的情绪好极了。他在等待中，写起了诗。他的诗在刊物上发表了，其中有一首小诗引得了一点诗界的影响，被某评论家收入在了浪漫诗集的代表作中，还发了专题评论。

等待是一条河，
河中流满着曼陀罗花。
花上渡过，
步步飘溢着氤氲的彩香。

等待的时间很长，唐滔的女友出国读硕士，接着又读博士，这么一等，五年过去了，他的女友还没有回来，他还一点没有疲倦地等待着。龙龙问过唐滔，她到底会不会回来？他说如果她不回来，他就一直等着她，因为他相信她。这时龙龙才真正了解，唐滔喜欢等待。这种等待的日子，对他来说，是真的让他沉湎，怀有激情。那首诗虽属浪漫诗，但对他来说是现实的。等待中的现实感受。

在这种浪漫的等待中，她对他来说，就是彼岸，化作了无限的美好，他的心一天天地为她歌唱着。

一个浪漫的故事，一般会有一个悲哀的结局。常常会有这种说法：时间和距离便是爱情的坟墓。但也许他们的爱情不同于一般，也许她是被他爱情的歌打动了，有一天，她回来了，投进了他的怀抱。他终于等到了。

他准备着结婚。龙龙想到那肯定是一场轰轰烈烈的婚礼，几年的等待中，他不知会想出多少浪漫的婚礼场面。大家都等待着这个婚礼，一个相隔数年而成就的婚礼。

让人意外的是，后来有一天龙龙看到唐滔，见他神色泰然，略略带了点倦意，仿佛恢复到了多少年前的状态。他告诉龙龙，他们已经结了婚。她不喜欢大场合的婚礼，他们也就去了马尔代夫的一个小岛上，安静地生活了一周。

龙龙想到长期在国外生活的女人，习惯于安静，当然与唐滔的性情不符，他们在一起，会是怎样的生活呢？不过，他们总算有了结果。分之相恋，聚之相安。

没有想到的是，结婚没到半年，唐滔的妻子死了。死在一次很普通的车祸中。唯一有点想象力的便是车祸的发生地，就在他们认识的那个车站附近。事情很简单，她骑着一辆自行车，路过那里，是不是看到了车站，心思有点分散，撞上了一辆开得很快的黑色轿车。开车的司机公车私用，参加婚礼后醉驾，把她撞倒了。她的头撞在了水泥路沿上，没待送到医院就没气了。

那年月，道路上并没有太多的车。车上没坐领导，一点反响都没有的交通肇事。正是各人有各人的命，她在海外生活的这么多年中，曾经去过不少国家，行程达百万里，都很平安的，回到国内，却在走熟的路上香消玉殒。是不是不习惯骑自行车了，遇上状况，反应不过来？反正，她就这么去了。

不知道那些日子唐滔是怎么过的。龙龙知道事情的时候，也已经是十几天以后了。一直见不着唐滔，不知他去了哪里。那段时间，车祸成了饭桌上的话题，反复告诫孩子要注意交通安全，走路不要分神。

女人死后，唐滔第一次到龙龙家里来，两人在封闭式的阳台上对坐着。唐滔脸色苍白，像是把自己关在封闭的黑屋里好些天。龙龙摆下了棋盘，唐滔抓了一把棋子在手里，但没有落盘，默默地对着龙龙，龙龙静静地陪他坐着。初冬之际，阳台上阳光暖暖的。唐滔的身体缩在圈椅中，静静的，静静的。他像是入了神。后来，听到他手里的棋子在响动，咔嗒咔嗒的，慢慢地听出了一种节奏，一种有点熟悉又说不清的节奏。也许是他与她看过的歌剧中的一首曲子吧。

既然摆下了盘，棋还是要下的。这是一盘杀棋。龙龙与唐滔下棋，遇上唐滔寻求搏杀，一般都会腾挪，高手重在围空嘛。但这一天，两人杀得很厉害，子与子都缠在了一起，一块未杀出结果，另一块又杀开了。劫中有劫，杀中有杀。唐滔手中的棋子捏得哗哗响，但声响只在龙龙的听觉中，并不在他的意识中。他只有眼中的“尸横遍野。”唐滔吃了龙龙二块大龙，龙龙吃了唐滔五片散子。最后唐滔长吁一口气，说：“下棋真好。”

大杀小输赢，也不在输赢。

唐滔已年近中年，新婚又丧妻，然而人生难过还得过。他又回到了等待妻子回来时的单身生活中，似乎没有什么变化，还是原来多少年的那个状态，而半年的新婚生活恍若一个如幻的影，一个变异的梦，都只是在他的内心之中，别人是无法进入的。

以后的一段日子，唐滔偶尔会到龙龙家里来下一盘棋，随便聊聊。龙龙妻子见到唐滔，总说他有点精神不振，提议另给他介绍一个对象。龙龙想他自然是接触到女人的，他的机关下属单位就有许多的女性，他不需要介绍，只需自己能走出去。龙龙不提介绍对象的事，龙龙妻子偶尔会当面提上一句，唐滔听了，只是继续下着棋，似乎听进去了，又似乎在棋上入了神，根本没听进。不过龙龙妻子并没有生气，龙龙有时候会说她对别人总有好脾气。

妻子理解地对龙龙说：大概富有艺术气质的唐滔，还一直生活在他爱人的心境中。他毕竟有长时间分离考验过的爱情，爱情不死，心便充实，实在令人羡慕。

龙龙没有搭口，女人嘛，有她们那种天生的想象力。

一切都会过去。都说时间是治疗伤痛的良药，也不知过了几年，唐滔又恢复了以前等待妻子海外归来时的兴奋神情，每次遇到龙龙，总是大谈特谈股票。龙龙知道他把他的积蓄都投到了股市上，一谈到股票，眼亮亮的，话题延伸还谈到经济形势，经济政策，俨然是一个实证的经济学家。偶遇地方上的官商人士，他就说到要去实地考察投资环境。他鼓动龙龙下股市，说钱放在银行里就是损失。龙龙妻子受他的影响也想要进股市，但龙龙认为股票是一种赌博，龙龙是最不喜欢赌博的，于是拖着不办。

一次，大学的同学聚会上，龙龙作为老师也被邀了去。穿着西装革履的唐滔来后，刚坐下就谈起了股票，他身边围了好几个有心股票的同学。唐滔谈入世，谈社会经济大背景，鼓动大家进入股市。围到他身边的人越来越多，有人听得入神，也有人笑着摇头。唐滔说到兴奋处："你们不知道，我的八万存款……几十年工作，只积攒这八万！但在这短短几个月，就成了八十万！你们的钱摆在银行里，让存单发霉。改革开放让人富起来，怎么富？不投入股市的人就失去了享受改革好处的一次大好机会。"

到最后，他突然对大家宣布，他准备辞职，专事炒股，短线长线一起做。听他谈股票时，也有人征求他对某只股票的意见，但听他说要辞职，便都不再搭口。也有与他同宿舍过的同学，开口劝他："单位还是要的，不影响你炒股。"唐滔搓着手说："怎么不影响？机关是一个沉闷无聊的地方，能充分表现的是往上爬的才能。我一直没下海是因为没有资本，早已忍无可忍，一直等待着变化。这变化就到来了……"他把搓着的手抖开来，说："等着吧，总有一天，我会将钱像雨一样洒落到你们头上。"

生活中总有不顺气的时候，龙龙去找唐滔下棋。见他独坐在电脑前面，正盯着屏上的曲线。唐滔见了龙龙招呼一声，让龙龙在他身边坐下，没有半点要摆盘下棋的样子。龙龙见他眼中映着电脑屏的光，亮闪着，正是他习惯的等待中的眼光。龙龙默默地打量着他，想到他独自多少年，在这里等待着未婚妻子回国，那是一个漫长的等待。现在他对着电脑，等待着曲线的变化，相对那漫长的等待来说，眼下是短频快的等待。曲线每一小时，每一分钟，都有变化。这种变化在他的等待中，感觉是快还是慢？等待到底是慢好还是快好？

龙龙注意到他的房间收拾还算干净，但装饰已显陈旧了。多少年中，似乎没有变化，他没有给自己新打任何一件家具。

龙龙找话说："你赚了那么多的钱，也没把自己住处好好装修一下。现在家家都在搞装修，让居住舒服。"

他说："我有钱吗？我当然有。但是我有钱还要投进股市呢，眼下牛市牛得很，盘子越大赚得就越多，这个时候怎么可能拿出来呢。"

本来龙龙想说，假如亏了呢？本来龙龙想劝他取出本钱来，这样他做股票就没后顾之忧了。但龙龙没有说也没有劝，他如想留一点本的话，绝对不会把工作辞了。

人所期待，我所彷徨。

秋天，股票一落千丈。股票是一种投资，也是一种博弈，自然有涨有跌，有大涨就有大跌。

再见唐滔的面，他绝口不再提到股票两字，遇上有人分析股票，有说已经跌到底线，有说还要跌下去。唐滔像是根本没有听到，只管说他自己的话。他又会到龙龙家里来下棋。他机关的工作辞了，想回也回不去了。晃荡了一段时间，另找了一份工作。此时，公务员开始吃香了，成了选职排名第一。他是不是会后悔呢？朋友谁也不会与他提这个，就像不会在他面前提股票一样。幸亏那时候工作还不难找，他毕竟是老大学生。

有一次，龙龙在路上遇到唐滔，约着到他家去下一盘棋。那时，网上已开通围棋对弈。龙龙不想在网上下，因为龙龙的工作多用的电脑，再对着电脑下棋，怕眼睛吃不消。唐滔也不想在网上下，说网上缺少手谈的感觉，更不能容忍的是等着对手突然耍赖。

走到路口拐弯处，唐滔想起来什么，说等一等。转身进旁边的店铺去买了一张彩票。他并没有选号，甚至也没有看一眼彩票上的号码。到了家里，他把彩票往桌上一丢，龙龙发现那里有着一叠彩票，底下露出边沿的彩票有点灰灰的。

龙龙希望唐滔能找一个女人，那样他会有对家庭与孩子的新的期待。龙龙用这样的话题引他，但他从不接口。这次下棋的时候，龙龙说："现在漂亮的女人不少，当初我们走在街上，很少见着漂亮女人，现在马路上，女人都很漂亮。是不是因为我们年龄大了，感觉年轻便是美。"唐滔抬起头来，有点恍惚地说："有漂亮女人吗？有什么漂亮女人？我怎么没有见到？街上到处走着化妆的女人。"

各人有各人的人生。后来听说唐滔病了，倒在了马路上，像是早年的病复发了，发得严重。龙龙到医院去看他。他完全变了个人，脸色苍白，形消骨立。龙龙问他病情，他说报告还没出来，等得人心烦。龙龙还是第一次听他说到等得心烦，以往的他对等待都是乐观的。

从唐滔那儿出来，龙龙去了一位有关系的医生那里。问起了唐滔的病，医生说是扩张性心肌病，已经比较严重，正考虑该不该告诉病人。龙龙问还能有多少时间？医生想一想说：三个月吧。也许哪一天再倒下，就去了。

龙龙不想去告诉唐滔。他等待病情报告，就这样烦心，为什么还要增加他的痛苦呢？毕竟人生最大的坎，就是生死。有许多人不是死在绝症下，而是被绝症吓死的。唐滔能怎么样呢？

三个月，只有三个月时间，龙龙不知用什么眼光去对着唐滔。过了几天还是想去看他，却说他已经出院了，谁也不知他去了哪儿。人们以为他不会再回来了，十几天后，他突然出现在龙龙的面前。他说他去了一次西藏，他原来就喜欢旅游，早就想去西藏，只因自己的心脏不好，以前没敢去。他没说出来的，龙龙能猜到：他就是想去西藏，尽快地迎着死亡。

然而，唐滔没有死。此时的他，神情不再有焦虑，相反的有着一种沉静，容颜清白，气色仿佛蒙着了一层淡淡的毫光。他说在不知道病情的时候，他等待到的可能，或是可治之疾或是无治之疾，这种没有任何乐观想象的等待，让他难受。一旦知道病情，他面临一种可能，那就是死亡。

他对龙龙说，现在他有了一种最大的等待。所谓我从哪里来我往哪里去？死后是不是有一个新的变化呢？他不能相信死就只是死了。人存于世，能做那么多的事，又做了那么多的事，又与那么多的人与物、境与情有所关联，怎么可能没有因果呢？死也许是另一种生，是另一种去处，活着的人，又有谁能知道呢？

他是不是等待着另一个去处与他的妻子见面？这只是俗世的龙龙的想法。也许他期待的更多。

唐滔对龙龙说：其实人一生来，就有着死的结果在等着。只是生的过程长了，在这一段生的过程中，“我”形成了，变化成长中的我，不停地抓取什么，来固定这个我，来丰富这个我，来排斥死的等待。其实，相对于死，整个人生都是一种等待，有的人等待的时间长一些，有的人等待的时间短一点。

人生少不了希望，希望是一种精神需要。龙龙从年幼开始接受的便是无神论的教育与影响，一向认为死便是死，很怕去想。然而，唐滔的话，将龙龙的感思引向极遥远的深处，那儿不再是无尽的冰冷与黑暗。

以后的唐滔经常会去西藏，他参加了一个儿童基金会在西藏的服务工作。

这样又有几年过去了。

前两天龙龙还与唐滔下过棋。相对而弈，相对而视，享受着友情的温暖。人生苦短，相交几十年的朋友，十分不易。

早年唐滔喜欢杀棋，期待吃大龙，棋子在他手里捏搓得哗啦哗啦响。现在他的棋风平和，棋子习惯地在他的手里响着，叮叮的，声音悠长。

第十七章　棋语·形

城西办了一个围棋沙龙，取名：妙观。妙观围棋沙龙开张仪式上，特聘的负责人潘大龙即兴发言说："妙观不妙观，没什么打紧的。有人说妙观有点像道家所在，我不认为。其实棋道棋道，棋与道本来就有关联，世界上任何的事都有关联。不过我也觉得妙观这个名号，多少机巧了一点。还是说大白话好，就是有一个地方，让喜欢围棋的朋友来玩玩，玩得好就好。"

在场的人都笑了。来沙龙的人都是年长一点的围棋爱好者，年轻时由棋友介绍棋友，在棋盘上争输赢斗口角，算起来也都是相识多少年的老熟人了，棋力高低，各人心里有数，只是说起来，却又互不服气。能将业余时间在棋上耗精气神的人，多在社会上有点层次，也有退休的专业棋手，有空的时候，到沙龙来找人来下一盘，比网上闻不到对手味的棋局要好多了，也可聊聊天，手谈口谈随意。

妙观围棋沙龙在城西的沿河风景堤边，一座独院的三层顶楼上。透过窗户能观河景，城西是新建的繁华地带，又通了地铁，交通甚是方便。加上附近十几幢高楼与几个小区都是教育部门和市级机关住宅区，应该说妙观围棋沙龙得天时、地利、人和之优势。

出资人曾原德说围棋沙龙的成立，还了他早年的一个心愿，早年他与潘大龙下棋时，两人都想象过，到哪一天有了钱，搞一个围棋沙龙，让老棋友有地方聚。

至于沙龙的负责人，曾原德认为自己没有这个号召力，一开始他就找了潘大龙，三顾茅庐才把他请了来。

那是在潘大龙六十花甲的生日宴上商定的。潘大龙说："什么商定？曾总知道我难得上酒桌，在酒桌上往往不会拒绝任何事。"

曾原德只是笑。

潘大龙说："你们看看吧，能这样笑的人，总是赚大钱的。"

不管有多少朋友在场，潘大龙似乎总是说话的中心。潘大龙说话有分量，嬉笑怒骂，也显高度。政治运动刚结束的那几年，年轻的潘大龙就在一个关注度颇高的理论杂志上，发表了与当时理论权威商榷的文章，在业界产生了一定的影响。不过他并非刻意挑战权威来求取影响的。以后，也很少写此类文章。但影响既成，他被调进市里一家理论刊物当编辑，几年后，当上了副主编。自从刊物来了一位有后台的主编，潘大龙认为此主编根本听不进别人的话，于是，他在杂志社百事不问，说不管就不管，反正挂在杂志上的编委会名单有着一串，多不了他一个人。

潘大龙形上高个俊朗，说话做事都大气。他喜欢收藏，却又不迷恋旧物，只要朋友喜欢，开了口，他常会送出手。

潘大龙下棋讲究的也是大气，自称前五十步与聂卫平不相上下。当然围棋还是要靠计算的，搏杀缠打，特别是现代棋，力量还是根本的。但潘大龙评价一个棋手，还是以形为上，并不以输赢为标准。宁输棋不输形，是他的口头禅。

潘大龙新搬到城西，这里有围棋的氛围，也是他购房的原因之一。房子一直在涨价，他要是几年前买的话，就赚多了。但他认为不用急吼吼的，贵就贵一点，又不是生意人，不要总算计着钱多钱少。曾原德参观新房后告诉潘大龙，他认识当地的开发商，由他出面的话，会便宜一点。潘大龙说，往往请了人反而不好，便宜归便宜，不是朝向不好，就是视野不好，花了钱是要让自己满意的。不管便宜还是不便宜，买了还是值得的，房价不久又涨了好几万。

当年曾原德到城西来发展，潘大龙曾奚落过他，说城北才是熟人集中的地方，有点钱就想逃离大家了。曾原德解释说，传市机关都要迁到城西去。潘大龙说："你怎么对这个所谓的政府说法，还存有信任？"

但曾原德还是按自己的想法做，买下了这幢三层楼房。之后城西的发展飞快，不少机关和高校都搬过来了，早先下棋的朋友也陆续搬过来了。曾原德是闷声发财，似乎不记得被潘大龙奚落过的这回事，他也许清楚潘大龙是宁亏钱财不输嘴的。

不得不说曾原德当年有眼光，盘下了这么个三层所在，开了一个棋校，下面两层用作教室与办公，面积较小的三楼顶层开设沙龙。

来沙龙的朋友多是机关人士，在曾原德需要时帮点忙、做点什么，自然就容易了。这一点潘大龙也清楚，生意人的心思嘛。虽说他直肠快嘴闻名，但已入社会这么多年，什么该说什么不该说，也是知道的。

开办仪式来的老朋友不少，撑着了潘大龙的场面。曾原德的侄子是棋校的业务经理，上楼来给各位端茶倒水。

"你是一点清福都不给我，我刚从一个狗屁不是的官位上退下来，你立马给我套了个风吹了摇的官帽。”潘大龙拣着曾原德调侃，又显得他们之间的关系不一般。开办仪式上，来了市里报社的文体记者。曾原德说自己不会说话，让记者找潘大龙采访，潘大龙便谈了一些过去的事，他毕竟当过多年的副主编，不会怯场。只是以往刊物的活动场面都由主编包揽，轮不到他。有关围棋沙龙的报道在报纸上刊登了，很短的一个消息，但配的一张照片，居中的潘大龙形象突出，真不错，还是朋友称的老帅哥。

围棋沙龙开办后，来的棋友不少，好些是天天来，也有闻讯新来的。潘大龙与各位寒暄打趣，痛痛快快地下着棋，棋局之中也斗斗嘴。

这天下午五点以后，人都散了，潘大龙走进旁边的一个房间，这是曾原德特意为他准备的办公室。里面有办公桌，还有长沙发，困了他可以躺倒休息。

本来潘大龙也可以走了，他在等他的孙女潘畅，他教了孙女下棋，也曾带她参观过棋校，今天是让孙女看看他的沙龙。此时，他站在了办公室的窗前，看着外面的河水与河堤，经过整治的河水，水色颇清，堤上种着桃树，正是花开尽时，落红片片，有落在河堤边，也有落到河水中的，他心中竟生出一点流水落花的感受。几十年的人生过去了，他都进入老龄了，这感受是他内心之柔，他并不喜欢这种感受。

这时进来一个女人，后面跟着一个女孩。女人看上去五十多岁了，潘大龙很少注意这个年龄层的女人，在他看来，女人是与艺术美相联的，女人更承受着无可奈何的岁月流逝。只一眼中，潘大龙感觉女人是熟悉的，她开口说话的时候，略低了一下头，脸上似乎含着一点招呼的笑。他想起了：她是乔萍。

坐到潘大龙对面的乔萍，眼盯着潘大龙看了一会，轻轻地叹息了一声，眼光连同叹息，都带着赞赏。随后她告诉潘大龙，她在报纸上看到了他的照片。这些年当中，她很少见到他。她说："你是成大名了，你的杂志我每一期都订。"

潘大龙不由地直了直胸，不管怎样，受人赞扬总是愉快的事，特别是男人面对女性的赞扬，且这种赞扬确实是由衷的。不过潘大龙也有点心里发麻，他经历社会多了，清楚自己到底在什么位置上。

听着乔萍说话，慢慢地，过去的乔萍形象似乎回到了潘大龙的感觉，多少有些重合了，有着某种熟悉感。

乔萍与潘大龙因棋相识。那时社会搞运动，学校基本不上课，学生时代的潘大龙开始迷棋，下棋需要对手，一方面靠约，另一方面最容易见到对手的便是街头的棋摊。潘大龙在棋摊上走棋，在棋摊上广交朋友，也曾在棋摊上打过架。潘大龙在沙龙开办仪式上，谈到他与曾老板认识于棋摊上，那时候的棋摊，就相当于现在的沙龙，相比现在的沙龙，是低俗的，但也是开放的，那时的棋摊要收钱，偏偏棋友都没什么钱，现在的沙龙不收费，偏偏来的棋友都是有钱人。

乔萍是棋摊老板的女儿。她到棋摊来替换父亲，代父亲工作。潘大龙在棋摊下棋时，除了端水收费，她便站在潘大龙身边，看他下棋。棋摊上主要是下象棋的，下围棋的很少。乔萍本来并不喜欢围棋，只是身在棋摊久了，多少懂棋，在看潘大龙下棋期间，她提高了棋艺。有时潘大龙来了，但没有对手在，乔萍就与他下。她下起棋来很认真，有时候考虑棋局时，落子很慢，潘大龙要有耐心地等着，会由着她去思考，他代她招待棋客，端水收费。那时象棋收费是输者交两分钱，和局一人一分钱。围棋对局时间长，没有和局，输者交三分钱。乔萍从来不收潘大龙的钱，他给过，但她坚持不收，脸都涨红了，有点像要哭的样子。潘大龙不耐烦与一个女孩推来推去的，不收就不收，有时与她下棋，一盘棋结束，他在复盘时，会对她做一点讲解，传授一点定式与大局观。换一个其他对手，潘大龙从来没有这样的心性。

有一次他为她收盘费，一个下象棋的小伙子输了几盘，不认账，倒不是没有钱，是不想认输这么多盘，潘大龙却是看着他输的，就出手教训了他一下。那个小伙子已是工人，挨了潘大龙这个未毕业的中学生几拳，理屈不敢还手，丢下钱就走了。潘大龙动手的时候，乔萍站在他身边，抬了抬手像是想拉他，但她在发怒的潘大龙面前，有点呆呆的，只顾看着他。她是一个沉默的女孩，不怎么说话。她棋的悟性不错，到潘大龙插队下乡的时候，她的棋力并不在他之下了。那年月中，潘大龙约棋友下棋，本可以约到家里的，但他还是经常约到棋摊上来，多少给棋摊添点了人气。有时故意“羞辱”对手，便让乔萍与对手下棋。

运动结束，潘大龙从插队的地方回城来，安排在一家副食品店工作，在柜台上卖猪头肉。乔萍的年龄要小几岁，高中毕业留在了城里，通过进修当了小学的老师。他们还都生活在老地方，棋摊已经歇业，有时星期天，乔萍就到潘大龙家里来下棋。

他想到了当年的家，一座旧楼底层，地板因为受潮久了，踩下去有点软软的。门口院中，长着一棵槐树，开着串串紫花。

有一天，棋到中局，其实下一步棋很容易走的，她却停着了，拈子而不动。他有点耐不住，用眼光去催促她。她拈子的手颤了一下，还是没落到盘上。她轻轻地说了一句："这样我感觉到幸福。"

她是面对棋盘低头说的，脸上浮起了绯红。他一时有点发怔，因为他们是早先的熟人，交往在棋上，他的感觉是她的棋很缠人，他有时忍不住，会在复盘时指出她的棋缠得太紧，棋重要的是有形，按说女子该优美娴静，对形的感觉应该更深。她只是低头不说话，好像她不大会说话。后来听说她当了老师，他还想到过，她怎么在课堂上教学生呢？

他完全没有想到她会说出这样的话来，似乎是脱口而出的，实在不像是她。他们本来就是不同的两个层次，他的家境在运动中受到一点冲击，但毕竟出生知识分子家庭。她只是一个小棋摊老板的女儿，更重要的是，他对她的长相从没有过注意，根本不是他心目中的形象。她的脸有点长，他不喜欢这样的脸形，自然不会存留在心里。感觉她不好看，也不难看，只是一个女性棋友罢了。那时潘大龙虽然只是一个售货员，但他的文章很快在杂志上刊登了，很有锋芒。本来他与她在一起，感觉很轻松，她静静地听他说话，他几乎什么话都对她说，告诉她，他插队农村时，那些祸害乡村的事，还有知青打群架，一批知青都以他为首，听他号令，他不想当头，但他说的话他们都是听的。

后来潘大龙结婚成家，找的女人正是他需要的形象，年轻的男人看准的是有形的女人，虽然家庭未必十分和谐，但几十年也就这么过来了。

潘大龙须发灰白了，高个子男人背略有点佝，但依然很有型。

只是相近年龄的女人，那些曾经与他有过某种情感交流的女人，几乎不可看了。偶尔一见，她们已显老相，似乎对自己的相貌一点也不注意了。眼前的乔萍却好像并没有给人这种感觉，身形还显苗条，脸上还少皱纹。看来造物主还是公平的，年轻时她不怎么漂亮，到老的时候，也不显出难看。

他们之间积着一点情，但在他的内心只是清风一缕，应该是她一厢情愿的事，不过男女之间有点年轻时的暧昧，到一定年龄以后，记忆会有回味似的咀嚼。

“刚才我站在窗前，突然想到，怎么一下子就到了我们这个年龄了……不过，对人生，这么走过来……你也是个教师，不算是底层……就此定格，都还算不错。人立于世，说自重也好，说尊严也罢，能保持一定的形，不那么难看……这说起来是虚的，却有实在其间。我不趋向说佛啊道啊的，那些只能在心里想想，说出来都是错……要说实，就拿我买了这里的房子，学区房，贵了不少，图什么，就是不想求人……人一旦有所求，免不了低声下气，我一生追求的就是不失气韵……。”

潘大龙突然说了许多的话，感觉他们回到了过去在一起的时候。和乔萍在一起，潘大龙什么都会说，想到什么说什么，她都倾耳听着。并非是讨好他，而是她喜欢听他说。到底有多少进入了她的思想中，他不清楚，也不在意。在他后来的家庭生活中，再没有过这样的机会，可以不择言词不计得失地随便说。

他停下口的时候，她还等了一会儿，才说到她要退休了，不想再返聘，她想做个人爱好的事了。

潘大龙先想到她来的目的，大概是想进沙龙下棋，当然这是没问题的，她是旧棋友，当初的棋力不差，想说欢迎她的话。但意识到她说的是个人爱好的事，有单独的意思，便记起她下棋是受自己影响，早先她是喜欢音乐的，曾为他拉过二胡，但自己没有音乐细胞，听完了只觉得乐曲拉得不错，根本不懂得层次高低。

于是，他随便地问了一句："做什么?"

她朝他看了一眼说："不告诉你。"话音中略有一点俏声，对这个年龄女人的声息，他已不入感觉了。

"你现在还下棋吗?"

"下得很少，教案的准备很费时，总想着要讲一些新的东西。再说，现在的棋上变化太多了，实在记不住。"

"棋上其实永远有变化，在于掌握，只是现在的棋不再讲究形，光图变化获取胜机。"

她略低一点头，脸上带着甜意的笑。这一生中，他遇见过好几个倾慕他的女孩与女人，从她们脸上也见过这样的笑。她露着笑时，没再看他的眼睛，也许是她没有勇气？有时应付倾慕者，也会有难处，他原都能应付。而今，到了一定的年龄，男人和女人之间那种与欲望有关的感觉慢慢消失去了。有时会觉得人生所获，乃有一种规定的剂量，过程之中，并不感觉到充实，渴求更多的东西，待要实实在在地感受的时候，一切已经远离，或者根本已经不在。如同自我形象，在很长时间中塑造形成，但苍老改变了一切。

"不管怎么说，你都是行的，就凭你过去的棋，一直不走，也是有内容的。不像现在年轻的棋手，想着的就是胜棋夺名次。比赛棋把棋的根本改变了，变成没有文化没有意味也没有感觉。他们没有下棋的快乐感，我们那时就是输棋痛苦时，也有着快乐感。”

他还像是过去一样滔滔不绝地放话，说着说着便含一种激愤。他意识到这一点的时候，自己也觉得没意思。

“你能常来吗，把你名字列到沙龙……”

她说：“我外孙女……”说到外孙女时，她的口气里带着恳求，女性求人时声音低婉。

潘大龙这才注意到那个埋在沙发里的小女孩，她一直不声不响地在玩 Ipad，听到谈及她时抬起头来，女孩身形娇小，一副小乔萍的模样。

潘大龙想到她是带女孩来学棋的，她想让自己把她的外孙女介绍到楼下棋校去，这没有问题，就是免去学费也是一句话。只是他不愿开口求曾原德，他想到可以由自己来付这个学费。同时他又想对她说，现在的女孩花钱学下棋，实在没什么用。不过这句话，他不愿说出口。面前的这个过去有点情感、却什么也没发生过的女人，他想为她做点什么，但也不想让曾原德笑话自己。

这时，潘大龙的孙女潘宇进门来。

“爷爷，我今天又得了个优。”潘宇走到房中间，看到了乔萍的外孙女姚小凤，她对着这个与她年龄相仿的女孩，神气变了，嘴一抿，眉一挑，旋了一个身，放弃了娇嗲的声音，朝她说：“你怎么到沙龙来了?”也许她认为孩子应该到楼下棋校的，沙龙只有她能来。

潘大龙对乔萍笑了一笑，神情中表示他对孙女无可奈何。隔代亲嘛，乔萍也是理解的，要不她也不会带着外孙女到这儿来。她笑看着潘宇，这个女孩有着潘大龙一般的神情，声形里也有他一般的气势。姚小凤却怯怯地，看看潘宇，又看看外婆，带着一点求和与求告的意味。

潘大龙告诉乔萍，他们一家原住在城南老地方，他的儿子媳妇工作单位也都在那里，新买的房选择城西，是因为这里环境好，还因为这里有好小学好中学。现在的社会啊，管蛋糕的自然会给自己划一块好蛋糕，他感叹着。孙女现在还在原来学校，过了暑假，下一学期就转学迁来。

乔萍问了孩子原来的学校与年级，张了张嘴没有说话。潘宇在姚小凤那边，说："你要下棋吧？我们还是下面去下，不要给他们大人看到，他们看棋会吱声。下面有好多下棋的孩子，他们被教过，别人下棋不能说话的。水平差不多，就是说话也没关系。"

姚小凤从沙发上起身，跟着潘宇下楼去，虽说两孩子是同年龄的，但潘宇个头明显要高。走在潘宇身边的姚小凤，还回头看一眼乔萍。乔萍投去鼓励的眼光。潘大龙说："去吧，没关系的。"

"我们都老了。"

"架子还没倒。"

乔萍说："看到照片，我就知道你一切都好。你这一生都在人生的高度上。"

潘大龙说："一个人的人生高度也许并不重要，但这关系到下一辈的人生。眼下的社会地位反差很大，过去我们的生活也就是谁能多吃一点，社会层次靠努力是可以改变的，现在竞争早起在小学，其实求什么学区房？名牌大学也没用，还是要看有没有一个好爹。我们这样的人家，尽量帮孩子占到一个位置，不至于落到最下层就算好的了。"

乔萍说："学校也许并不重要，重要的还是让孩子能多学一点有兴趣的东西。”

潘大龙感到，乔萍依然有着当年性格中的某种坚持，人生的不可改变，毕竟只是小学教师，所坚持的层次还是普通平常。

“对于我们这一辈人，都快过去了，还是想开些，不用太认真的了。我现在慢慢理解到了，过去硬撑着一个架子，其实很累。就比如说这个沙龙，我就是不来撑它，它一样存在。”

“你是能的。”话题转到他身上，她的话音中又带着明显的赞赏，还像过去那样的直白。

潘大龙说：“到了这个年龄，能还是不能，都有着空的感觉，我从哪里来，我往哪里去？要是有下一辈的话，你会不会想到不要投女身？”

乔萍说：“我觉得女人还是好的，可以吸纳情感，温柔细腻地对人和对这个世界。”

潘大笑说：“如有轮回的话，下一辈的形象还是要男人，自在世上立足……”潘大龙自己也有点吃惊，这个话题他从没与人谈到，在家也没说过。如果说她是红颜知己的话，也是这一刻才感受到。已经多少年没见过面了，也从来没有意识到。

夕阳光从西窗透进来，原是黄色的墙纸，现在显出一片玫瑰色。乔萍起身要走了，潘大龙说：“不想等孩子了？”

乔萍说：“小凤看到你的照片，就想来参加沙龙。现在有了小伙伴，就让她们一起玩玩吧，很希望她们能成为好朋友。现在的孩子虽然有同学，但能玩在一起的到底不多。”

潘大龙下楼去找孙女潘宇。潘大龙对自己这一辈与儿子这一辈，情感并不强烈，却宠着孙女，这种层次低级的儿女情长，他自己也觉得有点可笑。儿媳偷偷地说，潘宇在爷爷面前，父母就没有权威了。

潘大龙还是第一次进棋校的教室。他曾经嘲讽曾原德挂个棋校牌子骗小孩钱。眼前的教室里一排排长桌，桌上一张张木盘，一对对棋盒，显得很有架势。几个教室都已空了，只有一个教室的一角，一些孩子围着一个棋局，曾原德也站一旁看着。潘大龙看到潘宇正站在桌边，他还是难得看到孙女有心思看别人下棋。走近了，他个头高，从孩子的头上方看过去，见到乔萍的外孙女与一位成人在下棋。他认识那是棋校的老师，业余棋界小有名气的五段棋手金雷。

潘大龙刚才见姚小凤，觉得她的身形显得要比年龄小，不声不响地埋在沙发里，几乎不被人注意。眼下她在下棋的时候，脸上的神情特别生动，或者是大笑，或者是撇嘴，或者是悲哀，或者是无奈，夸张神情在一张脸上无声地表现着，仿佛在舞台表演着哑剧。

潘宇见到潘大龙，便把他拉到一边，悄悄地对爷爷说："你知道吧，这个小凤，很神的。第一盘与我下棋，她总是直着身子，头伸到棋盘上面看棋。我嫌她走得慢，一步棋看了又看。当然她赢了我，不但赢了我，曾校长找了最好的小棋手，都下不过她。现在金叔叔下场了，她照样不在意的样子，一点都不怕他……"

潘大龙还是第一次听孙女佩服一个同龄人。潘宇成了小凤的发言人，她向爷爷解释，说小凤很奇怪的神态，是染了网上下棋的习惯。网上凭棋力升到高段后，每次下棋都会有不少网上棋手旁观，自然有忍不住表现观感的，不评点棋，只会点出各种网络的贴图表情。一个个生动的小人脸，或是懊丧或是开心。现在小凤看不到这些反应，便不自觉地在脸上表现出来。

潘大龙过去看棋，现在姚小凤的棋下得一点也不慢，她的身形与专业棋手一般，专注与大气，但落子盘上，是抓着棋子往上放的，像是刚学棋的生手。他现在知道她一开始就在网上下棋的，应属没经教练的野路子，但她的棋形不差。她的对手金雷曾在省业余棋赛中拿过名次，棋力比自己要高上一截，一般下手遇上手都会显得拘谨，姚小凤似乎根本不知道对手是什么人，一点不怵他，随随便便地在盘上惹事，不断找出棋来四处出击。她的棋一点不像是乔萍教出来的，下得飘逸，在盘上腾挪转换，棋风颇像现在的专业高手。盘上她的棋势不差，她走的是黑棋，星位上没有座子，可能是对子，如果没有猜先的话，可能是让先。黑棋先行多少占了些优势，按下棋的规定，结束后数子时，是要贴还七目半的，让先就是不用还目。现在盘上确实是黑棋目数要好些，当然久经沙场的金雷，官子功夫要强，但要翻转身也不容易。

曾原德本也入迷地看着，发现潘大龙，便移身过来，眼睛还看着棋盘。他说："你是从哪里弄来的女孩？市里所有的青少年棋赛，我都看过，哪个棋校有什么样的好苗子，我也都知道，还没见过这样出众的，看她每一步应手，有点野，却又有点别出心裁。刚才北巷小王看了她半盘棋，说她是个下棋天才。"

"她是一直在网上走棋……"

"网上有高手啊，龙飞虎就是出自网上。"

龙飞虎是棋坛的一个神话，龙飞虎是网名，只在网上出现，谁都不知道他的现实身份，都说他也是一位专业棋手，他在网上杀败过现实棋坛的顶级九段，且胜得那么有把握，仿佛是天外来客。

“她想进沙龙的。”

“她进沙龙当然没问题。我想招她进我的棋校，不是学棋，而是代表这个年龄段的棋手参加棋赛，每一场参赛，我都会给她对局费，不管她输赢。”

“你就是生意人眼光，想捞现成的。”潘大龙调侃说，我要和人家的外婆说一下，人家没想来专门参加棋赛。

“当然，她只要来棋校，我都可以找高手辅导她，不需一年，她就能打进专业队。”

“看来她倒是个香饽饽。”

“她的棋形很有灵气，倒有你的一点大气，是不是你遗传的……我是说你教过她？”

在一旁无人的时候，曾原德难得也会调侃潘大龙一句。

棋局进入官子阶段，潘大龙点了一下盘面的目。潘大龙下棋的两强项，一是布局，二是点目，看盘上优劣七不离八。看起来这盘棋，也就是一、两目上下的输赢。

“你们是不是猜先的？如果不是的话，白棋可以丢子了，还想找漏啊？”

金雷就投子认输了，算是让先输了。假如完全走完，数下来，黑棋贴了目数，还多于白棋的话，金雷就太没面子了。放下了子的金雷，直向姚小凤点头，像是看着一个稀罕的女孩。

“愿意不愿意做她一个师傅？”潘大龙问。

金雷是一个实在人，说：“让我当师傅，拣现成的了。有的地方倒是可以指点她一下的，她看来是无师自通的。”

姚小凤说：“我是有师傅的，是我的外婆。一开始就是她教我下的棋。”

潘大龙说：“你外婆的棋我清楚。她是下不过你了，她也没有时间下。”

刚才潘大龙与乔萍交谈中，她很少谈到棋，她主要精力在教案上，无法教出这般出众的小棋手。

一个天才小棋手，潘大龙相信曾原德的眼光，他想着了是否该把姚小凤推荐给市棋院，那里的院长是专业九段棋手，由他来培养，将来一定能成功。是否代表棋校出战，也需得到同意。

潘大龙还没有与乔萍谈这个事。姚小凤很少来沙龙，她似乎是兴致所至，来了也就与人下两盘棋，像是网上一样，下得很快，下得随意。曾原德训练她适应比赛棋，有时对局上钟，姚小凤怎么也不习惯用钟，一步走完，好长的时间等对手应招，却不记得按一下钟，等于对手思考的时间都算作是她的。好在对手安排的是退休专业棋手，会提醒她一下，她下得快，对手也不好意思长考，还没有输在时间上。下完了棋，她的对手都赞赏她，而今的出道棋手年龄往小里走，像她一般年龄的好棋手，也有，但都是从小特别培养的。她在网上那种鱼龙混杂的棋坛中下出来，却不流俗，似乎对棋有着天赋。当然，将来能不能成功，需要指点，还需要在棋赛上磨练，有的棋手随便下下胜率很高，一进赛场仿佛就瘟了，不该输的棋也会输。现在衡量一个棋手的成功，并不光是棋力，还有在棋赛上的成绩。

潘大龙本想再观察观察她，待他想到要与乔萍谈话时，却有一件事让他耽搁下来。在别人看来，也许算是一件小事，但却令他阵脚大乱，他的孙女潘宇没能进新房所在的学区小学。这所学区的新小学，是市里重点小学的分校，师资力量是一方面，生源是另一方面，皆是周边机关与高校的子女。按说，潘大龙购买的新房是在学区内，但学校规定只开一个毕业班，都是当地原户籍的学生，不收转来的新生。这其实是学校的土政策，关键是毕业班只有最后一年，新转的学生肯定良莠不齐。学校的第一届毕业生，决定着学校的声誉。

不能收就是不能收，学校招生的规定不是针对任何个人的，自然没有理论的余地。社会上常常有这样一刀切的做法，切到切不到便是你的运气。潘大龙突然觉得他购房的决定，恰恰错误在一个时点上，他的孙女还需在原来的城南普通小学上课。放学的时候，父母都在单位，只能由爷爷或奶奶远程接她去旧家。一年的时间，明明想好了，买了学区房可入重点小学，能在爷爷奶奶身边生活，孙女小时候就是他们带着的。

潘大龙想到要求人帮忙了，他把所有的亲戚想了，似乎没有与教育局有关的。他只有放下架子，在沙龙中诉说此事，希望棋友中，能有够得上的人出面。但听到此事的人，只是笑看着他，谁也不应口。大家能理解，知道这个年代孩子是重点，而孩子的教育是重点，让孩子得到重点教育，是重点中的重点。虽然只有一年时间，但学校与学校的资源是有差别的，不能输在起跑线上。现在好学校很牛的，凭你什么样的官员，都只有恭恭敬敬的份。潘大龙突然发现，沙龙的荣耀一钱不值，一件原来说不上的事，让他烦不完的心，当年的自己，做什么都可以，现在什么也做不了，一下子自信都消失了。

这天潘大龙下楼去，在二层的楼梯上遇着了乔萍。乔萍说曾原德请她来，谈一谈小凤的事。关于姚小凤，曾原德有一串的计划，他断定她只要经过专业训练，肯定能成功的。他提议小凤经常来沙龙，由他安排高手与她对局，为她复盘，为她讲解。或者安排她去北京著名高段棋手办的道场，那里有全国顶尖的棋师与棋童，她将会成为围棋界的女国手。当然种种安排都须她在棋校挂名，棋校会给她一定的赞助，她要代表棋校参加一定的赛事。

潘大龙笑了一笑，他心里有事，没心思帮乔萍做选择。乔萍见了曾原德后，上楼到沙龙来，她告诉潘大龙，孩子的事由孩子做主。小凤下棋原是玩的，她不想去北京，甚至连棋赛都不想参加，她还是要上学读书，想下棋的时候来沙龙玩玩。与人对局，毕竟比网上要有意思，就是找到对手很不容易。

潘大龙突然发现两个孩子相比，他的孙女面临的只是一个极浅的难题，几乎无可选择，却让他这么烦心。而她的外孙女可能成为国手，或致扬名棋坛，扬名天下，那是不可想象的机会，却似乎轻易地就否定了。犹如棋上难得地形成了一个大模样，随随便便就丢弃了。他不知道该怎么对乔萍说，每个人都有不同的选择，小凤棋上有难得的天赋，且已得到曾原德与数位专业棋手肯定，换作是潘宇，他该是如何的兴奋？那是一步到位的机遇，与换一个学校接受教育，到底能提高多少都未可知，实在有云泥之别。当然，要成为一个女国手，棋上的努力，棋赛的辛苦，作为一个棋手也是清楚的，但任何成功都是艰难的，究竟如何的选择才是为孩子好？说到底，往前走一步与走十步，又有多少不同？

乔萍临走时，把一幅画交给潘大龙，说是送他的。原来她说的个人爱好是画画。看来乔萍应算是典型的传统文人，琴棋书画都拿得起手。潘大龙送走乔萍，坐回到沙发上，看那挂上了墙的画幅。潘大龙对音乐不懂，但对画还是有欣赏力的，一眼看去，他的眼光便凝定了，只见这窄而长的画幅上，线条简单地画着钟馗形象，虽然那钟馗络腮长须官袍古装，但个头面相，似乎有点眼熟，和自己有点相近。画上的钟馗并非表现着打鬼的凶猛，在潘大龙看来，那形象随意，是外硬内柔的模样。

乔萍行棋缠绕与她做事认真是相合的，原想她的画一定是工笔的路子，谁知在她的爱好上，却是十分写意，莫非她内心世界中另有一面？她的画手法意味都独特，比那些落套流俗只会些画技的画家要高出不少。潘大龙在杂志社里见过不少那类著名画家，开起口来，似乎天下画界无出其右者。凭乔萍的画，也许炒一下，再加上有一个愿意承包的画商，出手一捧，说不准便推出一个大画家来，而现在的画是很能生产出人民币来的。

如果把这个提议对她说，她会不会也以个人爱好懒得运作来推辞呢？

快放暑假时，潘大龙接到电话，学区小学通知潘宇去学校报到，儿子即带潘宇去了。潘大龙实在想不出，是学校改条件扩招了，还是沙龙里哪位能人的动了关系。儿子从学校出来，赶到沙龙告诉潘大龙，说是校长特地陪他们办的手续，原来是学校里有一位叫乔萍的，是个老教师，当初的校长刚进校当见习老师时，她还带过他。乔老师眼下要退休了，学校问她有什么要求，她提到潘宇的情况，认为按户口的学区划分可以进毕业班的，希望给予考虑。乔老师工作几十年，从没提过要求，学校也就同意了她的这个请求。

第十八章　棋语·收官

林春晖对着棋盘很长时间，棋盘上依然是空的。

儿子林忘筌注意到一段时间内，父亲总是这样凝定的形象。过去林春晖喜欢复盘，或者自己与自己下棋，现在林忘筌意识到父亲只是看盘不落子。开始还以为父亲是在心里想棋，后来才觉得他不知是在想什么，似乎忘了下棋。

父亲的棋，是从日本传来的，贝壳制成，白棋面上还能看到隐隐的贝壳纹，底不是平的，形状与中国常见的半圆玻璃棋子不同，显椭圆。

儿子看惯了的是，父亲粗大的手指拈着棋子放到盘上去。感觉棋子还在盘上摇晃一下，那种感觉，是父亲满意的。

父亲在母亲应凤鸣去世以后，一个人生活，慢慢地变得不怎么说话了。林忘筌成了家，家安在新区十几层楼上的公寓房，明亮宽敞。他曾把父亲接去过，但父亲不适应，很快就住回了旧楼。

旧楼曾住过前朝高官，属历史遗迹。旧楼坐落在一个小院里，楼下住一家，林朝晖住的是楼上，三间很小的房，两间卧室，还有一间是书房，通着阳台。另有一个小过道厅。书房的写字台上放着棋盘与棋盒。

旧房明瓦木窗，窗外树影婆娑，晴日里光线朦胧，雨天里檐水绵连。白日里安安静静，能听到两棵枝繁叶茂的树上鸟雀的啭鸣。黄昏时，杂声四起，木楼梯踩着的吱吱声，院子里邻居的对话声，巷子里孩子的叫笑声，伴随着声音的还有楼下厨房里飘来的油煸菜香的气息。

父亲喜欢在书房里给放学回来的林忘筌讲旧事，旧事与旧楼一般，有着一种陈旧但还有一种熟稔的感觉。父亲说着说着，会去看一眼穿过书房到阳台去晾收衣服的母亲。母亲只顾低着头做事，偶尔会回应微微一笑。

父亲的人生与棋相关，也与棋友相关。在他讲的旧事中，最常出现的是蔡云峰，他们小学时代便熟悉，很多的时间在一起下棋。

到青年时，争胜之心强了，往往会为谁的棋力强而争，都说自己赢得多。于是，每盘胜负都做记录，后来索性来点彩头以加深印象。一盘一角钱，当时七分钱可以买一对烧饼油条，八分钱可以买一碗阳春面。依然有争论，那时，林春晖还住在另一个大杂院中，他把从蔡云峰那儿赢来的一张张一角钱纸币，用图钉贴在墙上。

有一天蔡云峰带来一个作业本，里面夹着一张张一角钱，本子上记着几月几号下的棋，还附着简单的棋谱。

接下来，他们进行交换“俘虏”。随后，又是一场争论。

林忘筌怀疑父亲得了老年痴呆症。过去父亲的记忆是那么清晰，谈吐是那么有思想，眼下对什么都没有了兴趣，似乎一切都随母亲去了。

在母亲生病后期，儿子回到旧楼来，都会看到父亲坐在母亲的躺椅边，与她说着什么。那张躺椅有了些年代，身体摩擦到的地方，显得黑亮，藤条却还是那样完整无损。母亲喜欢躺在那上面，似乎是她专用的休息物品，她躺着捧一本书看。儿子的感觉中，母亲难得休息，她总是在忙，洗着晒着，切着烧着。

躺椅搁在书房靠阳台门的边上，能透吸纱窗外的空气。春天里，白玉兰树，花大朵大朵开了，那时树叶没生长出来，花在树头独自站立着，落下来后，树下铺满一片白。

母亲检查出鼻咽癌，便是中晚期。她坚持做完了一次又一次化疗疗程，一年多期间，她一点不显病态。终于，化疗也摧毁了她自身的健康力量，她躺倒了。以前父亲能背大段的中医理论，像对中医有过专攻，他认为西医治标不治本，缓重病症还需中医治。但他为什么会同意母亲去做化疗？人对事物的看法，随着人生的流动，都会有变化。理与行，理只是说的，只有行，才变化成现实的状况。

母亲最后的日子里，林忘筌请了假，与父亲一起陪在她身边。晚上，母亲身体的疼痛感加重了，眉头皱着。旧楼里，灯光总显得不够明亮，仿佛一部分的光被旧物与暗影吞噬了。

父亲仿佛能感受到母亲的痛苦，开始说起了故事，那些旧时的故事。林忘筌没想到父亲的叙述还是很有幽默感的。父亲身背后深色的书柜，似乎添出了一点亮色。母亲静静地听着，像是一时忘记了疼痛，只脸上经过手术的部位偶尔会微微皱动一下。

那些旧事中的主人公，都是父母上一辈或平辈的人，很多已经离开了人世。父亲叙来总有点伤感，母亲却豁达地说：死也就一种出走，不过是走到了另一个空间吧。

父亲说："以前你……"

母亲眼看着父亲，眼中有了一点嗔意。

林忘筌知道，是因为自己在场的缘故。父亲以前说旧事，从来没说到过与母亲婚前的事，他们肯定有过情动也有过热恋，但母亲认为美好的记忆应该放在心里的，另外上了年纪的母亲依然会有羞怯，特别不喜欢父亲当着孩子的面说他们过去的事。

父亲说："那么，你还记得蔡云峰出走吗？"

母亲看着父亲，仿佛需想一想。母亲的反应迟钝了，只是眨了眨眼。疼痛一直在发散着，但母亲尽量不显露出来，一旦牵着了痛，她便会露出一点笑来对着父亲，仿佛在弥补她表情的过错。

"蔡云峰"这个名字，在父母最后一起的时间里，在父亲的叙述中，形成了特有的形象。

那是一个雨天。热天里，下了一场雨，天就凉快些了，空气中也带着了雨湿的清新气息。

那时，林春晖住在一个杂院的小楼底层。小楼的前后，住着四五户人家。后来，儿子林忘筌也是在那里出生的，儿子出生不久便搬离了。早些年，那座院子被拆了。拆迁的时代中，人们谈论起一个个新小区的印象，就像过去议论一家家有着便宜食品的小吃店。

小楼底层的空间不大，林春晖有六平方的独住房间，小虽小，在大运动时代，朋友的眼光是羡慕的，一般棋友的对局，都约在他这里。

蔡云峰来小楼的时候，脸色微红，有着一种别样的兴奋神情，他对林春晖说："下一盘棋吧。"

每次蔡云峰显露这种神态的时候，总是他内心有了新鲜的想法。在行棋上，每一步都如信手拈来。

“这一盘棋有关我的一个决定。”蔡云峰这样说。

林春晖并没有在意。凡蔡云峰有什么大事，都会告诉他。不管蔡云峰说什么，并不会影响林春晖的下棋。一旦林春晖下到棋，便会全力以赴，绝不会放水。因为林春晖的信条便是诚实：你喜欢什么，你就要对得起什么。林春晖对得起围棋，要不，他不会一生都把它当作一件事来做。

在棋盘上，蔡云峰照例是围空，而林春晖总是去贴身缠打。这是他们不同的棋风。蔡云峰擅长围空，林春晖擅长搏杀。蔡云峰认为围棋既然叫围棋，就是要围的。“空”是一种文化，是一种美。如果下棋只是战斗与搏杀的话，那便只是战争式的游戏。围棋具有的文化，那就是“空”，棋上的战争是迫不得已的。蔡云峰说他下围棋，就是追求棋的文化与棋的美，要走出一条独特的路来。

下这一盘棋前，林春晖刚看了北巷小王送给他的一个旧谱。他等着蔡云峰来，要把这个谱转给他看。借着下棋，他想让蔡云峰有所注意。于是林春晖用这个谱中的手筋与定式来表现。古时有关围棋的理论谈的是棋文化，但留下来的谱却多搏杀。有时林春晖觉得蔡云峰接受了过多的传统文人观念，把琴棋书画等同起来，强调其中的文化内涵。但是棋是有对手的，有对手便会有争斗，争斗显示的是力量。

这一盘棋还是林春晖的战术起了作用，最后林春晖胜了。蔡云峰朝盘上看着，黑白棋形，他的空是破裂的，他的好多块棋都与林春晖的棋纠缠在一起。

蔡云峰依然低头对着棋盘，说他要走了。这盘棋决定他要走。

“去哪里?”林春晖笑问。

传说日本棋手，常会输了棋自罚剪光头什么的。

蔡云峰说他要下乡去。

那个时期，上山下乡运动已经进行了两三年，农村的艰苦是明摆着的，下乡的人都想回到城市里来。蔡云峰是家中独子，虽说是毕业分配一片红，但还是可以在城里等等看，学校与街道对这类毕业生不做强行要求。

蔡云峰说他准备去的乡村，他曾经随舅舅去过一次，还是在他年幼的时候。那里虽然贫穷，但他的感觉中是一片净土，那里的一切都很平和，没有城市的嘈杂，在他的记忆中有着一种空的感觉。

蔡云峰说他需要的是磨练，对棋对人生是一样的。他一直没有做最后的决定，现在这一盘棋帮他做了决定。

“你不可以这样!”林春晖叫起来。林春晖对蔡云峰说:“你不能把这样的一个决定，放到一盘我根本不清楚结果的棋局上，好像是我让你走的，我怎么会让你走呢?”

“重来重来。”林春晖几乎是求着蔡云峰说。

蔡云峰只是微笑地看着林春晖。在林春晖看来，那时蔡云峰的笑是残忍的，是在惩罚自己，让自己吃药。林春晖听说过农村的贫困，听说过知青的艰苦。这一刻林春晖突然觉得对他来说，蔡云峰这个朋友是那么的重要。虽然他们从来没有说过深一步友情的话。林春晖想到过年挤着火车回来的那些知青，一个个脸变得黑红粗糙像个乡下人的模样。他无法忍受蔡云峰也变成那样，一年只能见那么几天。

后来，蔡云峰说，其实他的决定跟这一盘棋没什么关系。蔡云峰笑了一笑，又说，老是输给他，就想要气气他。见林春晖脸色在变，蔡云峰又正容说，他发现自己的人生与追求还是个空白，他需要丰富自己。功夫在诗外嘛，他需要在生活中磨练，以拓宽视野提高境界。

蔡云峰来到乡下，每日上工下工，荷锄挑担。在田野中，在自然中，一切实实在在，却又空空荡荡。蔡云峰的身体经受劳累，经受艰苦，经受饥饿，但他的心还是自在的。他在本子上写下：劳动让人踏实，改变着自身的意识与提高着内在的力量。

稻收了，场抢在雨天前拾掇干净了，风就一天天寒起来，夜露浓重，搁在院落里迟收的柴枝，湿漉漉、凉冰冰的。晨霜雪白，密密的田埂草承受不住绵绵白霜，便褪去青色，变成一片枯黄。几个日照后，一把野火舔卷过去，埂边焦黑焦黑，细细的墨草灰随风满田野飘扬着。接着是淫雨，雨把田里浅褐色的土垡濡酥了。场角偶有堆积的带有稻芒的瘪壳泡在了土层里。略宽的乡间道路上，留下了深深的脚印和车辙，蓄着积水和泥浆。天一放晴，道面上便成了高低不平的冻土。

冬季农闲，有县里的工作组到村上来，这是运动中常有的事，发动群众抓革命，揭发队上出现的问题。这本来对蔡云峰并没有影响，他还是每日下田劳动，罱河泥，积凼肥。但工作组还是找上了他，一位姓陶的副组长会下围棋，找他去下一盘。棋是陶组长带着的，是那种玻璃棋子，从棋盒里掏出蓝色的塑料薄膜棋盘，皱皱的棋盘摊在桌上，用水抹平了。那个陶组长看上去黑黑胖胖，却有点文气，下棋明显对局少，不懂布局与手筋，只顾落棋围着空，根本不计较一子一着的得失。蔡云峰一边下一边想：是不是自己下了乡，因为一顿两顿没有吃饱饭，一天两天累得早晨爬不起来，一次两次做不会农活让大家笑话，反映到棋盘上心态不对了，添出了吃棋的冲动。棋到终局，蔡云峰执白后走，虽然并没吃多少黑棋，蔡云峰不用点目，一眼也能看清盘面上白棋的空要比黑棋多出十目以上。陶组长却说了一句差不多吧，撸了棋，就和蔡云峰谈起了工作。陶组长说，你会下棋，还是围棋，下得还不错，你计算能力不差的。

于是蔡云峰被留在了工作组。他们把队里的几个账本拿来给他看。蔡云峰不懂账，但账面上的支出与收入还是看得懂的。那是纪会计做的账，他没看多少单据与账册，就看出了问题。有的账不用算，一眼就能看出是算错了。

他不知道纪会计怎么会当会计的，他似乎连一些简单的计算都会出错。

蔡云峰想到队里人流传的一句话：纪瞎子算账，算进不算出。纪会计戴着一副深度眼镜，平时不声不响，从未见他高声过，总是低着头走路，好像还是看不清路，直冲冲的。他的老婆却漂亮，个子不高很秀气，见人便是笑模样。谈到他老婆，队里人又会说：纪瞎子算账，算进不算出，要不怎么会把漂亮女人算进家门的。

账目查下来，蔡云峰发现，凡和队里分配有关的，都是队员赚便宜，而集体吃亏。说纪会计不会算账，这一点他倒没弄错过。以前队里分粮分草，都是纪会计打秤，队里人多捧一把多拉一把，他都像是看不到。

关键是纪会计自己的账，确实只往里进，不往外出。蔡云峰算下来，三年之中，纪会计贪污了一百七十九元六角八分钱。

平均每年六十元，一个月等于多了五元钱的进账。蔡云峰所在的生产队，每个工三角钱，纪会计等于每年多了二百个工，相当于一般劳力整年做的工。

蔡云峰自然把勾出问题处的账本交上去了。工作组一找纪会计，他一下子就认了。只是退赔，他家里只交出来十一元三角钱。结果也是自然的，作为贪污分子，纪会计被撤了职，并被批斗了。

批斗会上，纪会计弯腰低头，工作组的大批判是很严肃的。队里的人在台下跟着喊口号，但神情并不愤怒，像是件很平常的事。会计多往里算一点嘛，难不成还往外贴吗？私下里谈起来，都说纪瞎子倒霉了，流年不利。

查过了，处理过了，证明工作是有成效的，于是工作组就撤了。接下来，队长说纪瞎子贪污的钱也不用马上交了，记在账上，从今后工分收入里慢慢扣吧。平日里会计没有功劳也有苦劳呢。

队里人也就跟着说：可怜他的老婆又漂亮又会做，忙出忙进的，还有两个孩子呢。

队里人这么说着，也没人议论蔡云峰。他做的是工作组派的活，公事必须公办，也是应该的。

蔡云峰突然对纪瞎子有着了一种奇怪的感觉。他曾随工作组去过纪瞎子家，那个家里很简单，吃的也和队里普通人家一般。一个月多添五元钱，对纪瞎子来说，算不了什么，就像在漏斗里漏掉了。现在生活依旧，队里人对贪污分子并无两样，对揭露罪恶的积极分子，也无两样，这便是先前蔡云峰欣赏的平和。现今蔡云峰心里却不平和，他总是避开着纪瞎子一家，仿佛是欠了他们的。他本来心中的“空”，被实的感觉侵占了，某一处实实在在地往下坠。

蔡云峰根据家中无子女政策回到了城市，恢复高考后，考入了大学。

也是一个春雨天，蔡云峰到林春晖家来，在院子外站了一会儿。巷子里，塑料布搭着了一排临时棚，原是闹地震时搭的，却有人住了下来，一住几年，从运动后期到新时期。院外有棵大树，塑料布围着树绕了一圈，雨天里，雨水沿着树干流入棚里，棚里的人不住地舀水外泼。蔡云峰撑着伞，看着这情景，一时感觉那树仿佛是从棚子里伸展出去的。

与林春晖下棋的时候，蔡云峰脑中依然浮着这个画面。这段时期，蔡云峰常与林春晖对局，他仿佛要把在乡村耽误的棋局补回来。平时他们一边下棋，一边会聊聊事，斗斗嘴。这一天蔡云峰什么也不说，只管低头看着棋盘，依然是一贯棋风，宁可输棋，也要讲究棋形。

结果还是蔡云峰输了。他把手中的棋子扔在盘上，叹息了一声：“你总是喜欢搏杀，我不想与你对杀。”

林春晖说：“习惯使然。”

蔡云峰说：“习惯习惯，一天又一天，重复这么过。在乡村的时候，有时看着太阳下山，拄着锄头等天黑，想着人生就是一种习惯。回到城市里，又是那种明日复今日的习惯。人生总要有变化，要有伸展的天地吧。”

蔡云峰说：“棋输了，我还是要走。”

这次林春晖没有叫起来，只是木木地望着蔡云峰，望得他神情有点不自然。

蔡云峰说："不是输赢的问题，是我给这盘棋下了一个注。"

林春晖说："这次你要到哪里去?"

"赚钱去。"蔡云峰平常不喜欢说钱，这一次像是换成了另一个人的声调，说得慷慨："社会要发展，经济为先。过去一直穷，现在要用钱来改造。"

林春晖说："这与你'空'的棋论不合。钱是实实在在的，钱的毛细血管里流淌着的是血汗。"

蔡云峰说："空不可得，就追求实吧。相反相成，这个社会的辩证法就是，弱极生强。"

那天雨停时，他们出了家门，在江边走了很长时间。蔡云峰对林春晖说到了一个人，他就是要跟着这个人去，他被他迷住了。这个叫曾原德的人，身上有一种特别吸引人的魅力。他饱读各类书籍，特别是他能用书上的理论来支撑他的观点。一旦他说理的时候，眼中明亮，身上仿佛有了一层微光。那光息把对方团住围住，语言仿佛是一颗颗棋子敲落在对方的心秤上。

他们要白手起家。曾原德说看过蔡云峰的棋，有一种大气。赚钱要改变传统方式，需要有新的思路。他还需要他围棋的算计，能在具体上帮他守底。

蔡云峰看准曾原德是一个有理想的人，他对他的好感不一般。他相信他们会从社会的基础着手，最后达到推动社会变化的高层。人生总要做一次与以往完全不同的事。

蔡云峰说："以前我在围棋中追求'空'美，看来是虚幻的。以后我不下棋了，你代我多下吧。"

林春晖不知道该怎么说，他历来重信守诺，每一步都走得踏踏实实，这也是蔡云峰曾经赞赏过的。现在是不是不合时宜了呢？

林春晖记得那天雨后的江水特别的蓝。那条江水后来曾经发出臭气，人们呼吁治污。多年的治理，水质转净。但那天的水色之蓝，林春晖再没见过。

往往理论上的巨人，会是行动上的矮子。但曾原德行动迅速有力，且不知疲倦，他说道理的时候，眼中满是自信神采，说完话后，头微微下垂，又显着一点腼腆，让人相信他绝不是狂妄之徒。蔡云峰跟着他行动，配合默契。他们在南方的新城市起步，开头做得艰难，隔几天，他们就会有一次畅谈，两个人两杯茶，也总是曾原德在说，蔡云峰在听。曾原德总是在论证他们的事业必然成功，蔡云峰并不需要他的鼓动，他大学一毕业就与他同行，心是坚定的。蔡云峰知道许多的话曾原德是对他自己说的。有一次曾原德说了一通话后，停下来，望着蔡云峰说："找你搭档是找对了。"而后，他指着窗外一大片高楼说："你看着，那所有的终会为我们而用。"

曾原德永远不会泄气，创业几次不成功，很快又开辟新业务。蔡云峰清楚曾原德并非是商业天才，但他相信他会成功。

有一两年时间，他们每天只睡几个小时，就起来工作。曾原德的指导方针从大众路线到官场路线，终于走通了。

他们开始赚钱。曾原德把赚到的钱，又投到与官场交往中。

他们的公司规模扩大了，宽敞的楼厅，玻璃挡板隔着的格子间里，坐了不少新的员工。公司的每一条规章制度，都由蔡云峰拟定。曾原德总说他定得太严了，不时嬉皮笑脸地为犯规受罚的员工说情。

每个员工都感受着曾总的魅力。

一天晚上，蔡云峰站在楼厅的窗前，熄了灯，他独自在黑暗中，默默地望着眼前一片片灯光跳闪的楼群，一时他觉得恍惚是时间在跳动，自己怎么会站在这座陌生而类同的水泥楼群里？仿佛这是另外一个自我，所做的一切都很奇怪。他知道自己在走着人生的另一条路，everything is permitted ，曾原德会借英语这么说，译文意思是“万事皆准”。正如满盘搏杀的棋，不讲棋形，只求胜负，而胜到手的便是钱。

电话铃响了，曾原德在外面打电话来，要蔡云峰和他一起去一位官员家里。那位官员与蔡云峰在一次围棋活动中认识。曾原德说，没想到这位会下棋的官员很有实权。

蔡云峰下了楼，曾原德正坐在那辆凯迪拉克车中等着他。车后座前放着一盆市值飞涨的君子兰。

一盆君子兰花与一块和田古玉作礼品，两物都具有高雅的品性。在曾原德向那位官员大谈兰与玉的话题时，美玉与兰花散发着莹莹的光色。他们离开时，那位官员难得地送客到门口，并说了一句：“常来走走。”

从官员家中出来，曾原德有点兴奋，随嘴说了一句：“又有上千万的钱在几年中落到手上。”蔡云峰没有接口。车开了一段路，坐在副驾驶座上的蔡云峰依然没有声音。曾原德把车开到路边，扭过头来看他。蔡云峰突然像是对自己说着：“太实了。”

“你又想到了什么？”曾原德扶着方向盘问。他很了解蔡云峰，他对他说：“那些官员并不缺钱，是需要人尊敬他们。权利在他们手上，这就是社会现状。有些事是必须要做的，只有赚到更多的钱，才能去做他们真正想做的事。”

已近子夜，路边的大铁门打开，工厂下班了，一大群的年轻工人一涌而出，往斜对面的生活区走去。人群在车前分流，也有年轻的脸贴着车玻璃朝里看看。这些几乎每天加班的外来劳工，一个月拿一两百元工资，他们也是一种生活。蔡云峰一时觉得自己已经苍老了。车的隔音效果很好，曾原德的声音都听在耳中，但那磁力仿佛随着人群流去。

到林春晖查出癌症躺倒在医院病床的时候，儿子林忘筌想到，他还从来没见过蔡云峰。在父亲对母亲说的故事中，林忘筌感觉到，他是一个腼腆、敏感、执着、情感细腻、怀着理想的叔叔。林忘筌在一家杂志社工作，本身也是一位作家。凭着作家的想象，他想到蔡云峰最后告别父亲，已是二十多年前的事了，那应该是他第三次出走。第三次出走他又是去追求什么了呢？也许会有一个更精彩的故事吧。林忘筌清楚蔡云峰在父亲内心的分量，父亲最后一次复盘的就是与蔡云峰的那盘未下完的棋，那盘棋已到收官阶段，仿佛兴尽停盘，不再去计较黑白输赢。那盘棋还摆在旧楼书房的书桌上。

父亲得的是与母亲一样的鼻咽癌。也许夫妻在一起生活久了，习惯相近，病也相近，这是医生的解释。其实，爱着的夫妻，相融的呼吸，相融的思想，内心世界是相融的。容貌也会相近，所谓相由心生嘛。

但母亲的病是缠绵的，拖了一两年时间，而父亲的病却来得猛烈，一下就到了生命后期。从医学角度看，身体原来强壮的，平时少有细菌的感染，到最后强敌来临，平时得不到御敌经验的抗体，一下子就崩溃了。

然而在林忘筌的意识中，母亲得病一直有父亲陪在身边。而在母亲去世后，父亲一直是孤独的，他已无生趣，也无对病抗争的意志。父亲拒绝手术也拒绝化疗，认为那是徒添痛苦。林忘筌不想违逆父亲最后的吩咐，然而当他眼睁睁地看着亲人一天天地走向死亡，而不做一点拉回的努力，在心理上是难以解脱的。

林忘筌想着要为父亲做一点事，他想到了蔡云峰。父亲最后的日子，需要有同时代的好友在身边，就像父亲在母亲的身边，这个人应该是他常提到的蔡云峰。林忘筌想到他们的情感不可能被遗忘，不管蔡云峰这第三次出走是什么原因，但他也一定会念着父亲。于是林忘筌写了一篇文章上传到互联网上：蔡云峰叔叔您在哪里？在文章中他写到了父亲所说的蔡云峰两次出走的故事，文章感动了很多网民，好多论坛都在转载。

另外，林忘筌想到蔡云峰爱棋，对棋有着自己的理想，在这网络发达的时期，也许会有表现。林忘筌在网上用搜索的方法，寻找与棋有关的文章。他终于找到了一位网名为“棋盘上的人生”的博客文章，这篇人生感悟的文章说着围棋的美，“棋盘上的人生”对棋有着美的追求，他的文字所表现的，便是林忘筌听父亲讲故事时的感受。偶尔“棋盘上的人生”会诉说对旧时朋友棋友的思念，也曾写到过在一座旧楼里的对弈，那光线中飘着尘息的感觉，与对弈的快感连在一起，有着一种永恒的美的人生感受。

林忘筌几乎肯定“棋盘上的人生”就是蔡云峰，他在“棋盘上的人生”博客上留言，并打电话找网站管理员询问。管理员回答博主有隐私权，他们不能公开其名字与联系方式，也不应该为一个询问去查看。林忘筌就说了父亲讲的故事，对方被感动了，说他们征求一下博主的意见吧。

医院发了病危通知书，林忘筌知道父亲已经在最后的时刻了。他伴在父亲的床边，每天念一篇博客文章给父亲听，他告诉父亲已找到蔡云峰叔叔，他正在国外，很快会回来。林春晖有时还会把博客文章改动了一下，使其更带着情感。

有一篇博文，写到参观东欧的一座博物馆：出博物馆门，一阵风卷过，整片高大的树林同时飘落下黄叶来，漫天飘洒着，落得那么均匀。那情景像一盘很精彩的棋，满盘是棋子，却又带着空灵的感觉。

每次林忘筌念博客文章时，便感觉到父亲心情不错。父子的心是连着的，林忘筌因能为最后时光的父亲所做着的事而宽慰。

人生如棋，有来有去。棋下完了，棋盘也就空了。旧楼的书房里，有一盘棋没有走完官子，林春晖最后一次摆这盘棋的时候，也许他已经想到，他的人生已到收官阶段。

收官是一盘棋的尾声，大势已定，几乎没有太大的空间来努力了。

林春晖依然躺着，已经不再睁开眼来，就快进入弥留期了。这天病房里走进一个人来，是一位高个宽肩、须发花白的老人，穿着了一套中式的服装。也许因为个子高，长期与人低头说话，身背略显一点驼，步子颇健。他一进来就对林忘筌作自我介绍："蔡云峰。"

林忘筌望着这位年轻时一定很帅气的蔡云峰叔叔，心感惊奇，来不及问他是如何得知情况的，便把他带到父亲的病床前。更奇怪的是，几天中一直闭着眼、仿佛就要离去却又迟疑着的林春晖，这一刻的眼正睁着，看着他们走近。像是他等着的就是这一刻。他与蔡云峰对视的眼神，显得很有精神，一点没有身近弥留的感觉。

“你来了。”林春晖终于发出了声音。蔡云峰在他身边坐下来。他们很长时间没有说话，只是对视着。

后来，蔡云峰说起了他出走后的经历。他去了北京总公司，因为他在大学读的是外语系，懂几国语言，总公司让他负责拓宽国外业务。他去了不少国家，最早是日本，后来去过韩国，在日本与日本友人下过棋，在韩国与韩国友人下过棋。

蔡云峰去俄罗斯的时候，与一位被男人遗弃的俄罗斯女人同居了一段日子，那女人突然遭遇车祸死了，他就向总公司要求，长期留在俄国分公司工作。这许多年中，他把去世女人的儿子当自己的儿子养大了，现在儿子已经结婚成家，他便回国来养老。侨居国外，每一次回国，总会感叹国内的变化是这么快。

蔡云峰一直说到很晚，直到护士来关灯赶人。

半夜，林春晖就辞世了。他走得安详。

送别父亲后，林忘筌把蔡云峰接到旧楼的家中。蔡云峰应该是第一次进这座旧楼。过道厅的一张长条桌做了灵台，放着林春晖的遗像，旁边放着应凤鸣的遗像。遗像中的两个人，露着相近的微笑。

蔡云峰在林春晖的像前敬了一炷香，与林春晖的眼睛对视了一会儿。他又到应凤鸣的像前敬了一炷香，同样对视了一会儿。林忘筌注意到蔡云峰变化的神情：他摇着头，像是要避开去，他的眼中闪着一层光亮。

移进书房里坐下，书桌上正摆着那盘棋。蔡云峰看着这盘棋，过了一刻，他一把把棋撸了，又一步步地摆着，摆一步想一想，像是在想着过去许多有意味的往事。

这盘棋有对空的追求，也有着缠杀的痕迹。

蔡云峰告诉林忘筌，这是他与林春晖下的最后一盘棋，这盘棋他们都下得很用心，每一处转换，都是林春晖占了一点先机，而他一直努力地想翻盘。下到官子的时候，林春晖停了盘。告诉了他，要与应凤鸣结婚的事。于是就没再下下去。

参加了林春晖与应凤鸣的婚礼，他就离开了故城，去了北京。

说到这里，蔡云峰停了停，随后问林忘筌："我知道你是个作家，你在网上留下的文字，是不是创作的作品?"

蔡云峰说，此前他的生活都在故城，并没有长期离开过故城。

这是林忘筌没有想到的。蔡云峰去北京是第一次出走，也是唯一的一次出走。

蔡云峰接着告诉林忘筌，他的母亲应凤鸣早年也是棋友，她下乡插队过。蔡云峰有一次还和他父亲林春晖一起去她插队的乡村看过她。蔡云峰对那里的感觉，并非是他父亲林春晖叙述中的平和，也就是一个贫穷落后的乡下地方。原来是不开化的，因为有了知青，他们才实实在在意识到城市与乡村的差别。他们羡慕知青，因为知青有"来方"，指的就是钱。林春晖与蔡云峰进了村，找到应凤鸣的住处，好多村里人跟着围了来，特别是妇女与孩子。应凤鸣把林春晖与蔡云峰带去的东西分给他们，糖果给孩子，肥皂切成一小块一小块用纸包了给妇女。

林忘筌一直默默听着，蔡云峰对母亲的描述，似乎与林忘筌所了解的母亲有很大不同，仿佛在说着另一个女人。自他懂事以来，就没见过母亲与父亲对弈过。母亲似乎很不愿意提过去的经历。但细细想，蔡云峰所说，也合母亲形象，母亲思想开放并意志坚定，她要做的事，总会去做。母亲也应该是懂棋的，她偶尔对电视上所播棋局的一两句评点，有行家意味。林忘筌本以为那是她长期与父亲一起生活，耳濡目染的缘故，且林忘筌并不喜欢棋，也就不在意。在家里，父母的空余时间，常是父亲下围棋母亲看小说。林忘筌年幼的时候，母亲就教他古诗词，后来经常与他谈文学。他是受母亲影响成了一个作家。

有关旧事种种，林忘筌有许多弄不清的地方，他觉得不便问，也不用问。他是一个作家，有自己的理解与想象。年长的一辈也有过年轻的容貌，年轻的思想，年轻的情怀。在他们的年轻生活中，会有理想，有追求；会有交叉，有碰撞。林忘筌一时感受着那无穷尽思绪的飘浮与联系。

林忘筌还是问了蔡叔叔一个问题："什么是围棋的美？"

蔡云峰说："美的概念是在变化的。过去一盘棋可以下一天甚至好些天，封盘以后开盘再下。社会变化了，时间变快了。现在的比赛都会在电视与网上直播，合着观赏要求，一盘棋总在几个小时中结束，甚至更短的时间。这就考验棋手思维的快速反应，不容长时间细细琢磨。下棋讲'空'。空是相对的，一步棋下去，能破对手多少空，或能成自己多少空，所获是等同的，这就需要算路深。不管是搏杀还是占空，输赢在于棋力。"

蔡云峰说着，把一颗白子拍到棋盘上，那里黑棋有着一步跳，落下的白棋刺着黑棋的眼。

蔡云峰说："要说美吧，效益就是美。"

蔡云峰说得明白，但在林忘筌听来，与旧时接受的棋文化观念完全不同，仿佛隔着几十年的岁月与几层不同的空间。林忘筌陷入自己的遐想中。

此刻，蔡云峰低了点头，眼凝视着阳台门边那宽空的一角，仿佛能感觉到当时林春晖坐在应凤鸣躺椅边的情境。

许久，林忘筌听到蔡云峰轻轻地说了句：“你又占了先……”

第十九章　棋语·连

北巷小王，本名王连生。因为与样板戏里的叛徒排名，所以他自称小王，北巷的。习惯了，大家就叫他北巷小王。

北巷小王在海城围棋界名气很大，比一般的职业棋手都大。

运动年代，在围棋协会中拿工资下棋的职业棋手，都下放到各个企业中，恍如销声匿迹了。围棋协会不再有活动。社会上依然有喜欢下围棋的，街巷中不住地冒出新的霸主，他们到底水平高到哪一层阶，需要寻找其他高手，通过对弈获得胜负来确定。俗言：文无第一，武无第二。围棋是体育竞赛项目，牵连着几千年的文化遗存，一旦在棋盘上搏杀，斗智斗勇，除了棋力相差过大，一般棋手都不服输。确实棋上的胜负，并不完全代表智力高低，往往与棋手的心境与情绪有关。总有棋手不认结果，或也有夸大的，也有吹嘘的，也有另加一番说辞的，也有颠覆战果的。围棋自有江湖传说。

北巷小王在棋界的名气，并不在于他的棋力，甚至谁都没看到过他下棋，他能很快确定棋手的棋力，并能找到与其棋力相近的棋手来对弈，用他的口头禅便是：你们两个碰一碰嘛。他是棋局的组织者，是棋局的裁判，也是棋局的点评者。他的组织能力很强，他约的棋局都会成功，棋手都以为他所约而荣幸，因为棋力低的他是看不上眼的。他的裁判绝对公平。而他对棋局的评点，高屋建瓴，十分精准，对局双方都会服帖。最后他也是棋局胜负的发布者，他的发布带有着判定，并不完全以胜负论英雄。这样的发布就不简单了，他要对每个棋手的个性、力道、长处、短板以及发展前途做出说法。这一步很难，换任何一个棋手来做，往往会被其他棋手认为有掺杂个人好恶之嫌。北巷小王不下棋，不会利用人脉来评判，偏偏他对棋局的评点是到位的，不偏不倚，他的棋评还掺着对棋手精神的论定，这是他的特长，所以奠定了他在棋界的地位。

北巷小王的影响不光在海城围棋界。他每星期总有一、两天在襄园，自民国开始，襄园便是海城围棋爱好者聚集的场所。运动期间，官方举办的围棋活动已经停止，但襄园里依然有人下着棋，并不管外面的运动与革命。北巷小王就在那里看棋，一般棋局他只看上几手，便移步而去。如他停下来把一局棋看到完，接下来他就要约棋了，对弈的两个人中间，肯定有一个是他看中的，或者是海城新冒出来的好手，或者是外地来踢场的棋手。北巷小王开口就是一句："我要找一位对手和你碰一碰。"没有棋手会拒绝北巷小王的约棋，因为好棋手在襄园下棋，并不能随便地找到旗鼓相当的对手，而棋手总渴望着这样的对手。再者，北巷小王随手复盘刚才的棋局，并在布局与中盘的关键处评点棋局，对棋势与棋力所作的判断，不由棋手不信服。到后来，北巷小王的名声传开，新冒出的棋手和外地来的棋手，到襄园来下棋，就是等着北巷小王看自己的棋，以找到好对手，以求得北巷小王对棋力的判定。

北巷小王还曾有一局影响扩大至境外的约棋传说，当时日本有一位叫山口劲夫的高段棋手，参加日本棋队来中国，在京城下了两盘棋，意兴阑珊。本来日本棋队活动的议程，有来海城的，但中国在搞运动，说安排不方便，日本棋队就不出京城了。山口劲夫的围棋老师是日本棋圣袁青，老师经常和他谈起当年在南城的一位棋友，听说这位棋友现在海城。山口劲夫就独自跑出了京城，乘火车来到了海城。并按着出国前老师的指点，到襄园来，就想找到老师当年的棋友下一盘棋。山口劲夫虽懂中文，但说得并不流利，那时外国人在中国很少，一旦发现，便受警觉，活动自然不方便。山口劲夫偶向襄园棋手询问老师的那位棋友，人家却是摇头。山口劲夫也无法了，只在襄园看着棋，转了一圈，没有可上眼的，走到一盘有人围着的棋局前，觉得南向而坐穿灰色学生装那少年的几步着法，还可看一看，不由停了一刻，随后又想转身，却被旁边一位年轻人合掌拦住了。这位年轻人便是北巷小王，从见到山口劲夫第一眼，他就注意上了他。到山口劲夫看这局棋短短一刻中，那眼神与微微摇头的表情，北巷小王有相通的感觉。他断定襄园是来了一位高手，请到一旁对话了几句。先问他是不是要找这里的高手下一盘。山口劲夫说他已经看过他们的棋，说时只是摇头。山口劲夫不说自己是日本人，但他说了几句话后，北巷小王听出他不是中国人。山口劲夫见瞒不住，才提到了他是袁青的徒弟。下围棋的人，都知道袁青，袁青几十年前从中国去日本，成了日本的一代棋圣。北巷小王听到他是袁青的徒弟，便立刻把他带到了陶羊子家里。在北巷小王的意识中，陶羊子是围棋手的代表形象。陶羊子在居委会，做的是调解工作，从来不参加任何棋赛，也没有官方所定的段位，但北巷小王认为真正的棋手在民间。赛棋无好局。有人就是比赛行，而赛棋的谱就没法看，赛场上靠的不是单纯的棋力。围棋应该是文化的传承，是智慧的表现，也许只有取消了所有的比赛，才能回到棋的本身。

一路上，北巷小王与山口劲夫交谈着，听北巷小王的话，山口劲夫摇着头。他并非是否定他的说法，只是不知如何来应答。山口劲夫在日本一直是在棋赛中争胜负，认为棋手只有在争棋中练棋力，日本的棋力是最强的，日本棋的境界也是最高的。不过他现在也想到，就算他实战能胜因车祸脑子受伤的老师袁青，他也不会认为老师的棋力不如他。他觉得面前这个不起眼的年轻业余棋手，会有如此的见解，让他内心生出敬意。他不得不承认这也是一种说法，是与习惯不一样的对棋的理解。

到了陶羊子那里，发现陶羊子便是袁青当年的棋友。陶羊子与袁青年轻时，同在一个围棋研究会待过，陶羊子比袁青大好几岁，待他如弟弟一般。那时袁青还是个孩子，一心想下棋，简直是个棋痴，后来他去了日本，临行前一天，还与陶羊子下棋。

山口劲夫头很大，身子看上去就显得瘦小，有一双亮亮的吸引人的眼睛。他对陶羊子说他是逃出京城来找他的，说话时，北巷小王已在桌上摆下棋，山口劲夫与陶羊子便在棋局中碰了一碰，这局棋从下午下到晚上，没有下完，体委的外事部门便来了人，要立刻带山口劲夫离开。山口劲夫与北巷小王对棋局作了判断，两人对盘中目数的看法是一致的，山口劲夫的棋已不够了。临走的时候，山口劲夫还有所遗憾地对北巷小王说，他没有机会与他碰一碰了。山口劲夫认定北巷小王是一位年轻的围棋高手，他怎么也不会想到，对围棋有那样的见解、对棋局有那样判断的北巷小王，居然是不下棋的。

北巷小王以前也带棋手到陶羊子家来过，或者是外省来的知名棋手，或者是海城新出的冠军棋手。一般的棋手，就是求北巷小王，他也不会往陶羊子这里带。“你不够资格。”北巷小王会直截了当地对求战的棋手说。其实陶羊子倒并不在意来对弈棋手的水平高低，他赞赏北巷小王是真正的棋迷，北巷小王带来的棋手，他只要有空都会接待并对局一盘。

北巷小王约的棋局，一般不在襄园，他认为那里的棋手多是普及型的，好的棋局要有好的棋手，可以有少量的观棋者，这观棋者也要有相应的棋力，如此能促进弈者的积极能量，但围观者又不能太多，水平不够的看也是白看，乱哄哄的影响对弈的质量。

有时约了棋局，但两个棋手家中不适合摆棋局，棋手或者家里地方很小，或者是与老人住一起的，北巷小王就把他们约到了自己家里去。另外有外地来的棋手，北巷小王也会往家里带。

有棋局在家里进行，需要考虑的是家里人的反应。那时城里的住房很紧张，没成家的年轻人没有不和父母同住的。北巷小王家里并没有人反对他带约棋的人来下棋，北巷小王读小学时母亲去世了，父亲也是一个喜欢围棋的人，对上门来下棋的客人很是欢迎。照理说，这其间一点问题都没有，只是北巷小王的父亲喜欢下棋，而不喜欢看人下棋。他下了几十年的棋，棋力似乎永远没有长进。现在很少有人与他下棋了，他以前有过的对手，甚至是他早先教会下棋的人，都嫌弃他棋上的老套路、老毛病和老水平，避开着他的邀请。一旦有棋手应北巷小王之约登门，他热情让座倒水，然后笑嘻嘻看着各位。桌上的棋局开始了，他依然笑嘻嘻地看着观战的棋手。他对棋局没兴趣，棋盘上有的棋他也看不明白。他的表情让北巷小王不耐烦了，有时会开口撵他：“去去，这里没人和你下棋。”能来观看约战的多是高手，当然只想看棋局上的争斗而不愿应付低手的盘上纠缠，但有不忍看老伯神情的棋友，不免做出点“牺牲”，陪着老伯到旁边小桌上对弈。好在北巷小王的父亲下的是“卫生棋”，落子很快，几乎不用思索，两盘快棋下完，棋友来得及去看约战的中盘棋局，而北巷小王的父亲根本不在意输赢，心满意足地起身去厨房忙乎了。

所约的棋局上咬得紧，吃饭的时间到了，北巷小王会招待来客吃一顿便饭。那个物资匮乏的时代，买米要粮票，买荤菜要肉票，提供好几个人饭菜，这是高待遇。北巷小王在运动前一年毕业进了父亲所在的重工厂，也和父亲一样做技工。那时工人的工资相对平均，重工厂是大厂，福利要好些。一家两人都工作，所以请得起客，家里最大的花费，便是买些黑市高价米。

每次所约棋局结束，晚上，北巷小王会绘制棋谱，把当天的棋局复盘记录下来，并配上评语。多年后，那棋谱集成厚厚的几本。而那评语第二天便通过口口相传，传至全市棋手。其实在北巷小王的心中另有一个图，不用记录下来，那便是市里能上段位的棋手情况，谁的棋力如何，他都有着一个底。棋盘上千变万化，棋手也是千姿百态，他知道他们的喜怒哀乐，知道他们的品性，知道某一位棋手下棋时的狠劲；知道某一位棋手平时不怎么说话，一旦快到胜棋时，话就多起来，话中多有得意之语；某一位棋手特别喜欢杀棋，每盘都搏大龙；某一位棋手特别喜欢拦空，一子两子能弃便弃。而这都是棋上表现的，他不但清楚他们棋上所连的，也知他们所连的生活，谁家几口人，谁家有大事。不少情况影响着棋手的状态，而不在状态中的棋手，他从不约。

这是北巷小王最好的年代，他在国营工厂做技术活，工作不重，奖金却高些。在物质享受上，他后来的生活是比当时要好，但一切是相对的，相对那时的一般人，他还算不错的。工作八小时之外，时间由他支配，书和棋占据了他的主要精力。他看的多是中国传统书籍，他认为棋上积淀着文化素养。关键是他喜欢围棋，随着他约棋越来越多，他在海城围棋界很吃香。快乐也是相对的，那时的他，内心总是快乐的。

他还有了女朋友，姑娘名叫马正凤，她模样周正，做事很稳，还是个党员。他们恋爱谈了大半年，相互都还满意，北巷小王带马正凤回家，父亲看了也满意。马正凤也就常常出进在北巷小王的家了，进了家便进厨房，跟着北巷小王的父亲做饭做菜，北巷小王的父亲让她别动手，外面坐。马正凤说是要跟叔叔学厨艺。

那是一个春天，海城新生出几个围棋好手，外地也有高手来海城找对手，一星期中马正凤两次到北方小王家，都见有好几个人围观桌上棋局，而北巷小王的父亲没有对马正凤客气，分配她摘菜洗菜。最后一桌子人坐下热腾腾地吃，饭桌上的围棋话题依然是热腾腾的。

几天后，马正凤约会北巷小王，地点在离家不远的长风公园。北巷小王不明白马正凤如何会有此约，自从进过家门，他们不再在外面约会，省了公园的门票，也能避开可能见到的熟人和多出来的招呼，再说，关系发展到这一步，搂抱亲吻总是有的，家里当然安全。

北巷小王准点到达，就见公园的长椅上，马正凤坐得端正，身边椅上正落一片玉兰树叶。待北巷小王坐下后，马正凤语气严肃地说：“连生，我必须要和你谈一谈。”

马正凤先谈到北巷小王的人品，说他正派，不见有男人常犯的花心毛病；说他能干，厂里干的是技术活，家里的家具电器，他都能修；说他热心，帮人家做事，不计回报；说他有知识，书看得多，历史地理，文学艺术，无一不懂；再说他的家境和物质条件都要比她好。她曾认为她找到了一位十分满意的生活伴侣。但是，这些天她发现他太迷围棋了，男人嘛，要有奋斗目标，玩可以，偶尔玩到够，觉得有快乐，她也理解。但自己不玩，拉人家来玩，玩得够够，拼着自己的时间与精力，还供饭供菜，就让人不明白了。

北巷小王说：“这不是玩，琴棋书画，是高雅活动。”

马正凤说：“我看来看去，还是一种游戏，古代才子佳人玩的游戏。玩物丧志。我宁愿你其他条件差一点没关系，就算工资奖金低，就算你房子小住得挤，都没关系，我们能克服，能团结一心去努力，但人迷在游戏中，以后两个人的日子只有退步没有进步了。”

马正凤对北巷小王是处处满意，就是对他的围棋痴迷做派难以接受。而北巷小王对马正凤也是处处满意的，就是她阻拦他对围棋的喜欢难以接受。两个人都有难以接受之处，且谁也无法更改，于是，两个人的交往渐渐少了，后来也就分手了。

有一段时间，北巷小王心境灰灰的，他所约之棋却越发多了。这一天，仁义里的常朔要去插队，回他老家的乡下，北巷小王为他约了一盘棋，棋毕，几个年轻棋友聚餐，喝了一点酒。

常朔端着酒杯，说他插队到乡下，也不知什么时候有人对弈了。

北巷小王平时不喝酒，一喝酒就有反应，他脸红红地对常朔说，他本是看好常朔的棋的，但棋虽靠天赋，但还需技艺上熟能生悟，常朔这一去，真是可惜了。他在棋上所作预言，大致是正确的，哪一位棋上有发展，哪一位棋上没前途，他预测的总也七不离八。

常朔就说，他知道一位林之贤棋手，他很少找外人下棋，所以棋力不知高低。但他能通过棋预测人生将来，听说他所预测的也是七不离八。

在场的另几位都摇头，说是迷信。北巷小王却将信将疑，棋如人生嘛。

北巷小王与常朔相约，一起前往找这位林之贤。北巷小王毕竟熟悉的棋友多，要到了林之贤的地址，选了个星期天，与常朔前去拜访。

林之贤住所在一个幽静的地方，古旧房子，飞檐青瓦，房子四周是栽着树长着草的小院。一看就是高档区。

正是雨后清爽天气，北巷小王到时，见林之贤正在忙屋漏，旧式房高敞，只是年代久了，屋漏是避免不了。北巷小王一见，就去打了一个公用电话，找来了棋友方治平，他听他吹嘘过他会搞维修。方治平一听是给会预测人生的林之贤帮忙，很快就到了，上墙登顶，虽踩碎了两片瓦，屋漏总是拾掇好了。

四个人坐下来后，三人不知林之贤是否要和每个人下盘棋，如此，下三盘棋要下到什么时候？再说北巷小王是不下棋的。林之贤只是让常朔和方治平对局。常朔和方治平本来就熟，此行也不在棋上，两人下了一盘快棋，棋局结束，照例北巷小王做了评点。

接下来，就等着林之贤的预测了。只见林之贤在一张纸上排列了几个天干地支，并划线连了。

“你们三位有一个共同点，就是：官。”

北巷小王说：“我也能当官？”

林之贤移过眼神，对北巷小王说：“你与他们不同，他们将来会当官，而你现在就是官。”

北巷小王就笑了：“我哪是官？我在厂里连一个小组长都不是。”

“官，在我认为，就是一种连。小官连少数的人，大官连很多的人。官在大会上讲话，他的话连着人，官在办公室发指令，他的话也是连着人，别人做事，官员作指点，这与你连着棋手下棋，你做评点，有多大的区别？你的发布，大家都会听着，你的评判，大家都会接受，形同官方，也许还胜如官方。所谓社会就是一种连，你在棋界做着组织的事，棋手都承认你，拥戴你，你就是官。”

常朔接口说：“是啊，你就是棋界发号施令的，是个头儿，当然就是官。官的话也许还没有你管用呢。”

林之贤再不多话，三人起身走时，北巷小王又留了下来。他不再询问对他个人的预测，他看过阴阳五行、易经八卦的书，就此学问想与林先生探讨一下。

两个人对坐的时候，林之贤一下子口若悬河，滔滔不绝地说起来。他说人生就是人与社会之连，天干地支四柱八字，只是一个坐标，当然无法涵盖人的命运，连着的是内在的禀赋，连着的是过去与未来。

北巷小王问：“你能确定他们将来会当官吗？”

“会。”

"未来能确定？不会变化吗？我相信，凡绝对的便是迷信的。"

"是命运，总会有变化，变是永远的，不变是暂时的。易就是变。"

林之贤说到常朔和方治平来找他，便有改变生存状态之心。从棋上看，虽各自性格不同，"常扑"与"方跳"，皆有进取，而棋行之处，都有大局观，且具坚韧，该屈服处都能低头忍过，能忍最是当官要点。现在社会还乱，将来治世需要大批当官人才。他们有这一层向往，说根基也好，说志向也对，再加上听我这一预测，他们信心也就巩固了，会向这方面去努力，意志的力量是无限的，这力量用现在的科学还不能确定。

多少年后，北巷小王回顾这一次访行，发现林之贤真有高妙之处，社会变化，常朔与方治平都考上大学，并都从政，当上了官。应该说林之贤的预测是准的。在北巷小王的感觉中，林之贤与他棋上的偶像陶羊子是相通的，陶羊子是实实在在地做，而林之贤却是在虚虚幻幻地说，都显有一种超脱。

到八十年代中期，中日围棋擂台赛的举办，聂旋风的名字传遍中国，社会上下棋的人多了，北巷小王的约棋也更多了。这天，北巷小王回家的时候，父亲告诉他，马正凤来过电话，约他第二天老地方见面。

长风公园的长座椅边，北巷小王与马正凤见面了，长椅上方的那棵玉兰树正开着花，玉兰花开得又白又大，叶子落尽了的光枝上矗着一朵朵花。

马正凤此约，是向北巷小王道歉的。她说，是她的眼光浅，知识水平不高，文化修养不够，王连生他明明做的是有意义的事，是能够为国争光的事，她却认为他是玩物丧志，还嫌弃他，当面打击他，如今她一直后悔莫及，非得要当面说清楚，希望能得到他的批评与原谅。

北巷小王只是摇手，说他并没有做什么，他约连的棋手中，也没有一个是参与了擂台赛的高手，为国争光实在说不上。北巷小王心里明白，虽然他眼下很忙，那是因为整个社会有了下围棋的氛围，下棋的人多了，但他已经不能像当初全市棋手都掌握手中。围棋协会举办了各种棋赛，并进行专业培训。相比之下，他现在所连的棋手都在一般水平，就是有业余高段棋手，也都年龄偏大，没有机会去为国争光了。

马正凤却严肃地说："你不用谦虚，在围棋事业上，一下子有所突破，而战胜强敌日本，是缘于深厚的社会基础的，正是你王连生在那个时代中，不计名利、任劳任怨地串连着一个一个棋手，你所做的工作对整个围棋的发展是有贡献的。"不管棋界的领导承认不承认，在她马正凤的心里是认定的，每每想到这个，她就感到羞愧。

马正凤说着，站起身来，对北巷小王深深鞠了一躬。

北巷小王很是感动。她曾是他喜欢的女人，她的道歉更是升高了在他心中的形象。但说归说，她已经嫁做他人妇，不可能再与他成家了。

以后的人生中，北巷小王一直单身生活，有马正凤的一根标杆在，他很难再找到那样正直正派、那样真诚实在的女人，有介绍来的女人，第一次见面，他就会感觉到她们的娇气和虚饰，有与她们相处的时间，他还不如多约几盘棋呢。

就这么一天天，一年年，北巷小王的业余生活依然在围棋的世界中。只是需要他约棋“碰一碰”的机会越来越少，往往是过去的老棋友请他约朋友下一盘，纯粹是借棋一玩，一聚，不在乎棋力高低。围棋赛中出的英豪都是少年，而少年出道起初为棋校，后为高段棋手指导，中间靠的是学费和对局费，当然，如能棋力拔尖，而成棋坛佼佼者，所获钱财也是北巷小王难以想象的。

北巷小王的棋友曾原德做生意赚了钱，他办了一所棋校，有时请北巷小王去给高级班讲课，看高级班一局局对弈的棋，作复盘评点判断，并预测棋手的将来发展。北巷小王是随唤随到，但讲完课坚持不收任何费用，他对曾原德说：“父亲已经去世，我一个人生活，工资足够，你让我做的是我开心的事，与棋相交几十年，你别让我坏了晚节。”

曾原德笑了，老棋友相处共相知，互不强求。曾原德有外省的活动，约邀北巷小王，北巷小王喜欢看山川湖海，欣然同行。

这一次到了南方，白天曾原德有生意要谈，北巷小王自去海边游玩，曾原德嘱他晚上有宴，北巷小王说：“你们都是谈生意的，我在外随便吃点，就不参加了。”曾原德说：“席上也有懂围棋的呢。”

北巷小王赶着回酒店参加晚宴，曾原德请了几个经理，每个经理都带着女秘书参宴，有一个年轻女秘书会围棋，就安排在北巷小王身边坐。北巷小王不想听他们谈生意，只与身边的女秘书谈围棋，发现女秘书是懂点围棋，也知围棋界几个有名人物，但一往深里谈，她就一无所知了。只是女秘书温顺好学，引得北巷小王开心。

女秘书说：“你教教我呗。”

“我教你。但我评棋可以，实战水平并不高。你说说，你在网上下棋，能达多少级？”

“三、四级吧。”

“哦，我在网上试过，能上段的，可以教你。”

“好的，师傅。师傅喝酒……”

女秘书给北巷小王斟着酒。生意人的酒席上，劝酒是一种乐趣，为初见喝，为对座喝，为一、二须过三喝，为女人喝，为生意兴隆喝，为主人喝，为客人喝，为同属相的喝……也为围棋喝。北巷小王只顾与女秘书谈棋，对劝酒推辞不了的，就饮上一杯。

北巷小王本来就不喝酒，多饮了几杯，脸红红的，说不喝了，再喝就醉了，还要教下棋呢。

女秘书说：“是啊，师傅还要教我下棋呢。”

曾原德笑说：“那你们就先去吧，房间里已经安排了棋盘棋子。”

女秘书就领北巷小王走了。席上继续喝酒，曾原德大谈起围棋来，开着棋校的曾原德本是个业余高手，席上的生意人虽不懂围棋，但这些年围棋是热门，没人不知道聂卫平、陈祖德、常昊的。

第二天上午，曾原德去叫北巷小王吃早饭。北巷小王垂头而出，见了曾原德，只是摇头。曾原德问他，昨晚是不是教围棋教到床上去了，到底是他教她，还是她教他？

北巷小王说：“要在以前，我是要负责她一生的，可我的心思都在围棋上……她要是找来，我怎么办？”

曾原德说：“你的心思都在围棋上？就像当年的人心思都在革命上？就算当年的革命者也不影响与女人在一起啊。”

“当然不是，当然不是。我这样的年纪已经适应不了女人需要，女人是不好连的……色即是空，空就是色啊。”

曾原德哈哈笑了："就是让你尝尝鲜的……滋味如何？"

"一塌糊涂，乱七八糟。"

南方之行的这一晚之事，在北巷小王回想中，有着梦幻之感。年龄大了，又是独身生活，常会有虚幻的情景，混入现实的记忆中。

有一盘棋浮在感觉中，那是他约了一位棋手的棋，这位棋手一直不予应允，有一次在众多棋友在场时，这位棋手也许感觉被约烦了，提出一个要求，如要他去应约战，北巷小王先要和他下一盘棋。北巷小王也就和他坐到棋盘前，下了一盘棋，这盘棋北巷小王被对手压着围着挤着，他完全跟着对手的步子下棋，只是把盘中的棋一个个地连起来。盘上已经输了不少目了，偏偏还像不会下棋似的纠缠在棋中，不懂认输，一点没有他看约战时的眼光与见解。到场观者看不下去，提醒他时，他才满头是汗地看清局面。真是不识庐山真面目，只缘身在此山中。这盘棋在他意识中是虚幻的，因他无法记起对手是谁，也无法记起具体场景，他所接触到的棋友也没有人提过，然而，他觉得这盘棋的感觉极具真实。

他甚至能记忆起对手冷笑的样子："你总是把我们一个个棋手连起来，今天我跟你连一连。"

"你每次约了我们下棋，你是看输棋人的笑话，还指指点点，今天我让你也感受一下。"

不，这肯定是不真实的。他想到也许这是一盘在网上下的棋。一切可能只有在网上才合符。对弈进入网络时代，北巷小王的约棋不再需要，因为棋手要找棋力相近的对手下棋，只需上网，分分钟便能对弈。

正因为有这一盘虚幻的棋，北巷小王不再约棋。棋友到访，见已经退休的北巷小王，或是捧着书，或是做着家务，他不管是看书还是做事，都是认真的。

在南城做官的常朔回到海城来，他退休了，认为可以开始过一下自由的生活，约了几个当年的棋友聚叙，北巷小王也去了。这天正是人工智能阿尔法狗与李世石下第一局棋。一桌人一边喝酒吃菜，一边看着电视直播棋局，大家都认可北巷小王对棋局的判断与预测，想听他的分析，但北巷小王一直没有说话。看到中间，发现阿尔法狗的招数多有不合传统棋理，看来是拙手，有一步跳脱之处，大家都不明白，皆扭头来看北巷小王，只见他满面是泪，只管摇头。

“错了，都错了……”

在场的棋手当时并不知道他说错是什么意思，是指李世石的棋，还是指阿尔法狗的棋。直到后来李世石输了，连着后来所有高段职业棋手都在阿尔法狗面前败下阵来。有报道顶尖职业棋手自卑地反省：在阿尔法狗的棋面前，几千年人类传统的棋理，不少都是错的。他们不由佩服起北巷小王的眼光。

但北巷小王内心的感觉，又对谁说，又能与谁说。

他一生的人世沧桑都连着棋，他一直认为围棋是思想与精神境界的观照，古来的围棋理论也是这么说的，这些年来，世界围棋冠军都出自少年，北巷小王就有所疑，莫非围棋的棋力只在于计算？现在阿尔法狗更证明了一切。

然而，不管对与错，他已快步入古稀之年了。莫非人生连着的只是悲哀？

后来，听说 2.0 版本的阿尔法狗产生，新的版本摒弃了人类赋予的棋谱内容，也就是说，新版本阿尔法狗成长之时，根本不与人类的棋相连，它与自己对局，从空白开始，直至超越旧版本的阿尔法狗。

北巷小王在电脑上看到这条消息时，他立刻关掉了电脑的电源，电脑屏幕中间瞬间闪现一道白光并沉入暗色。编造，编造。这是站在人工智能角度，摧毁一切人类的经验与传统。北巷小王心中念着。

北巷小王经常会想到他的偶像已故棋手陶羊子，陶羊子的棋无定法，师法自然，随对手的棋而变化，每一步应手都是新的。要是陶羊子还活着，会是阿尔法狗的对手吧。

还记得，当年日本棋手山口劲夫临走时，走到陶羊子身边，恭恭敬敬地说了一句："先生可有教我的？"

陶羊子看着他，随后伸手把盘上的棋都撸到了一边。

山口劲夫与陶羊子对视了一会，躬身说："受教了。"

当初的山口劲夫悟到了什么？北巷小王也有悟，他们悟的是相同的吗？是陶羊子之意吗？

老了，如今北巷小王睡眠浅了，往往半夜醒来，眼前就会浮现出当初陶羊子撸棋的情景，那盘上一片空空。